Hella Dubrowsky

Rendezvous
der Schatten

- Jakob M.

Gryphon Verlag

Die Deutsche Bibliothek verzeichnet diese Publikation in der Deutschen Nationalbibliografie; detaillierte bibliografische Daten sind im Internet über http://dnb.ddb.de abrufbar.

www.gryphon-verlag.de

Gryphon Edition

München - London - New York
Print: PoD - Schaltungsdienst Lange - Berlin
eMail: info@gryphon-verlag.de

ISBN: 3-935192-83-5

Mein Dank gilt der stets bereiten
Kaffeemaschine im Hause meiner Eltern,
auch wenn sie beinahe am Ende der Welt steht ...

ERINNERUNG

Das Knistern begann wieder. Leise.

Meterhoch gestapeltes Holz. Feine Rauchsäulen stiegen aus dem Reisig unter dem Stapel empor. Nur noch wenige Minuten und sie würden zu Flammen ausschlagen. Das Knistern musste dann dem Tosen weichen.

Erst kam nur die leicht aufsteigende Wärme, bis dann... Einzelne Holzplanken zerbarsten in Glut; rissen die Hölzer darüber mit sich in die Tiefe. Lautes Krachen, heiße Asche und Tausende abgesplitterte glühende Späne schleuderten durch die Luft; in die Menge.

Am Himmel stand eine einzige Wolke als stummer Beobachter, während jubelnde und entsetzte Schreie die Stille unter sich aufteilten und in Stücke zerrissen.

Der Holzstapel brach in sich zusammen.

Sie auch.

Sie erwachte. Schweißperlen hatten sich über ihrer Lippe und auf ihrer Stirn gesammelt. Wann würden die Bilder sie endlich verlassen?

Sie konnte sich etwas leisten, das für die meisten ein unerfüllbarer Traum blieb: so zu leben, als würde sie ewig leben. Und dennoch: Sie lebte, als müsse sie jeden Moment die Erde verlassen.

Sie hatte den Traum verstanden, und trotzdem verschwand er nicht aus ihrem Kopf.

Die Begegnung

„Spielen Sie Skat?"

Sie drehte sich mit dem ganzen Oberkörper, um der Stimme eine Person zuzuordnen. Das gefiel ihm. Sie schaute ihn an und ihr war, als würde sie direkt durch seine Eingeweide hindurch sehen. Ein Schauer zog vom kleinen Zeh bis unter ihre Stirn, so stark, dass sie sicher war, er müsste es bemerken.

Sein Herz pumpte das Blut unregelmäßig und saß falsch, auf der rechten Seite.

„Hm", war alles, was sie sagte.

„Ich war starr, und mir hob sich das Haar, und die Stimme versagte", zitierte seine Stimme und versagte ganz und gar nicht, hatte vielmehr die Wärme und Gelassenheit, die ihr gerade fehlte.

Der Wirt stellte ihm einen Weißwein hin.

„Ihr Herz sitzt schief", hörte sie sich sagen während sie ihn betrachtete: Er war attraktiv. Trug einen dunkelbraunen Anzug, maßgeschneidert. Seine Augen lagen weit hinten, waren dennoch präsent, blitzten, als hätten sie mehr gesehen als andere. Der Seidenschal war vielleicht etwas drüber, weiß, zu starker Kontrast zu den schwarzen dicken Haaren, überlegte sie. Vielleicht ein Dirigent, dann wäre er entschuldigt.

„Ich weiß. Dafür ist es groß. Sie trinken noch Kaffee aus kleinen Tassen! Sehr lobenswert! Keinen Milchkaffee. Tun Sie das zu Hause auch?"

Sie blickte immer noch durch ihn hindurch auf seinen Puls: Gepumptes Blut.

„Sehen Sie, die Nachfolgegeneration bevorzugt jene großen Porzellanbecher mit Henkel, ist zu bequem, die Untertassen zu spülen. Sie weiß unsere herkömmlichen Tassen nicht mehr zu schätzen, obwohl die Hitzeerhaltung bei unseren Tassen durch die Notwendigkeit mehrmaligen Nachschenkens erheblich wirksamer ist! Ich habe arge Bedenken, dass unsere deutsche Kaffeetasse vom Aussterben bedroht ist. Ich werde in dieser Angelegenheit etwas unternehmen müssen!"

Die Ernsthaftigkeit seines Tonfalls ließ sie grinsen.

„Sie machen sich ziemlich alt durch diese Bemerkung!"

Beinahe entrüstet ließ er sie wissen: „Ich wurde im März siebzig!"

Sie lachte laut. Rechts ihres Mundwinkels schob sich ein Grübchen in die Wange. Er fühlte sich wohl.

„Ich kenne bisher nur Personen, die sich um dreißig Jahre jünger machen, nicht älter!" Sie kramte in ihrer Tasche und zog eine Packung Romeo y Julieta heraus. Das Gefühl schlich sich ein, wieder jemandem begegnet zu sein, der ihr Interesse geweckt hatte nach Jahren tiefen Schlafs. Der Schlaf hatte ihr ungewohnte Unsicherheit gegeben. Sie begann unbewusst mit der rechten Hand ein Stück von Ravel auf der aus dem Stamm einer Buche geschlagenen unsichtbaren Thekenklaviertastatur zu spielen.

„Sie glauben mir nicht! Schade." Er nahm ihr das Feuerzeug aus der Hand, alte Schule, und hielt es ihr hin.

Ravel beendet. Sie nahm einen Zug.

„Sehen Sie, Sie würden mir auch nicht glauben, wenn ich Ihnen verriete, dass ich vor über fünfhundert Jahren starb!"

Ihr Lächeln verwirrte ihn vollends. Sie nahm die Tasse nicht am Henkel, sondern hielt sie zwischen ihren Händen, als wolle sie sich an ihr festhalten und wärmen. Er bemerkte ihre wunderschönen langen Finger.

Der Rauch des Zigarillos zog feine Kreise in die Höhe und vermischte sich mit dem Dampf des Kaffees. Er spürte das Verlangen, sich mit ihr ebenso zu vereinigen.

„Ich würde! Alles würde ich Ihnen glauben! Sehen Sie, es ist heute nicht mehr zeitgemäß, an etwas zu glauben. Die meisten haben es verlernt", er nahm einen tiefen Schluck.

„Sie meinen, man muss den Menschen Nahrung geben, Träume oder Ideen, an die sie glauben können?", irgendetwas hatte sie bewogen, das Spiel mitzuspielen. „Sie glauben also noch an etwas? Sie sind wirklich altmodisch!" Das Grübchen kam wieder hervor.

„Ich bin einer Frau wie Ihnen noch nie begegnet." Seine Hand drückte sanft ihren Unterarm.

„Wundert mich nicht." Die Berührung hatte ihr gefallen. Sie mochte Menschen, die Gefühlen nicht nur durch Worte Ausdruck verliehen. Ihr Selbstbewusstsein war jetzt hellwach und verbannte die Unsicherheit in hintere Ecken.

„Darf´s noch was sein, die Dame?" Der Wirt zwinkerte ihr aufmunternd zu.

„Die Dame bekommt noch einen Weißwein!" Er nickte dem Wirt zu.

„Die Dame geht nach Hause, danke!", sie winkte, die Finger leicht gestreckt, mit einer Hand ab.

Die Geste faszinierte ihn. Vor dem „Danke" hatte sie die Hand nochmals ein wenig angehoben. Sie ließ sich elegant vom Barhocker gleiten, als hätte sie jahrelang nichts anderes getan.

Wie eine Robbe, die sich vom Felsen ins Meer fallen lässt, dachte er. Nur, dass Robben so schöne Beine vermissen ließen.

„Bitte, ich wollte Ihnen nicht lästig fallen, mir war so wohl als ich Sie erblickte, und ich würde mich freuen, wenn Sie noch einen Teil des Abends mit mir verbringen würden, und ich verspreche Ihnen..., ich heiße Jakob." Er bediente sich seiner Geste, die im Zustand höchster Konzentration oder innerster Erregung Anwendung fand: Er ließ den

Zeige-, Mittel- und Ringfinger an der linken Seite des Halses entlang fahren, als würde es ihn dort jucken.

„Johanna. – Und die Antwort ist nein!"

„Nein?"

„Nein, ich spiele keinen Skat!" Sie mochte sein Lachen. Sein Puls beruhigte sich, sein Herz schlug langsamer. So elegant sie den Hocker verlassen hatte, bestieg sie ihn auch wieder.

Der Wirt schaute zufrieden, stellte ihr den Weißwein hin und grinste Jakob an. Jakob zog verächtlich seine rechte Braue hoch und wandte sich von ihm ab.

„Sie machen mich glücklich, Johanna! Wie heißen Sie weiter?"

„Bogen." Sie lächelte. „Johanna Bogen."

„Phantastisch! Darf ich mir erlauben, Ihnen die kühne These nahe zu legen, dass Sie möglicherweise in verwandtschaftlichen Beziehungen zu Johannes Bückler stehen, jenem Räuberhauptmann und Sozialarbeiter, auch Schinderhannes genannt, den die Franzosen völlig unberechtigt 1803 in Mainz gehenkt haben?"

„Haben Sie was gegen die Franzosen?"

„Sind Sie aus dem Hunsrück? Johanna – Johannes! Gebückter Rücken formt einen Bogen! Etymologisch gesehen besteht durchaus eine hohe Wahrscheinlichkeit für Ihre Verwandtschaft, insbesondere sollten Sie aus dem westlichen Hunsrück stammen, wo ja bekanntlich die zweite große südwestdeutsche Lautverschiebung im Rahmen der Wandlung vom Neumittelhochdeutschen zum Neuhochdeutschen stärker als in anderen Teilen Südwestdeutschlands stattgefunden hat! Natürlich, aus Bückler wurde Bogen, weicher, heller, klarer! Die wahren Erfinder der Freude sind die westlichen Hunsrücker, was sich auch auf ihr Sprachgefühl und Lautvermögen auswirkte, so dass der streng und hart anmutende Name Bückler, als sein Onkel wegen eines

Hexenschusses in die Knie gezwungen gekrümmt ging und sein Körper jene Rundung formte, bei ihrem Vorfahren bald dem Namen Bogen weichen musste, hell, freundlich, offen! Wunderbar, Johanna!"

Sie war fasziniert. Es war seine Sprache! Wo hatte er diese Sprache her? „Ich versichere Ihnen, dass keinerlei Beziehungen zum Schinderhannes bestehen", das Spiel bereitete ihr westhunsrücksche Freude.

„Ist vielleicht auch besser so, sonst wären wir ja verwandt! Auf Ihr Wohl, Johanna!"

„Sind Sie verrückt oder tun Sie nur so?"

„Sie waren noch nie im Hunsrück, oder?" Die Enttäuschung in seiner Stimme schien echt.

Er musste verrückt sein! In seinen Augen suchte sie nach einer Bestätigung, fand aber keine. „Nein, da ist mir wohl wirklich was entgangen", lächelte sie ihm versöhnlich zu. Er schien aufrichtig zu sein.

Die Kneipe war voll.

Sie sah sich plötzlich aus der Perspektive eines Dritten. Verloren, trotz der vielen Menschen und des lautstarken Pegels. Irgendwie passten sie nicht dazu. Exoten, ausgesetzt in der Fremde. Wie oft fühlte sie sich so, jetzt teilte sie es mit diesem Mann. Es schien sonst keinem aufzufallen.

„Oh ja! Der Hunsrück ist ein bezaubernder Flecken. Sie müssen ihn mit mir bereisen! Ich werde Sie dort einführen."

„In die Geheimnisse des Hunsrücks?", sie lachte. „Schön, dass Sie eine Reise mit mir planen, wo wir doch schon fast alles voneinander wissen. Und dann noch in den Hunsrück! Sagenhaft! Und Ihre vier Kinder, drei Hunde, sieben Katzen und nicht zu vergessen Ihre Ehefrau nehmen wir dann alle gleich mit! Was ein Spaß!" Sie schob eine dunkelrote Strähne zurück hinters Ohr.

„Ich bin Witwer."

„Oh, tut mir leid...", ihr zuvor unten befindliches Bein schlug sich über das andere nach oben, weg von ihm.

„Das muss es nicht. Sie ist schon vor vielen Jahren verstorben. Sie war eine wunderbare Frau, aber es ist lange her."

„Haben Sie Kinder?"

„In der Tat, vier sogar, mein Humankapital! Wir können auf ihre Begleitung dennoch verzichten, der Hunsrück ist ihnen hinlänglich bekannt." Er lächelte sie an und legte seine Hand behutsam auf ihre.

Sie zog sie nicht weg. „Das muss schwer sein." Mit ihrer linken Hand nahm sie umständlich den letzten Schluck aus dem Glas, den sie hinausgezögert hatte.

„Anfangs. Aber ich hatte einen wundervollen Betreuer für die Kinder, einen abgerichteten Neufundländer. Hat sich sehr um sie gesorgt. Sind schon lange erwachsen und mir dabei ein wenig entwachsen, abhanden gekommen, führen ihr eigenes Leben."

Sie verschluckte sich. Die Hand zog sich blitzartig zurück. Ihr Humor entdeckte gerade Grenzen.

„Wollen Sie mich veräppeln? Passen Sie mal auf, ich habe keine Lust, mir weiter Ihre Spinnereien anzuhören! Sie und erwachsene Kinder! Haben Sie mit fünfzehn geheiratet? Von einem Hund großziehen lassen! Ich werde jetzt gehen." Ihr Tonfall war zum Ende unbestimmter geworden. Ihr Humor fragte sich, ob er die Grenzen weiter nach hinten verlegen sollte.

Jakob konnte sie nicht einfach gehen lassen. Er hatte während seines gesamten Daseins noch nie etwas bereuen müssen. In diesen späten Stunden seiner Existenz wollte er damit nicht anfangen. Drei besagte Finger seiner linken Hand bewegten sich an seinem Hals hektisch auf und ab.

„Ich werde Sie begleiten. Wohin müssen Sie denn?"

„Friedrichstraße. Die S-Bahn."

Er bezahlte - alles. Sie ließ es ohne Kommentar zu, mit dem bestimmten Gefühl, dass er es ihr schuldig sei. Er half ihr in den Mantel, was ihr Selbstbewusstsein gern gestattete.

„Lassen Sie uns einen Schlenker durch die Reinhardtstraße gehen, am Deutschen Theater vorbei. Der Vorplatz hat gerade zu Abendstunden außergewöhnlichen Charme." Draußen war es noch frisch. Der Frühling rang mit den letzten schwachen Winterwinden, er würde gewinnen.

Dieses Jahr war außergewöhnlich, der Winter blieb hartnäckig, wollte seine Herrschaft nicht pünktlich aufgeben, obwohl der Frühling schon längst hätte einsetzen müssen. Und dennoch, Johanna bemerkte einen zarten Duft, die Abendluft schien weicher zu sein. Bald würde die Sonne mit aller Macht durchbrechen, dem Sommer entgegen, um neues Leben zu erschaffen.

SCHATTENSPIELE

Die alten Laternen tauchten die Straße in warmes Licht. Johanna spielte heimlich mit ihrem Schatten. Sobald sie an einer Laterne vorbeikamen machte sie größere, eilige Schritte, als wolle sie ihren eigenen Schatten einholen, mit ihm eins werden, der vor ihr her bis zur nächsten Laterne schritt, immer kleiner werdend, um sich dann erneut groß vor sie hinzuwerfen.

„Sind sie aus Berlin, Johanna?"

Der Schatten gewann wegen Unachtsamkeit.

„Nein, ich bin erst vor kurzem hierher gezogen. Ich bin Historikerin und Archäologin." Sie biss sich auf die Unterlippe. Wieso gab sie sich preis? Er hatte ihr auch nichts von sich erzählt. Nichts Glaubhaftes jedenfalls!

Ihr Behagen wollte das Spiel offensichtlich beenden und sich in eine neue, tiefere Phase dieser Begegnung einschleusen, ihr Stolz wehrte sich.

„Wundervoll. Welche Epoche bevorzugen Sie?"

„Frühes Mittelalter." Wollte sein Behagen das auch?

„Na, da haben Sie sich ja ein recht frisches Klima ausgesucht, rauhe Sitten, ich hoffe, Sie haben die Sitten nicht allzu verinnerlicht", sein Lachen hallte dumpf durch die Nacht.

Er nahm ihre Hand. Sie blieben stehen. Vor ihnen lag der Theaterplatz in sanftem Dunkel. Er wirkte auf Johanna wie eine Hollywoodkulisse, viel zu perfekt, als lehnten auf der Rückseite der frisch renovierten pastellfarbenen Häuserfront mit den vielen kleinen Fenstern wuchtige Holzkeile, die das Ganze zusammenhielten. Der Platz hatte für sie etwas Anheimelndes. Altbekanntes und Vergessenes. Sie träumte sich weg, in Zeiten, wo Landgrafen noch hoch zu Ross um die Gunst ihrer Liebsten mit dem Schwert gegen den Rivalen gekämpft hatten. Das Fräulein – Johanna - an den Fensterrahmen gelehnt, umweht von seinem Haar und seidenen Vorhängen, beobachtete gespannt, welcher wohl übrig blieb für sie.

Jakob drückte ihre Hand, liebevoll. Sie war warm. Er schaute sie an, ohne dass sie es bemerkte.

Sie war bei sich, vielmehr bei den Landgrafen, was er jedoch nicht ahnen konnte.

Warum musste sie ihm gerade jetzt begegnen, wo ihnen nur noch so wenig Zeit blieb? Ein Zweifel nahm in Jakobs Brust Platz und ließ seinem Herzen wenig Raum. Das Blut wallte erneut heftig auf und beschleunigte seinen Puls. Der Zweifel fragte Jakob, ob er nicht zu alt für sie sei und fügte hinzu, dass sie Anfang Dreißig sein müsste. Ein Niesen prustete den Zweifel aus seiner Brust.

„Gesundheit!" Johanna würde es nicht mehr erfahren. Der auf dem Schimmel hätte ihr besser gefallen.

„Ist Ihnen aufgefallen, dass die Vögel zurück sind?"

Sie nickte lächelnd.

„Hätten Sie noch etwas gegen einen weiteren Schlenker einzuwenden, ehe ich Sie zur Friedrichstraße bringe? Ich schlendere so gerne mit Ihnen durch die Nacht, Johanna!"

Sie mochte die Art wie er ihren Namen aussprach, klar und warm.

„Wo soll's denn hingehen?"

„Zu meinem zweiten Lieblingsplatz! Alter Sophienkirchhof, Sophienstraße. Zu den ehemals Großen!" Seine Stimme verriet Eifer, als sei Johanna die erste, der er sein Geheimnis verraten hatte.

„Sie meinen, ich soll um diese Uhrzeit mit Ihnen auf den Friedhof gehen?" Unbehagen kroch ihren Bauch herauf, kam aber nur bis zum Nabel, da ihre Neugier ihm den Weg versperrte.

„Merkwürdige Vorstellung von ersten zwischenmenschlichen Begegnungen haben Sie! Sie fangen da an, wo andere enden!", sie musste wieder lachen.

„Mögen Sie keine Friedhöfe? Friedhöfe wirken auf mich beruhigend. Sie zeugen davon, dass die, die dort liegen, wirklich einmal gelebt haben. Oder meinen Sie, es wäre möglich, dass sich der eine oder andere mehr als ein Grab gebucht hat? Wäre ja denkbar. Dann hätte er zumindest im Nachhinein zwei Leben gehabt! Seltsam, die Möglichkeit habe ich vorher nie bedacht. Stellen Sie sich mal vor, Heinrich Heine hätte gar nicht wirklich gelebt, sondern den Namen und seine Vita frei erfunden, wäre aber gleichzeitig, sagen wir mal, in Wahrheit auch noch Eduard Mörike gewesen oder umgekehrt! Die Lebensdaten stimmen um ein paar Jahre überein. Führte ein schändliches, bestimmt auch stressreiches Leben, der liebe Heinrich beziehungsweise Eduard, ständig in Gefahr, entdeckt zu werden, neue Ausreden erfinden zu müssen vor dem einen oder anderen Familienmitglied! Und nun liegt er einmal in Paris und einmal in Stuttgart und manche pilgern zum Montmartre und manche zum Pragfriedhof, obwohl die Gebeine wahrscheinlich nur in Stuttgart liegen, wobei die Frage bleibt, wem diese Gebeine eigentlich zuzuordnen sind! Unglaublich! War ein kluger Kopf, der Heinrich!"

„Oder Eduard! Aber Ihre Theorie geht nicht auf. Es wäre Selbstbetrug, dafür waren Heine und Mörike zu schlau."

Sie waren bereits in die Oranienburger eingebogen, den Großen und Toten entgegen.

„Im Gegenteil, die beiden wissen doch, dass es nicht stimmt. Nur die Nachfolgenden wissen es nicht. Was meinen Sie, was manche Menschen bereits zu Lebzeiten auf sich zu nehmen bereit sind, um unsterblich zu werden? Sie setzen sich auf fünf Meter hohe Pfähle und harren dort Hunderte von Stunden aus, und kurz bevor sie an Langeweile zu sterben drohen, lassen sie sich fallen. Wer zuletzt hinunterfällt, kommt in ein Buch und wird dort verzeichnet als längster Pfahlsitzer der Welt! Er wird dann schleunigst seinen Grabstein bestellen und die Tatsache dort hineinmeißeln lassen, auf dass es seinen zukünftig Hinterbliebenen nicht in Vergessenheit gerate oder womöglich peinlich wäre. Nein, Unsinn, die Möglichkeit, es könne peinlich sein, drängt sich seinem Denken gar nicht auf! Er wird niemals an seinem Ruhm zweifeln und schon gar nicht bedenken, dass es möglicherweise ein zweifelhafter sein könnte." Jakobs Finger der linken Hand waren, während er seine Theorie spann, konzentriert seinen Hals entlang gefahren, um die Gedanken zu fördern.

Johanna stellte enttäuscht fest, dass dieser Mann es verachtenswert fand, dafür zu kämpfen, nicht in Vergessenheit zu geraten. Sie wünschte sich in die Geschichte einzugehen, sei es auch nur bei einem beschränkten Personenkreis. Wünschte sich das nicht jeder? Sie spann Jakobs Gedanken weiter.

„Vielleicht kämpfen manche Menschen auch nach ihrem Leben noch für ihren Ruhm."

Er blieb stehen. Er hatte ihr Gesicht schon eine ganze Ewigkeit nicht mehr betrachtet. Er würde sich nicht satt sehen können.

„Sie meinen nach dem Tod? Sie kommen zurück und sorgen dafür, dass sie aus unseren Köpfen nicht ganz verschwinden? Das träfe dann allerdings nur auf Buddhisten zu. Die kehren ja bekanntlich wirklich in anderer Gestalt wieder hierher zurück."

Sie lachten.

„Vielleicht kann man im Himmel oder wo immer, jedenfalls nach dem Ableben ja noch schnell konvertieren!" Johanna hatte sich verliebt.

„Richard Wagner hat sich auch schon zu Lebzeiten um seinen Nachruf gekümmert. Perfekt eingefädelt, der Plan eines eigenen Festspielhauses", dachte er laut.

„Und es hat funktioniert!", sie lächelte triumphierend.

„Jedes Jahr aufs Neue kommen seine Jünger nach Bayreuth, zahlen eine Menge Geld und finden sich mindestens genauso wichtig wie Wagner selbst. Ich gebe zu, Jakob, es ist berechnend gewesen und das macht ihn unsympathisch. Aber es hat funktioniert und beweist daher, dass man sich die Zukunft zu eigen machen kann, indem man sich Monumente in der Gegenwart setzt!"

„Ich tendiere mehr zu moralischen Eroberungen!" Er lächelte sie an. Bei ihrem Anblick sank seine Moral augenblicklich Etagen tiefer.

„Sie mögen Mythologie." Johanna stellte es mehr für sich fest, ihre eigene Leidenschaft bei ihm bestätigt zu finden.

Sie ließen die Oranienburger Straße mit den Nachtschönen in hohen Lederstiefeln und glänzenden Röcken rechts liegen und liefen die Krausnickstraße hoch.

„Ich bin gewissermaßen in der Mythologie zu Hause! Waren Sie mal auf dem Pére Lachaise?"

Sie nickte.

„Haben Sie sie bemerkt, Johanna? Die großen Geister und Seelen, die dort herum schwirren? Es ist berauschend!" Er verlor sich bei diesem Satz selbst in seinen Gedanken. Seit wann hatte er sich nicht mehr so wohl gefühlt in Anwesenheit eines Menschen! Sollte er seinen Plan für sie aufgeben? Er würde sie fragen! Sollte sie ihm die Antwort geben! Konnte jemand anderer die Antwort geben als er selbst? Durfte er es sich so leicht machen, vielleicht war das Gefühl morgen schon wieder verflogen? Er wusste, es würde noch da sein.

„Ist die Liebe das höchste Ziel im Leben, das es zu erstreben und erkämpfen gilt, oder ist es wichtiger, Pläne, ich meine große Pläne, Strukturen verändernde Pläne, voranzustellen? Ist da Raum für eine Entscheidung oder gibt es eine eindeutige Priorität?"

Johanna bekam eine Gänsehaut. Seine Stimme klang verändert. Ernst, gewaltig.

Obwohl die Frage so allgemein gehalten war, konnte sie mit Gewissheit antworten: „Wenn es ein Plan ist, der verändert, beeinflusst und der in tiefster Überzeugung entstanden ist, ein wirklicher Plan also, wenn es ein solcher Plan ist", sie blieb stehen, zog fest an seiner Hand und blickte ihn mit Bestimmtheit an, „muss alles andere hintenanstehen!"

Sie ahnte nicht, dass seine Liebe ihr nun umso gewisser war und dass er noch weniger wusste, was er zu tun hatte. Hätte er nur nicht gefragt!

Sie bogen in die Sophienstraße ein. Die barocke Steinfassade der Kirche erhob sich aus dem Dunkel. Sie wurde durch drei in gewaltigen Rhododendronbüschen verborgene Scheinwerfer angestrahlt, als trüge sie einen Heiligenschein.

Er zog an dem eisernen Tor, es stöhnte leise, gab aber nach.

„Haben Sie einen bestimmten Geist im Sinn, den wir jetzt beehren werden?", sie flüsterte, den Respekt vor den Anwesenden beherzigend.

„Auf die Gesellschaft von Bertold Brecht, Heinrich Mann und dem verehrten Kollegen Hegel müssen wir hier verzichten, da hätten wir zum Dorotheenstädtischen gehen müssen, wir wollen das Selbstbewusstsein der Toten hier aber nicht unnötig schmälern", auch Jakobs Stimme passte sich der Umgebung an. „Ist es nicht wundervoll? Eine Oase inmitten einer bewohnten Straße. Man hat diesem Friedhof nicht seinen Charme akkurat weggepflegt oder die Pflanzen gezwungen in eine bestimmte Richtung zu wachsen. Daher haben es nach meiner Einschätzung die hier Vergrabenen auch viel besser als die Großen von denen ich sprach. Hier bleibt ihnen Raum weiter zu wachsen. Ich würde zu gerne hier begraben werden. Mitten im Leben."

Er führte sie zu einem Grabmal, das eingesäumt von einer gusseisernen Stange, die von sechs Pflöcken getragen wurde, mitten im wuchernden Gras lag. Der Efeu nahm keine Rücksicht auf die formale Begrenzung des Grabes und wuchs mit zahlreichen Trieben in alle Richtungen, hangelte sich den Stamm der mächtigen Linde hinauf, die neben dem Grab stand. Der marmorne Gedenkstein erhob sich wie ein Kriegsmahnmal aus dem Boden.

„Es ist wunderschön. Ich hoffe aber, dass Sie sich mit dem Sterben noch ein wenig Zeit lassen, Jakob. Meinen Sie, Sie wachsen noch nach dem Tod?"

Der Mann war ihr unheimlich geworden in dieser Umgebung, seine entrückte Hingabe an das Nachirdische überforderte ihre Vorstellung einer ersten Begegnung.

Sie konnte die Trauer in seinem Gesicht nicht sehen und stürzte Jakob durch ihre Worte unbewusst in Einsamkeit.

Sie las laut: „Zelter", und versuchte durch die Dunkelheit die kleineren Buchstaben zu entziffern. „Carl-Frie-, – Ak-Akademie..."

„Carl-Friedrich Zelter, Komponist, er war Komponist! Mit Goethe eng befreundet. Jetzt sind sie getrennt. Ich finde es unsäglich, dass man Familien immer auf einen Haufen legt, wo man sich doch meist mit ihren Mitgliedern schon zu Lebzeiten überworfen hat, und wahre Freunde nicht nebeneinander bestattet. Sehr kurzsichtig!"

„Es gibt auch andere Beispiele. Alexandre Dumas der Jüngere. Er hat sich sein letztes Zuhause neben seiner Kameliendame ausgesucht."

„Er hat es aber nicht bekommen, es war schon besetzt."

Sie blieben eine Weile stehen und schwiegen. Eigentlich war es eine Ewigkeit, sie nahmen es nur nicht wahr. Ein angenehmes Schweigen: der Wind strich durch die Äste und ihre Gedanken flogen ungestört und ungeordnet umher, trafen mehr als einmal auf dasselbe Thema, ohne voneinander zu wissen.

Johanna ärgerte sich, dass sie den Ausgang des Kampfes der Landgrafen verpasst hatte. Jakob kam dem auf dem Schimmel schon ziemlich nahe. Sie fragte sich, was er wohl für ein Auto fuhr, die Wahl des Autos verriet so viel über einen Mann.

Jakob wog seinen großen Plan gegen Johanna auf, was gänzlich zwecklos war, da das Gewicht seines Vorhabens in der einen Waagschale und das Johannas in der anderen Johanna in die Höhe schleudern würde. Er träumte es sich dennoch anders.

Sie unterbrach die Stille. Ein Ortswechsel würde ihr gut tun. Sie zog an seinem Ärmel. „Haben Sie so einen Freund, neben dem Sie gerne für den weit längeren Teil ihres irdischen Aufenthalts liegen würden?"

Sie gingen über das Gras dem Tor entgegen.

„Viktor, mein Verbündeter", seine Stimme klang abwesend.

„Sie sind mit ihm eng verbunden? Ist es ein geheimer Bund, der Sie zusammenschweißt über die Grenzen des Hiesigen hinaus?", sie lächelte, hatte das Bedürfnis wieder in das alte Spiel einzutauchen, um der Ernsthaftigkeit eine Falle zu stellen und sie für eine Weile wegzusperren.

„Wir haben eine Art heiligen Pakt. Er weiß alles von mir."

„Und das scheint bei Ihnen ja sehr schwierig zu sein. Ich bekomme Respekt vor Ihrem Freund oder Verbündeten. Wie hat er das nur angestellt, etwas über Sie zu erfahren?"

„Er arbeitet für mich."

„Ah, also wenn man für Sie arbeitet, dann lernt man Sie kennen, ja? Eigenartig. Was arbeiten Sie denn?"

Wenn man sich zum ersten Mal begegnet, kann es nicht schnell genug gehen, über den anderen so viel wie möglich zu erfahren, dachte sie.

Sie gab ihren Gedanken Freiheit, obwohl sie vielleicht besser in ihrem Kopf hätten bleiben sollen.

„Das Genie, sagen wir: der große Geist, liegt in etwa hier", sie zeigte auf einen Strauch, „und der Wahnsinn liegt knapp daneben, etwa da", ihre Hand deutete auf einen Grabstein, „und Sie liegen mittendrin, richtig?" Erschrocken über ihren Zynismus fügte sie schnell hintenan, „Steht auf ihrem Grabstein eines Tages: Hier ruht der Dirigent Jakob...?"

„Wenn schon bitte: geistert, hier geistert... wieso Dirigent?"

„Sind Sie nicht Dirigent? Ich meine wegen Ihres Schals!"
Sie überlegte, wie sie ihn jetzt ob seiner geschmacklichen Verirrung vor ihrer Kritik in Schutz nehmen könnte.

„Nein. Aber ich habe einen Freund, der ist Dirigent."
Wahrscheinlich hatte er ihm den Schal geschenkt!

„Wo?"

„Auf den Fidschis, genau genommen auf Viti Levu. Er ist Ministerialdirigent!"

„Verstehe, was macht ein Ministerialdirigent?"

„Er ministriert...", auch Jakob fand wieder zu seiner alten Form.

„Katholisch!"

„Haben Sie etwas gegen Katholiken?"

„Eher ein gespaltenes Verhältnis zur kirchlichen Einrichtung. Habe schlechte Erfahrungen mit der Kirche gemacht. Mein Glaube ist aber ungebrochen." Johannas Behagen zog wieder weitere Kreise.

„Kirche und Politik haben einige Gemeinsamkeiten. Es wird viel gelogen und nichts zugegeben. Dadurch, dass die

Lügen für jeden zugänglich und offensichtlich sind, stören sie das Allgemeinwohlbefinden auch nicht unangenehm. Offene Lügen sind schrecklich uninteressant. Ziemlich praktisch! Der Glaube spielt bei beiden eine zentrale Rolle."

„Und den gibt es ja nach Ihren Erkenntnissen nicht mehr!" Ihr Grübchen war es nicht mehr gewohnt, so oft wie an diesem Abend in Erscheinung zu treten.

„Richtig."

„Also ziehe ich den logischen Schluss: Glaube ist der zentrale Inhalt von Politik und Kirche, keiner glaubt mehr, also kann man Kirche und Politik abschaffen! Sie plädieren für die Abschaffung von Politik und Kirche, ja?" List blinzelte ihm durch ihre langen Wimpern entgegen.

„Ich würde es vielmehr so formulieren: Die geistige Anarchie herrscht bereits seit Jahrzehnten. Hat sich hinterrücks eingeschlichen und selbst vor großen Köpfen nicht Halt gemacht. Kirche und Politik laufen leer im freien Fall und keiner läuft oder springt ihnen hinterher. Aber es wäre sicherlich wert zu überdenken, einen Antrag auf Abschaffung dieser beiden Institutionen zu stellen."

„Sind Sie Minister für den Leerlauf? Sie arbeiten doch in der Politik?" Ihre Neugier begann Fallen aufzustellen.

„BMfL, ja?", er lachte. „Ich habe schon einmal ein ähnliches Ministerium angeführt, doch dem mangelte es an Aufgaben. Johannes Rau hatte mich damals für sein Lichtkabinett aufgestellt. Ich habe es vorgezogen, diese Tätigkeit aufzugeben."

Johanna spürte hinter ihrem Kieferknochen kurz unterm Ohr ein leichtes Ziehen, als hätte sie in eine Zitrone gebissen.

„Wieso weichen Sie mir immer aus, sobald es um Sie geht?" Die Lautstärke ihrer Stimme hätte so manche Seele aus dem Grab gerissen, sie hatten den Friedhof aber bereits verlassen und befanden sich auf dem Rückweg.

„Ich bin Historikerin. Na gut, das frühe Mittelalter ist meine Spezialität und – nein, ich habe meine Sitten und Gebräuche der heutigen Zeit angepasst und nicht aus der Frühzeit mitgeschleppt! Das zu mir! Was sind Sie nun, Herr Jakob, ein Irrer? Ein Spieler?", sie schaute ihn wütend an und die senkrechte Falte zwischen ihren Brauen warf einen Schatten auf Jakobs Gemüt. Sie kam in Fahrt. „Ich habe dieses Spiel langsam satt! Es reicht! Sie könnten sich zur Abwechslung wenigstens zu einer meiner Fragen mal ehrlich und offen äußern! Der liebe Gott hat den Menschen meiner Meinung nach die Buchstaben nicht bloß so zum Spaß vermacht, sondern damit sie Worte aus ihnen bilden und zur Verständigung nutzen! Ich gehe jetzt nach Hause! Männer, die sich mit Geheimnissen umgeben, um sich interessant zu machen, stehen mir bis hier!", ihre rechte Hand legte sich waagerecht an ihren Hals, um ihm das Ausmaß ihrer Abneigung anzudeuten.

Das stimmte aber ganz und gar nicht, das alte Gesetz zwischen Mann und Frau vermochte selbst Johanna nicht zu überwinden, ihr energischer Tonfall kam aber bei Jakob zumindest gut an. Bei Johanna umgekehrt auch, denn einer, der sie derart provozierte, war ihr noch nicht begegnet.

Ihre Zunge hatte das Gefühl, noch nie so viele Laute hintereinander geformt zu haben wie an diesem Abend.

Er war bestürzt. „Es lag mir fern, Sie zu verletzen! Es tut mir leid. Ich bin mit unserer Begegnung überfordert! Sehen Sie, ich möchte erst Ihr Vertrauen gewinnen, ehe ich das Wagnis eingehe, mich Ihnen zu offenbaren. Sie sind mir zu wichtig, um alles direkt zu verspielen."

Sie beharrte auf Rede und Antwort.

„Was sind Sie also, Jakob?"

Er zögerte, sie blieben stehen. Er sah in ihre dunkelbraunen großen Augen, die ihm den letzten Ruck versetzten.

„Ich, nun, ich bin so eine Art geheimer Berater, Johanna.
Und zwar von der Sorte, die man nie zu Gesicht bekommt,
die aber in den höheren Ebenen der Politik das Sagen haben, auf deren Meinung Wert gelegt wird und die sich nicht
scheuen, der Wahrheit unverblümt ins Auge zu schauen
und sie in Worte zu fassen. Ich werde gehört, weil ich nicht
gesehen werde. Ich bin dabei so etwas wie ein Ewiger Zeitgenosse, immer präsent und doch nicht zu fassen. Sie wissen doch, Johanna, hinter jedem erfolgreichen Mann steht
eine Ehefrau, die ihm seinen Weg erst ermöglicht, ich bin
sozusagen die Ehefrau der deutschen Politik!"

Sie verzieh ihm das Einlenken in die Bahn des Humors,
glaubte ihm und wollte ihm auch glauben.

„Sagten Sie nicht eben, dass es der deutschen Politik an
Kräften und Erfolg fehle? Sie sind also keine besonders
gute Ehefrau?"

Er ließ sich nicht beirren. „Als geheimer Berater ist man
de facto von Geheimnissen umgeben, und ich hoffe inständig, dass Sie mir diese verzeihen wollen, ich stehe sehr
viel lieber neben Ihnen, als Ihnen bis hier", seine Hand
wiederholte Johannas Geste.

Sie musste lachen. Sie fühlte sich, als sei sie Jakobs Ver-
bündetem Viktor ein Stück auf die Pelle gerückt. Das tat
gut.

„Johanna, darf ich Sie küssen?"

Eine kleine Belohnung für seine Offenheit war ange-
bracht. Dieser Gedanke befand sich aber so weit hinten in
einem abgelegenen Winkel seines Gehirns, dass er meinte,
wirklich aus dem Moment heraus gefragt zu haben.

„Hier?" Sie wusste nicht, warum nicht dort. Die Synagoge versprach zwar die Nähe Gottes, der hatte aber bestimmt
nichts dagegen. Sie wusste überhaupt nichts mehr, bis auf
die Tatsache, dass sie ihn auch unbedingt küssen wollte,
was aber angesichts ihrer Frage nicht gerade romantisch zu

ihm durchgedrungen sein konnte. Konnte man Küssen verlernen? Wenn ja, würde er dann schreiend wegrennen? Sie verbannte die Gedanken, hielt sich an die Ehrlichkeit und fügte an, „Jakob, ich..., entschuldigen Sie, Sie bringen mich durcheinander."

Startzeichen genug: Jakob trat an sie heran, ihre Mäntel berührten sich. Er strich mit seinen warmen Fingern ihre Schläfen entlang in ihr Haar bis zu ihrem Nacken und hielt ihren Kopf behutsam zwischen seinen Händen. Seine Daumen streichelten zart ihre Ohren. Die Berührungen wallten durch ihren Körper, ihre Knie weichten auf. Er zog sanft ihren Kopf zu sich heran. Als ihre Lippen sich zaghaft berührten, spürte Jakob sein pulsierendes Herz, auch seine Knie gaben nach. Es war ein tiefer Kuss, der sich bis in Mark und Bein der beiden auswuchs. Vor allem in die Beine. Die weichen Knie hielten nicht Stand. Die beiden stürzten und fielen auf den Asphalt. Jakob fiel unter Johanna, wobei offen bleiben muss, ob er sich knapp vor dem Boden heldenhaft unter sie warf oder ob er nach hinten kippte und sie mit sich riss, weil seine Knie mehr nachgaben als ihre.

Höllische Schmerzen hämmerten gegen sein Steißbein, nicht zuletzt, da es einen unter ihm liegenden spitzen Zweig in zwei Stücke zerbrochen hatte.

Johanna erhob sich nicht, sondern rollte sich über Jakob hinweg auf den Rücken, schlug die ausgestreckten Beine übereinander, hob den Oberkörper an, stützte sich auf ihre Arme und fing laut an zu lachen.

„Sie haben aber auch nicht mehr viel Übung, wie?"

„Sie hauen mich um, Johanna!" Er lächelte sie gequält an. Ihm war nicht wirklich nach Lachen. Er versuchte, möglichst locker aufzuspringen, was derart misslang, dass es einen Anblick gab, den er unbedingt hatte vermeiden wollen. Sein Gesicht war gerötet und hätte er ihr nicht seine Hand hingehalten, um ihr aufzuhelfen, hätte er sich sicherlich den Hals gejuckt.

Die Polizisten vor der Synagoge lachten ihnen zu. Jakob meinte, sie lachten sie aus. Johanna war überzeugt, sie waren neidisch.

„Es ist mir furchtbar peinlich. Haben Sie sich verletzt?" Die Schweißperlen auf seiner Stirn bildeten sich zur einen Hälfte aus einer Art peinlichem Schock, zur anderen aus Schmerzen.

Sie streckte ihm die Hand entgegen und erhob sich.

„Mit Ihnen ist aber auch nichts so, wie man es sich von einem ersten Abend erwartet!", kam sie ihm entgegen.

Sein Gesicht kennzeichnete Sorge.

„Machen Sie sich keine Gedanken, diesen Kuss werde ich niemals vergessen! Sie haben mich nicht enttäuscht."

Sie zeigte nur Grübchen, um ihm deutlich zu machen, dass sie es ernst meinte, aber eben auch nicht zu ernst.

Es tat ihm gut. Er meinte, fast ohne Qual lächeln zu können, scheiterte aber.

„Niemals ist mir so etwas passiert! Verzeihen Sie mir das, Johanna?"

Mal sehen, vielleicht haben wir ja noch Gelegenheit ein bisschen zu üben. - Ihnen ist nichts passiert, oder?"

Er hätte sich lieber beide Arme abhacken lassen, als dieser Frau zu sagen, dass sein Steißbein in den nächsten Tagen vermutlich mit Buckel herumlaufen würde und er den mühsam erlernten aufrechten Gang daher gerne würde abschaffen wollen.

Sie gingen weiter. Er legte seinen Arm um sie.

Die wegen Jakobs Steißbein in zwei Stücke zerbrochenen spitzen Zweigenden rollten die Oranienburger Straße hinunter und spießten auf ihrem Weg einige feuchte Blätter auf. Um dem Wind zu entkommen, schlugen sie einen

Haken und setzten sich unbemerkt in den Auspuff des Panzerfahrzeugs, das vor der Synagoge stand.

„Erzählen Sie mal, was haben Sie denn in der Politik bewirkt? Etwas, das Sie erzählen können? Das kein Geheimnis mehr ist?"

„Für mein Häuschen im Hunsrück habe ich die 150%ige Baufinanzierung aus öffentlichen Mitteln und Wohngelderstattung für meinen Neufundländer durchgesetzt!"

„Bitte?"

„Außerdem habe ich mit einem strategischen Papier bewiesen, dass eine Vorhersehbarkeit herrscht, nach der sich berechnen lässt, welche Partei in der Bundestagswahl siegt! Es ist zwar mit dem Schönheitsfehler belastet, dass es sich eigentlich nur auf die alten Bundesländer anwenden lässt, da sich aber ohnehin alles in West und Ost angeglichen hat, ist das nicht weiter tragisch." Jakob fuhr unbeirrt fort, obwohl er ihren verstörten Blick registriert hatte.

„Der Stimmenanteil der SPD richtet sich nach dem Index der deutschen Rohstahlproduktion – gemessen in Millionen Tonnen – im jeweiligen Jahr der Bundestagswahl! Für die CDU gilt: Die Veränderungsrate des Zweitstimmenanteils von CDU/CSU bei Bundestagswahlen richtet sich nach der Veränderungsrate des Staatsverbrauchs, gemessen als Anteil der Staatsausgaben am Bruttosozialprodukt im Vorwahljahr.

Die SPD-Ergebnisse orientieren sich also an der industriellen Produktion, die CDU-Ergebnisse an den Veränderungsraten der Staatsausgaben. Je mehr der Staat ausgibt, desto mehr Stimmen gewinnt die CDU im Jahr darauf! Das lässt sich belegen anhand von Grafiken zurück bis in die Sechziger Jahre! Ich werde sie Ihnen beizeiten vorlegen." Er war ins Schwärmen geraten. „Was sagen Sie dazu?"

Johanna war zutiefst beeindruckt. Wie konnte er sich etwas so Hirnrissiges ausdenken?

Sie verlangsamten ihr Schritt-Tempo, da der Bahnhof viel zu schnell näher kam.

Sie füllte ihre Lungen mit Luft, da sie meinte, für die Antwort Sauerstoff zu benötigen.

„Raffiniert! Wirklich, sehr beeindruckend! Ich muss also in Zukunft bedenken, dass - lege ich mir einen neuen Schreibtisch zu, der Füße aus Stahl besitzt - ich dadurch die SPD unterstütze und wenn ich ein mit öffentlichen Geldern finanziertes Forschungsprojekt übernehme, die CDU ein Jahr darauf von mir profitieren wird. Dann werde ich mir im Wahljahr keinen Schreibtisch kaufen und im Vorwahljahr keine öffentlichen Aufträge annehmen!" Sie lächelte ihm zu. „Was ist denn mit den Grünen, der FDP und der PDS? Gibt es bei denen auch bezeichnende Sachverhalte, die sich auf die Wahlergebnisse auswirken?"

Johanna hatte an diesem Abend so viele Stimmungen durchlebt, dass sie zufrieden war, wieder beim Anfang angelangt zu sein.

„Ich arbeite daran."

„Wie sind Sie zur Politik gekommen?"

„Eher zufällig." Er räusperte sich. „Es war auf der Diplomatenjagd 1956. Mir wurde damals die Ehre zuteil, Theodor Heuss und Oberforstmeister Lukas v. Cranach als Treiber zu attachieren. Ich durfte dem Bundespräsidenten ein kleines Apothekenköfferchen mit Zigarren nachtragen! Meine ersten politischen Schritte."

Der Friedrichstadtpalast warf ihnen durch bunt leuchtende Neonbuchstaben die Realität wieder vor die Füße.

Sie zog ein wenig an seinem Schal.

„Warum also ist Ihr Schal weiß, Jakob?"

„Ich trage Schals je nach Stimmung. Ein Schal wärmt ja genau die Stelle, von der die Christen vermuten, dass dort die Seele sitzt, im Hals oder Adamsapfel. Ich mag dieses Wort nicht. Adamsapfel - es klingt unappetitlich. Diese Stelle bedarf daher jedenfalls behütetster Pflege und Beachtung! Der Schal meines Vertrauens besitzt die Farbe Rot. Ich bin aber zurzeit etwas unsicher, ob ich Rot nicht bald satt habe."

„Und heute war Ihnen nach Weiß?"

„Unschuld. Mir war nach Unschuld!" Seine Unschuld zwickte ihn unter der Brust. Sie hatte es satt, immer die Nummer Eins zu sein.

„Hat ja dann nicht so richtig gewirkt", sie lachte.

Sein Herz wurde wieder unruhig. Sie begann sich Sorgen zu machen. Ihr wurde bewusst, ausgelöst durch das unromantisch grelle Licht im Bahnhof, dass sie nicht wirklich etwas über diesen Mann wusste und ihm dennoch vertraute. Seit Jahren hatte sie das Gefühl vermisst, das dieser Abend ihr nun beschert hatte. Er brachte sie zum Bahnsteig.

„Wie heißen Sie überhaupt?"

„Mierscheid. Jakob Maria Mierscheid."

Sie starrte ihn an. Der Zug fuhr ein. Die Bremsen quietschten erbarmungslos, doch Johanna bemerkte selbst den Windstoß des Zuges nicht, der ihr durch die Seele wehte.

„Ich werde Sie aufsuchen!"

Sie fragte nicht wie und wo. Sie stieg schnell ein und drehte sich erst um, als der Zug schon losgefahren war.

Der Mann war verschwunden, der Bahnsteig leer, bis auf einen jungen Menschen, der eine Maschine vor sich herschob, die den Bahnsteig in Streifen schimmern und wie neu aussehen ließ. Doch das sah sie nicht.

Dieser Mann war verrückt! Warum musste gerade er verrückt sein? Er wollte Jakob Mierscheid sein! Jener Bundestagsabgeordnete, den es nicht gab!

STRICHMÄNNCHEN

Johanna saß an ihrem Schreibtisch und versuchte, sich auf die vor ihr liegenden Dokumente zu konzentrieren. Ein sinnloses Unterfangen, aber es war niemand da, sie darüber aufzuklären. Sie merkte nicht, dass sie die Dokumente – es handelte sich immerhin um Originale – mit Strichmännchen versah. Gerade war sie dabei ein Pferd zu zeichnen, der Rumpf ähnelte einer liegenden Coladose mit fünf Strichen daran, vier nach unten, einer nach oben zeigend, der Kopf des Tieres. Sie setzte ein Männchen auf den Rappen, einen Strich haltend und kreierte dieser Figur ein Gegenüber, das sehr ähnlich aussah, nur, dass sie das Pferd nicht schwarz ausmalte. Die Reiter sollten wahrscheinlich die Landgrafen vom gestrigen Abend darstellen; mit Bestimmtheit ließ sich das aber nicht sagen.

Es war gut, dass Johanna sich nicht für ein Kunststudium entschieden hatte. Es mangelte ihr wirklich an Begabung.

Der gestrige Abend hatte Spuren hinterlassen, nicht sichtbare Spuren, wie bei Jakob am Steißbein, vielmehr Fragen, die zu beantworten, sie nicht imstande war.

Sie wusste nichts über ihn. Hatte weder seinen richtigen Namen noch eine Adresse, nicht einmal eine Telefonnummer. Und sie begann sich zu fragen, ob sie das überhaupt noch wollte.

Wie hatte dieser Mann ihr das antun können? Sie hatte sich noch nie so gewaltig in einem Menschen getäuscht, auch nicht bei einem derart kurzen Zusammentreffen. Wieso hatte er ihr seinen richtigen Namen verschwiegen? Jakob Mierscheid! Lächerlich! Sie kannte Geschichten über Mierscheid, jenes Phantom im Abgeordnetenhaus, das der Phantasie einiger Politiker entsprungen war und sich im Lauf der Jahre zu einem festen Bestandteil der deutschen Politik entwickelt hatte.

Von Phantomen hatte Johanna in ihrem Leben eigentlich genug! Eine tiefe Verletzung in ihr regte ihre Phantasie an und gab ihr auf, die Situation am Bahnhof Friedrichstraße erneut durchzuspielen mit einem für sie deutlich besser ausgehenden Ende: Danach stieg Johanna in die S-Bahn ein, nachdem ihr dieser Mann den Namen Jakob Mierscheid zugeworfen hatte, sie drehte sich im Wagen an der Tür kokett um, lächelte ihn gütig an und konterte charmant, „Nein, wie bedauerlich! Unter anderen Umständen hätte es ja tatsächlich nett werden können mit Ihnen". Am Ende des Satzes verlor sich ihr Lächeln abrupt, die Türen der S-Bahn schlossen sich just in diesem Moment und sie konnte, während sich der Zug in Bewegung setzte, gerade noch die entsetzten Gesichtszüge des Mannes erkennen.

Hoffnungen und Träume brauchten nicht viel Anlass, um in Gang gesetzt zu werden. Eigentlich hatte Johanna damit abgeschlossen, das Leben mit einem Mann zu verbringen. Ihre innere Zerrissenheit belehrte sie vom Gegenteil.

Sie stand zum zweiunddreißigsten Mal aus ihrem ledernen Schreibtischstuhl auf, um in irgendeinen Winkel ihrer Wohnung zu gehen, auf der Suche nach Antworten. Der Kampf zwischen Vernunft und Gefühl hatte in der Nacht seinen Lauf genommen. Johannas Kopf befahl ihr, diesen Mann zu vergessen, ihn zu verurteilen für die Lügen, das eiskalte Spiel, das sie so bereitwillig mitgespielt hatte. Der Stolz warf ihr immer wieder vor, ihn zu schnell geküsst zu haben und trieb ihr die Schamröte ins Gesicht, worüber sie sich ärgerte – das ging alles zu weit!

Jakob - oder wie auch immer er heißen mochte - hatte die zarte Stimmung zwischen ihnen im Nachhinein zerstört! War das überhaupt möglich, konnte ein missglückter Abschied die Erinnerung an den gesamten Abend trüben? Wurden die restlichen Stunden durch eine kurze Lüge zum Schluss ausgelöscht und verkehrten sich auch zur Lüge?

Ihr Verstand schaltete sich augenblicklich wieder ein. Missglückt war der Abschied nicht, eher unverschämt! Die Behauptung, er sei Jakob Maria Mierscheid war eine offensichtliche Lüge - hatte er nicht gesagt, dass offensichtliche Lügen nicht so schwer wögen? Schwachsinn, kompletter Schwachsinn wie der Rest, den er von sich gegeben hatte! Johannas Verstand verfluchte diesen Mann, mit all seinen Spinnereien.

Die Wohnung glänzte wie selten, wenigstens das hatte ihr die Begegnung beschert, Putzen diente ihr zur inneren Reinigung.

Sie hatte um sechs Uhr morgens mit den Aufräumarbeiten angefangen, zunächst das Chaos in ihren Zimmern in Schränke, Kisten und Schubladen gesperrt, nachdem der Schlaf bei ihr nicht hatte eintreffen wollen.

Nun nahm sie den Lappen aus der Spüle, wischte zum x-ten Mal über die schwarz marmorierte Oberfläche ihrer Küchenzeile und setzte schließlich erneut Wasser auf.

Johanna brühte Kaffee von Hand auf, sie mochte keine Kaffeemaschinen. Sie liebte den Anblick, wenn das brodelnde Wasser sich dampfend seinen Weg nach unten durch die winzige Öffnung des Porzellanfilters suchte und langsam, nach und nach durchsickerte, kleine schwarze Blasen aufwarf bis der Kaffeesatz am Rand der Filtertüte haften blieb. Johanna goss eine geringe Menge Wasser auf das Kaffeepulver und wartete einen Moment, ehe sie das restliche Wasser dazu schüttete. Der Kaffee entwickelte dadurch nochmals ein weicheres Aroma. In dieser Hinsicht war sie altmodisch, aber auch nur in dieser Hinsicht, dachte sie und lächelte zum ersten Mal an diesem Tag. Vielleicht würde ihm das gefallen.

Sie nahm eine Tasse aus dem Schrank — mit Untertasse — das Lächeln weitete sich nochmals ein wenig.

Gerade hatte ihr Herz die Oberhand. Es suchte nach einer Erklärung: Es passte nicht zu dem Rest des Abends, dass er ihr seinen Namen nicht preisgab. Als sie ihm wegen seiner mangelnden Offenheit die Meinung gesagt hatte, schien er ehrlich betroffen zu sein. Durfte er seinen richtigen Namen nicht sagen? Waren geheime politische Berater dazu verdammt, ein einsames Leben voller Lügen zu führen? War er überhaupt politischer Berater?

Ihr Verstand hielt sich in Habachtstellung.

Jakob würde sie im Telefonbuch nicht finden, sie war erst vor wenigen Wochen nach Berlin gezogen. Vielleicht hatte er das jetzt schon festgestellt und bereute zutiefst, sich nicht zu Erkennen gegeben zu haben. Ja, das würde es sein: er dachte, er würde sie auffinden können, weil er ihren Namen wusste! Vielleicht hatte er heute Morgen bereits versucht, Blumen zu schicken, und musste feststellen, dass sie nicht im Telefonbuch verzeichnet war, und jetzt fühlte er sich elend, sich ihr nicht erklären zu können! Oder er schämte sich wegen des vermasselten Kusses. Hatte sich Jakob womöglich aus Scham bereits am nächsten Baum aufgehängt? Und...

Johannas Verstand reichte es jetzt, ihm standen von Sehnsucht gesponnene Träume bis zum Hals. Er drängte ihr auf, zu bedenken, dass er mit hoher Wahrscheinlichkeit ein Irrer war, dieser Jakob. Rannten ja genug herum in der Stadt, vielleicht harmlos, das war nicht auszuschließen - der Verstand wollte nicht direkt übertreiben, da war er anders als ihre Sehnsucht, durchtriebener, ließ aber nicht locker: vielleicht war Jakob aber auch ein Verbrecher, der seine Identität nicht preis geben konnte, ein Waffenhändler, ein Killer - jetzt ging der Verstand vielleicht doch ein wenig zu weit. Aber was war das für ein großer geheimer Plan von dem er gesprochen hatte? War er Agent, war Mord im Spiel?

Ihre Sehnsucht salutierte vor diesen Gedanken und ließ ihre Hände erzittern. Für den Moment schien die Schlacht für den Verstand gewonnen. Sie hatte sich diesem Mörder freizügig hingegeben! Sie erlitt erneut Hitzewallungen, die ihr Gesicht rötlich schimmern ließen.

Endlich erwachte ihr Kampfgeist als Schlichter zwischen den Parteien und ließ sie auf den Boden zurückkommen, indem er ihr Ärger darüber zuschickte, dass in ihrem Innern alles durcheinander geworfen war und sie Tage brauchen würde, um wieder Ordnung zu schaffen. Sie wurde sauer, und weder Verstand noch Herz konnten jetzt etwas ausrichten.

Sie kehrte zum Schreibtisch zurück und konzentrierte sich auf ihr Projekt. Für ein paar Minuten gelang ihr das sogar, wobei sie die Strichpferdchen und -männchen entdeckte und überlegte, wie die da hingeraten waren.

Sie litt nicht unter Zeitdruck, es gab keinen festen Termin.

Jakob Mierscheid. Sie hatte nur rudimentäre Kenntnisse über ihn. Sicher gab es Literatur über Mierscheid. Wenn sie ihm dann irgendwo wieder begegnen sollte, wäre sie gewappnet. Aber wieso sollten sie sich in Berlin nochmals über den Weg laufen?

Vielleicht war er ja auch wieder in der Kneipe und sie könnte ihn dann dort zusammenstauchen, eine Riesenszene hinlegen und ihn stehen lassen! Das wäre ihm bestimmt schön peinlich. Sie lächelte und malte sich – vor dem Spiegel stehend - die Zusammenkunft aus. Während sie ihm grässliche Worte zuwarf, fluchte und ihrem Peiniger gegenüber mit der Faust drohte, meldete sich ihr Bewusstsein und hielt ihr vor Augen, wie peinlich sie sich benahm.

Sie beschloss, dass es nicht so weiter gehen konnte, warf sich den Mantel über, um zum Café Mierscheid in die Reinhardtstraße zu fahren und sich ein Buch zu besorgen.

Die Neugier hatte sich bisher zurückgehalten. Das war klug, denn jetzt hatte sie gesiegt.

Hätte Johanna geahnt, dass Jakob sich überhaupt keine Gedanken über den Abschied machte, wäre sie durchgedreht und ihre Wohnungseinrichtung hätte sicherlich einigen Schaden genommen. Gut, dass es Geheimnisse gab.

Der obere Teil der Reinhardstraße war an diesem Tag - wie das gesamte Viertel in einem Radius von eineinhalb Kilometern um die Synagoge in der Oranienburger Straße - wegen Katastrophenalarms gesperrt. Das Panzerfahrzeug zum Schutz dieser Stätte verweigerte seinen Dienst, was obersten Behörden Anlass zu der Vermutung eines heimtückischen Anschlags gab.

HINDERNISLAUF

Der Raum war enorm hoch, oben an der gesamten Decke prangte eine christliche Malerei frühen Ursprungs: Das Letzte Abendmahl. Jesus, versammelt in fast ausschließlich guter Gesellschaft seiner Jünger. Er brach gerade das Brot, um es zu verteilen. Sie saßen alle etwas gedrängt nur auf einer Seite des Tisches, was, wenn man es ruhig bedenkt, ziemlich unrealistisch erscheint und nur den Sinn haben kann, dass der Betrachter alle bei Tisch erkennt. Wer benutzt nur die eine Seite einer langen Tafel? Trotzdem schienen sie an dem Tisch eine Menge Spaß zu haben. An einer Ecke der Decke wimmelte es von schwebenden Engeln, die ihre Arme in Jesus Richtung ausstreckten. Von Brot und Wein dürften sie dennoch nichts abbekommen haben: sie waren noch minderjährig und etwas übergewichtig. Die Malerei erstrahlte in warmem Licht und verlieh dem Raum eine mystische, beinahe sakrale Atmosphäre.

Das Zimmer hatte keine Fenster. Durch seine Größe und Höhe wirkte es düster und bedrohlich. Die Lichtstrahlen der Deckenbeleuchtung reichten nur bis zur Hälfte der Wände, der übrige Raum lag im Halbschatten; bis auf einen schwachen Schein, der von vereinzelten Altarkerzen auf dem Boden ausging und einer Lampe, die den Umkreis des Schreibtischs erhellte. Unzählige Bücher waren im Raum verstreut, viele in ledernem Einband mit goldener Aufschrift, teils aufgeschlagen oder mit Lesezeichen wie Bleistiften, Kugelschreibern und Linealen versehen. Sie teilten sich Tische, Regale und den Boden mit Papieren und vereinzelten Staubflocken.

Jakob war seine Unordnung heilig. Er wusste genau, an welchen Stellen er zu suchen hatte, wenn er überhaupt mal etwas suchte - was so gut wie nie vorkam.

Der Raum war voll gepfropft mit Antiquitäten, deren Krönung der prunkvolle Mahagonischreibtisch war. Für den einfachen Betrachter blieb er aber aufgrund gestapelter Unterlagen verborgen. Da die Schreibtischlampe zeitlich vor den Unterlagen auf dem Tisch gestanden hatte, hatte sie ihre Stellung behaupten können.

In einer Ecke des Raumes neben einem Kamin bewegte sich etwas, ein dunkelbrauner Neufundländer, zwei Kälber groß, der sich die Hinterpfote leckte.

Ein seltsames Gebilde aus Eisen war an einer Wand befestigt. Es bildete von der Wand abgehend einen Halbkreis, der sich nach einer Seite hin öffnen und schließen ließ. Links und rechts des Eisenstücks, in dem ein Hals gut Platz finden konnte, hingen an schweren Ketten zwei ebenfalls verschließbare kleinere Ringe. Die Kette deutete auf mittelalterliche Herkunft und hatte der Wahrheitsfindung zwischen Kerkermauern gedient.

Jakob saß im Gegensatz zu Johanna einigermaßen konzentriert am Schreibtisch. Zwischen der Lehne des Stuhls und seinem Rücken quetschte eine Wärmflasche, die ihren Zweck aber nicht sonderlich gut erfüllte. Sie rutschte immer wieder herunter und fiel zu Boden, wurde viel zu schnell kalt und überhaupt: Jakob litt unter Schmerzen. Es half aber nichts. Nur noch wenig Zeit verblieb, und alles musste sitzen. Er würde nicht noch ein weiteres Jahr warten können.

Die Schmerzen brachten Jakob schließlich doch zur Unvernunft, er stand gekrümmt aus seinem Stuhl auf, sein Fluchen wandelte sich zu einem Lächeln, das ihm die gerade Haltung zurückgab, als er der Ursache seines Schmerzes gedachte: Ein wunderbarer Kuss! Die Unvernunft riet ihm, dass es auf ein Jahr früher oder später doch nicht ankäme. Was würde er sich mit dieser Frau amüsieren können, eine Offenbarung nach so vielen Jahren der Einsamkeit! Sie würde ihn verstehen, sie sprach seine Sprache und besaß Leidenschaft! Ihre Gedanken ließen sich von seinen mitreißen und umgekehrt! Sie war so echt, so wahrhaftig. Und so schön! Verrückt müsste er sein, diese Frau nicht in sein Leben einzubeziehen, sei es auch von noch so kurzer Dauer! Jakobs Hals wies bereits rote Striemen auf, so sehr hatte er sich seiner unbewussten Geste ob der Aufregung zur Abregung bedient.

Jakobs Herz drang auf einen Kampf mit dem Verstand. Zwar aus anderen Gründen, doch es wäre vermutlich in eine ähnliche Richtung gegangen wie bei Johanna.

Ein dumpfes Klopfen riss seine Gedanken unvermittelt ab. Er ging ziemlich aufrecht zu einem orientalischen Wandteppich und drückte die Klinke hinunter, die in dem Muster des Teppichs verschwand.

„Komm herein!" Jakob öffnete, der Neufundländer blieb desinteressiert in der Ecke liegen. Viktors Besuch war nun wahrlich keine Sensation, für die es sich gelohnt hätte aufzuspringen und der beschwerlichen Tätigkeit des Schwanzwedelns nachzugehen.

Viktor schüttelte seinen blonden Kopf wie ein nasser Hund. Die Regentropfen flogen in alle Richtungen. Jakob machte ein vorwurfsvolles Gesicht.

„Viktor, bitte!"

„Hi Jakob! Ja, danke der Nachfrage, mir geht's gut, der Regen draußen war wirklich klasse!", spöttelte er, „besser als krank zu werden, das würde dir doch jetzt gerade noch fehlen, oder?" Er grinste Jakob an, wohl wissend wie alles auch von ihm abhing.

Lange hatte Viktor sich eine solche Situation gewünscht: dass er unentbehrlich und bis ins letzte Detail einbezogen war. Obwohl er wusste, dass er im Verhältnis zu seinen Kollegen, die es wirklich schlecht getroffen hatten mit ihren Vorgesetzten, Sonderstatus besaß. Er verehrte Jakob und war bereit, alles für ihn zu geben. Ausnahmslos alles! Und das wiederum unterschied Viktor von seinen Kollegen.

Er beobachtete, wie sich Jakob dem Stuhl näherte, greisenhaft humpelnd.

Auch Jakob konnte sich von dieser meist männlichen Eigenschaft nicht freisprechen, in Anwesenheit eines Freundes das eigene Leid zu offenbaren, mehr als während des Alleinseins. Ein steinzeitliches Gesetz, dass der männliche Schmerz in Gegenwart vertrauter Menschen stets wächst.

„Ach du Scheiße! Jakob! Was ist passiert?" Männer nehmen das gegenseitig häufig sehr ernst.

Die zwei ausgestopften Wildtauben und der Eichelhäher über dem Schreibtisch hatten Jakob die ganze Zeit über beobachtet - was blieb ihnen auch übrig - und dachten sich ihren Teil.

Jakob lächelte gequält. „Du weißt, ich bin nicht mehr der Jüngste..."

Viktor meinte zu erkennen, dass hinter diesem Lächeln weit mehr steckte, als Jakob zugeben würde. Das passte ihm ganz und gar nicht, nicht in dieser Phase. Er war Jakobs Vertrauter, mehr als je zuvor. Keine Geheimnisse, keine Spielchen! Er würde es aus ihm rauskitzeln!

„Nicht mehr der Jüngste! Sehr witzig, Jakob! Gestern in der Bibliothek noch 'rumgesprungen wie ein Irrer und heute bist du bucklig und sabberst, oder wie? Dabei läuft deine Zeit doch gar nicht ab, es sei denn, na ja, du weißt schon. Also was ist?" Viktor war offensichtlich doch nicht der Richtige, um Mitgefühl einzufordern.

Jakob setzte sich und tat so, als sei er in einen Zettel vertieft und Viktor habe ihn durch sein Kommen bei dessen Bearbeitung gestört. Er winkte verächtlich ab, um ihm deutlich zu machen, dass er nicht gewillt war, das Gespräch weiter zu verfolgen.

Viktor behagte die Veränderung seines Dienstherren überhaupt nicht. So unausgeglichen hatte er ihn noch nie erlebt. Sicher, Jakob konnte sich hineinsteigern in eine Diskussion, in Missstände, die seiner Meinung nach Ungerechtigkeiten bargen, aber er ließ es nie an anderen aus, hatte sich immer im Griff. Er besaß jene innere Ruhe, um die Viktor ihn so oft beneidet hatte.

Behutsam, mit sanfter Stimme, begann er zu kitzeln.

„Mal im Ernst, was ist los? Kann ich dir helfen? Willst du reden?"

Jakob war heute sehr offenherzig. Viktors über Jahre erlernte Fähigkeit, seinen Freund zum Reden zu bewegen, endete heute bereits in der ersten Fragerunde. Jakob spuckte es fast von allein aus. Die Nichtbeachtung seines Leids musste dem Verlangen des Kopfes weichen. Der brauchte Platz und das ging nur, indem er Gedanken herausließ, um mögliche neue einzulassen.

„Ich habe eine Historikerin kennen gelernt! Johanna..." Die Art wie Jakob den Namen Johanna hinhauchte und die ungewohnte Kürze des Spiels trieben Viktor kalten Schweiß in die Geheimratsecken.

„Ach du Scheiße!" Seine Stimme überschlug sich, er bemerkte es und schämte sich. Wieso reagierte er über? Ruhiger fragte er, „Und was soll das heißen? Ich meine für uns? Wer ist diese Frau, diese - Johanna", er äffte das Gehauche des Namens nach, was aber nicht gelang, sollte es ja auch nicht. „Es ist doch nicht von Bedeutung?" Er versuchte den letzten Satz wie einen Satz mit einem Ausrufungszeichen auszusprechen, seine Stimme hob sich aber eigenwillig beim letzten Wort in die Höhe, so dass doch noch eine Frage entstand, was Viktor sehr ärgerte. Es hatte keine Fragen mehr zu geben! Inhaltlich, bitte schön, ja, aber vom Grundsatz der Entscheidung her nicht! Keinesfalls! Die war gefallen! Diese Ausrufungszeichensätze bildeten sich nur in seinem Innern, verwandelten sich aber nach Jakobs Antwort wieder in Fragezeichensätze.

„Manches Mal scheint es besser, den Verstand über gewisse Dinge zu verlieren, als nicht zu reflektieren. Johanna ist meine Reflexion, meine Gewissensfrage. Es gehört auch die innere Qual dazu, Viktor! Bei endgültigen Dingen, die über Leben und Tod entscheiden, über Sein oder Nichtsein, muss man den Kampf mit seinem Gewissen bis in jeden Winkel austragen. Mit dem Risiko, dass es anders ausgeht, als man es sich zunächst wünschte. Ich habe mich seit Monaten gequält und kam zu dem Ergebnis, es tun zu müssen. Der Druck war zu groß: Ich werde es tun müssen. Und dennoch, als ich diese Frau sah, Viktor..."

Viktor blickte ihm in die Augen und das, was er da sah, gefiel ihm ganz und gar nicht.

Jakob fuhr fort. „Ich bin von Geburt der ewige Zeitgenosse. Das wissen wir. Wir wissen auch, dass ich die Ewigkeit nur gepachtet habe. Das bedeutet formal gesehen, auch der Pachtvertrag kann gekündigt werden und zwar von mir. Ich hatte beschlossen, dass meine Ewigkeit bald endet und das sollte deine Wenigkeit auch begriffen haben."

Viktor versuchte erleichtert auszuatmen.

„Aber...", fuhr Jakob fort.

Viktor holte viel zu schnell tief Luft. Da zwischen dem tiefen Ausatmen und dem nächsten Schock über das „Aber" zu wenig Zeit lag, kam er ins Keuchen.

„Ich habe hin- und hergewendet, liebster Viktor. Für und Wider abgewogen und es schien mir so, als hätte ich alle Seiten ausgeleuchtet. Sämtliche erdenklichen Wendungen und Ereignisse habe ich in die Waagschale gelegt, um in dieser Angelegenheit ganz sicher zu sein, die richtige Entscheidung zu fällen, deren Dimension – ohne dir nahe treten zu wollen - lediglich für mich persönlich ganz und gar zu begreifen ist. Gestern, Viktor, der Abend mit Johanna, warf alles um in meinem Kopf. Alle bisherigen Erwägungen scheinen neu bedacht werden zu müssen, auch auf die Gefahr hin, darüber den Verstand zu verlieren."

Viktor fiel nichts Besseres ein. Er trotzte.

„Dein Verstand ist aber dein Kapital! Sowohl in unserer Sache und doch vermutlich auch bei dieser Johanna." Diesmal verlieh sein Tonfall dem Namen Johannas ein wenig mehr Respekt. „Wenn du den verlierst, hast du gar nichts mehr zu verlieren."

Viktor war klar, dass er nicht eben besonders Schlaues von sich gegeben hatte, aber zu schweigen hätte ihm auch nicht gepasst. Er war überfordert. Sicherlich war alles ein übler Scherz. Um keine Stille aufkommen zu lassen, fragte er weiter, „Wie hast du dich ihr zu erkennen gegeben?" Es musste grenzenloser Blödsinn sein! Der Eifer Jakobs bereitete Viktor dennoch Angst.

„Ich habe ihr gesagt, wer ich bin!"

Viktor zeigte sich erleichtert.

„Na, und was hat sie gesagt? Konnte sie mit deinem Namen was anfangen?"

„Ich denke schon, sie ist eine sehr gebildete Frau! Aber in dem Moment fuhr die S-Bahn ein. Uns blieb daher keine Möglichkeit, unser Gespräch fortzusetzen."

Viktors Lachen hallte durch den Raum.

„Spitze! Du meinst, du hast sie so abfahren lassen? Ohne weitere Erklärung?" Diese Art Fragen gefielen Viktor. Er konnte nicht mehr. Er prustete sein Lachen heraus wie ein wieherndes Pferd. Viktors Reaktion traf Jakob wie ein geübter Pfeil die Zielscheibe.

Jakob brüllte, „Es reicht jetzt! Idiot!"

Die Jünger zuckten zusammen. Viktor verstummte augenblicklich. Im Gegensatz zu seinen Gesichtszügen, die sekundenschnell auf Ernst umgeschaltet hatten, wehrte sich sein Zwerchfell und stieß noch ein paar Gluckser hinaus. Es konnte schneller beben als denken.

War Jakob gestürzt? Sicher war er das! Die Wärmflasche vor dem Stuhl, seine gekrümmte Haltung, vielleicht hatte er sich den Kopf aufgeschlagen! Ein Arzt musste her! Ging das denn, konnte er sich am Kopf verletzen? Na ja, wieso nicht? Viktor sah erst rot, das war er gewohnt, aber augenblicklich sah er schwarz, das war er nicht gewohnt, und dann sah er Tausende entzückend funkelnde, winzige an den Rändern ausufernde Punkte und fiel in Ohnmacht.

Jakob hörte zwar das dumpfe Geräusch eines Aufpralls irgendwo im hinteren Mittelohr, aber er war zu sehr mit seinen ihn überschwemmenden Gedanken beschäftigt, als dass dieses Geräusch eine Einordnung in seinem Gehirn gefunden hätte.

Hatte er Johanna in die Verzweiflung getrieben? Hatte er durch den Abschied alles vermasselt? Und zwar so, dass es kein Zurück mehr gab? Dass diese Frau ihn verfluchte, ihn hasste, bevor ihre Liebe eine Chance bekam? Hatte er diese Chance verspielt? Was mochte sie jetzt von ihm halten? War er in ihren Augen ein Irrer? Er hatte sich so sehr mit ihr vertraut gefühlt, war so tief in ihrer Anwesenheit er selbst gewesen, dass er vergessen hatte, wer er war, und dass seine Existenz zumindest einigen Leuten fragwürdig erschien.

Jakobs Nervosität ließ ihn aus dem Stuhl hochfahren wie ein Blitz, der ausnahmsweise vom Boden in die Höhe schießt. Augenblicklich spürte er den Schmerz in seinem Rücken und stieß einen verzweifelten Schrei aus. Er trat vom Schreibtisch weg und stolperte über Viktor, der noch regungslos am Boden lag.

Jakob fiel; das zweite Mal innerhalb weniger Stunden. Er hätte es als Zeichen deuten können, aber er war nicht abergläubisch.

Trotz des hilflos daliegenden Viktors und des nicht ganz so hilflos daliegenden Jakobs feierte die Gesellschaft an der Decke fromm und munter weiter. Der Neufundländer zeigte Interesse an der ungewohnten Situation, trottete zu den beiden und nahm neben ihnen Platz.

Jakob zog sich an Viktor hoch und tätschelte ihm erst sanft, dann kräftiger die Wangen. Das Geräusch, das er zuvor gehört hatte, ließ sich jetzt einordnen. Er machte sich Vorwürfe.

Wieso hatte er Viktor so übel mitgespielt? Er hätte behutsamer mit ihm umgehen müssen! Ihm wurde bewusst, dass es ihn mit Johanna schlimm erwischt hatte, ansonsten hätte er doch bemerken müssen, dass sein Freund zu Boden gegangen war!

Immerhin war er durch den Schock zum ersten Mal schmerzfrei an diesem Tag.

„Viktor!", er rüttelte ihn an den Schultern. „Komm, Viktor, mach mir keine Dummheiten! Es tut mir unendlich leid, komm zu dir, Viktor! - Ich brauche dich doch noch!"

Der letzte Satz wirkte. Den wollte Viktors Unterbewusstsein gerne mit dem Bewusstsein teilen. Er schlug die Augen auf und sah jetzt wieder ganz normal.

„Gott sei Dank! Ich dachte schon, du würdest..."

Viktor lächelte ihn an, „Hey, tu das nie wieder, ja? Erschreck mich nie wieder so!" Er befühlte seinen Kopf, eine Beule würde er davontragen, aber sonst schien alles in Ordnung.

Die Situation gab beiden die verlorene Ruhe wieder.

Viktor fühlte sich gebraucht und wusste, dass er jetzt bei seinem Freund und Vorgesetzten etwas gut hatte. Jakobs Vernunft wiederum hatte ihren Platz wieder eingenommen und den Fragenapparat im Kopf ausgeschaltet. Er war bereit, alles ruhig anzugehen.

Seine Besonnenheit schrie nach Schnaps.

„Ich denke, diese Situation erfordert Beistand von flüssigen Mitteln." Er lächelte Viktor entschuldigend zu. „Einige Dutzend Prozent werden unserem derzeitigen Zustand helfen, in die nötige Ausgeglichenheit zurückzufinden." Er erhob sich und schlurfte zu einem verzierten Vertiko aus Wurzelholz, entnahm Flasche und Gläser und setzte sich wieder zu Viktor auf den Boden.

Viktor hatte trotz der vielen Jahre, die er gemeinsam mit Jakob verbracht hatte, dessen Sprache nicht für sich angenommen. Zwar mochte er dessen umständliche Ausdrucksweise; hatte oft das Gefühl gehabt, einige Sätze kämen auf langen Stelzen daherspaziert, um arrogant oder einfach nur verträumt Verwirrung zu stiften. Viktor hingegen liebte es, am Puls der Zeit zu sein. Er fühlte sich durch das Zusammensein mit Jakob oft in eine altmodische Welt versetzt, die er lächelnd, aber nicht ohne Respekt zur Kenntnis nahm. Im Lauf der Zeit waren diese Augenblicke seltener geworden. Gerade aber ertappte er sich bei dem Gedanken, dass Jakob angesichts der absurden Situation ruhig einfach mal hätte sagen können, er brauche einen Schnaps. Einfach nur so. Er schaute zu, wie Jakob die Gläser füllte und fühlte sich langsam wieder behaglich.

Sie stießen an.

Viktor konnte seine Neugier nicht länger zurückhalten.

„Schieß los, wer ist diese Frau, die dich so durcheinander bringt? Muss ja ein ziemlicher Feger sein!" Er blinzelte Jakob durchtrieben von der Seite an, wohl wissend, dass die Bezeichnung „Feger" nicht gerade die war, die Jakob mit seinem Schwarm in Verbindung gebracht haben wollte.

Jakob füllte die Gläser nach. Er überhörte die Wortwahl seines Freundes. Er hatte immer noch ein schlechtes Gewissen.

Sie stießen erneut an. Der Schnaps gab Viktor Wärme und Jakob Zuversicht zurück.

„Wir sind den ganzen Abend durch Berlin spaziert und haben das Leben zerpflückt. Sie lacht so wunderschön!" Er versank in seinen Erinnerungen.

Diesmal schenkte Viktor nach.

„Das Leben zerpflückt also. Klingt gut!" Er hielt Jakob das Glas hin. Sie tranken. Der vierte Schnaps tat seine Wirkung.

„Sie ist vom Barhocker geflutscht wie eine Robbe vom Felsen ins Meer..."

Viktor lachte. „Geflutscht, ja? Sie ist geflutscht! Na dann..."

Jakob schien es wirklich schlimm erwischt zu haben, stellte er fest. Flutschen gehörte nicht gerade zu seinem Wortschatz! Der Schnaps ließ Viktor Jakob die Begegnung mit dieser Frau zu diesem ungünstigen Zeitpunkt gönnen. Wie viele Jahre hatte Jakob jetzt schon alleine zugebracht. Viktor war nie in den Sinn gekommen, dass Jakob sich vielleicht einsam fühlen könnte. Jemand, der den Sinn seines Lebens so genau zu definieren wusste, hatte er bisher gedacht, hätte keinen inneren Mangel zu leiden. Da hatte er sich offensichtlich getäuscht.

Der Schnaps lieferte Viktor der Gefühlsduseligkeit aus und ließ ihn ihr Vorhaben vorübergehend vergessen.

„Habt ihr euch noch mal verabredet? Oder weißt du, wo sie wohnt?"

„Weder - noch."

Es ging bereits in Schnapsrunde sechs. Jakob schenkte nach.

„Wie willst du sie wiederfinden? Prost!"

Die Gläser klirrten leise.

„Zum Wohl! Sie wird heute Abend das Theater aufsuchen." Da war sich Jakob ganz sicher.

„Hat sie das gesagt?"

„Nein."

Viktor schaute ihn verwirrt an. „Es gibt mehrere in Berlin."

„Sie geht ins Deutsche Theater!" Jakob war sich hundertprozentig sicher.

„Woher willst du das wissen?"

„Sie muss sich ablenken. Sie wird ins Theater gehen!"

Viktor bedauerte seinen Freund jetzt schon. Vor seinem geistigen Auge tauchten Bilder auf: Er sah Jakob am Abend vor dem Deutschen Theater stehen, voll Hoffnung in den Augen; wie sich der Platz anfüllte mit Besuchern, wie er siegessicher nach jener Frau Ausschau hielt, in der Hand eine Rose. Er sah, wie die Besucher langsam vom Vorplatz ins Foyer drängten, bis schließlich nur noch Jakob einsam vor dem Theater stand; ohne Johanna, die wahrscheinlich ins Kino gegangen war. Zu diesen traurigen Bildern hörte er im Innern den Schumann-Gesang Fritz Wunderlichs, „Ich hab im Schlaf geweinet, mir träumte du lägest im Grab..." Viktor wischte sich die Augen, bevor die Tränen ausbrechen konnten. Er schenkte nach.

„Sie geht wahrscheinlich ins Kino!" Viktor musste die Situation vor dem Theater unbedingt verhindern.

„Nein. Nach dem gestrigen Abend erscheint ihr das zum gegenwärtigen Zeitpunkt zu profan. Sie benötigt Mystik, eine gewisse unerklärliche und geheimnisvolle Atmosphäre, die ihrer Seele die Stimmung des Vorabends widerspiegelt. Sie sucht nach der Möglichkeit, hinter Fragen, die sich durch unsere Begegnung gestern stellten, Antworten zu setzen."

Manchmal trieb Jakobs in Worten verschnörkelte Gewissheit Viktor dennoch zum Wahnsinn. Er schlug einen spöttelnden Tonfall an.

„Aha! Verstehe! Sie geht also heute Abend ins Theater, weil sie sich nach dem Theater von gestern Abend sehnt, ja?"

„Viktor, bitte! Ich bin nicht nur überzeugt, dass sie ins Theater geht, ich weiß es!"

„Und warum ausgerechnet ins Deutsche Theater?" Er mochte nicht locker lassen.

Jakob lächelte. „Das ist ein Geheimnis."

Viktor fühlte ein Gefühl aufsteigen, von dem er bestritten hätte, dass es Eifersucht wäre.

Jakob kannte diese Frau erst wenige Stunden und schon hatten sie ein Geheimnis! Viktors Stellung als einziger Geheimnisträger Jakob Maria Mierscheids war also beschädigt!

Die Eifersucht kitzelte Viktor in der Brust. Er genehmigte sich noch einen Schnaps, um sie zu auszulöschen.

„Einen Moment, bitte schön!" Jakobs Stimme klang erbost. „Du wirst wohl nicht wagen, der Flasche ein Ende zu bereiten, ohne mich weiterhin zu beteiligen!"

Viktor schenkte ihm nach, ein wenig traurig und beleidigt.

Wie sie so dasaßen, auf dem Boden des großen Raumes, inmitten der Bücher und Papiere im Schein des Kerzenlichts, wirkten sie wie zwei Verschollene, die glücklich darüber waren, dass niemand die Suche nach ihnen aufnahm.

Immerhin, dachte Viktor, teilte er etwas mit Jakob, an dem diese Frau nie teilhaben würde. Das war ausschließlich eine Sache zwischen ihm und Jakob! Den Platz würde sie ihm nicht streitig machen können.

„Jakob, wir müssen den Plan durchziehen!" Viktors Aussprache war schon besser gewesen an diesem Tag.

„Das hat Johanna auch gesagt." Jakob war schon weit weg.

„Bitte?" Viktor wurde laut. „Du hast der doch wohl nichts erzählt? Spinnst du, 'ner wildfremden Frau!"

„Sie ist mir nicht fremd. Mir ist, als würde ich sie schon Jahre kennen..."

„Würde, würde, das ist Konditional, Konjunktiv, was auch immer! Du kennst sie eben nicht schon Jahre! Verdammt! Du kannst doch nicht alles aufs Spiel setzen!" Der Nachdruck, mit dem Viktor diese Worte hatte aussprechen wollen, verlor sich im Rausch. Viktor trank jetzt aus der Flasche. Johanna hatte ihm seine Stellung also bereits streitig gemacht!

„Es ist alles gut, Viktor! Ich habe ihr keine inhaltlichen Anhaltspunkte, geschweige denn unser konkretes Vorhaben mitgeteilt. Außerdem erfahren wir ihre Unterstützung!" Jakobs Stimme klang stolz, auch er hatte den Überblick über die Brisanz des Gesprächs durch die unerwartet schnelle Zunahme der Promillewerte im Blut verloren.

„Sie ist der Meinung, wir sollen die Sache in jedem Fall ausführen!" Er nahm Viktor die Flasche aus der Hand und schenkte sich nach.

„Ach, sie weiß nichts, aber wir sollen die Sache durchziehen, ja? Schon klar! Weißt du eigentlich, dass ich schon einen Termin mit den Beiden vereinbart habe? Was willst du denen jetzt erzählen? Hast dich verliebt?", Viktor lachte verzweifelt.

Dass er sich so große Sorgen machte und so ein wenig mitleiden musste, gefiel Jakob. Dabei hatte er ja noch gar keine Entscheidung gefällt. Er wusste ja selbst nichts mehr. Er dachte an Dräcker. Der würde es sicher verstehen! Sie hatten zwar schon häufiger Auseinandersetzungen gehabt, aber Dräcker war Lebemann und Weltenbummler. Wenn einer von den Dreien es also würde verstehen können, dann er! Und Nagelmann? Pah...!

Spätestens dann, wenn man glaubt, sich rechtfertigen zu müssen, beginnt man, für jedes noch so schwachsinnige Vorhaben geradezustehen; es sich schön zu reden und schließlich wirklich gut zu finden: Der Beginn einer jeden tiefen Überzeugung.

Viktor hatte lange genug auf eine Antwort gewartet, die nicht mehr kommen würde, da Jakob sich in tiefsten alkoholischen Wachträumen befand. Viktor hielt es für das Beste zu gehen. An diesem Tag würde es gänzlich zwecklos sein weiterzureden. Sein Alkoholpegel war hoch genug, es gab keinen Grund mehr, länger zu bleiben. Hoffentlich würde morgen alles anders sein!

„Ich haue ab." Er erhob sich, half Jakob auf und brachte ihn torkelnd zum roten Samtkanapee. Sie umarmten sich.

„Tut mir leid, Viktor."

Viktor wusste nicht, was Jakob nun leid tat: dass er für seine Ohnmacht gesorgt hatte, dass er ihren Plan aufgab, dass er Geheimnisse ausgeplaudert hatte, die nur zwischen ihnen bestanden oder, dass er dieser Frau auf einmal mehr Wert beimaß als seinem treuen Freund Viktor Wasserträger.

„Schon gut." Viktor verließ Jakob, Jesus und die Jünger, die Tauben, den Neufundländer und den Eichelhäher.

Jakob legte sich hin, seine Augen verweigerten sich sofort dem Licht und klappten zu. Die Engel schwebten über ihm und hüllten seine Träume in seidenes rosafarbenes Tuch.

Von Krähen und Löwen

Johanna saß schon über zwei Stunden in dem Café. Das Buch hatte sie die Zeit vergessen lassen. Die Achterbahnfahrt ihrer Gefühle wurde ausgebremst durch neue Informationen.

Sie tauchte in fremde Phantasien ab: die der Abgeordneten des Deutschen Bundestages, die Mierscheid zum Leben erweckt hatten, indem sie in seinem Namen Briefe verfasst hatten über die kleinen und größeren Ungereimtheiten der deutschen Politik. Oft las sie ein paar Passagen und starrte danach minutenlang in die Luft; fixierte einen Punkt, den ihre Augen festhielten, ohne das Gesehene begreifen zu können. Ihre Gedanken kreisten und mühten sich, die Geschichten aufzunehmen und in eine Ordnung mit dem gestrigen Abend zu bringen.

Johanna hatte einen kleinen Tisch am Fenster gewählt, von dem aus sie die Tür beobachten konnte. Niemand würde die Kneipe betreten, ohne ihrer Kontrolle zu entgehen! Das zumindest hatte sie sich anfangs vorgenommen. Doch sie sank tiefer und tiefer in 'Die Akte Mierscheid' ein. Sie vergaß einfach, bei jedem leisen Quietschen und kühlen Luftzug der Türe aufzublicken.

Das Buch bestand aus zusammengetragenen Dokumenten, vorwiegend Briefen, die das Phantom Mierscheid verfasst hatte. Er hatte sogar seinen Eintrag ins WHO IS WHO? gefunden, das Verzeichnis der Prominenz aus Politik, Wirtschaft und Kultur.

Sie staunte: Mierscheid, Jakob Maria, Schneidermeister und SPD-Bundestagsabgeordneter. Geboren am 1. März 1933, katholisch, Witwer seit 1978, vier Kinder. Unter der Rubrik, 'Bedeutende Vorfahren', war Johannes Bückler, der Schinderhannes, als Sozialarbeiter eingetragen. Mierscheids Hobbys waren Tontaubenschießen und Skat. Johanna musste laut lachen, was ihr ins Bewusstsein rief, dass sie sich ohne Begleitung im Café befand und es für andere meist seltsam war, wenn sich jemand allein amüsierte. Sie rutschte auf ihrem Stuhl hin und her und fuhr sich durch die Haare, während sie sich umblickte. Es saßen nicht viele Leute im Café, sie war nicht weiter aufgefallen. - Und wenn schon; sie verstand sowieso nie, warum Menschen so selten lachten und warum Lachen bisweilen peinlich erscheinen konnte, wenn es doch Grund zur Freude gab. Am Schlimmsten waren öffentliche Veranstaltungen, Vernissagen, Museen oder auch Spielkasinos. Die Menschen schienen zu vergessen, dass sie zum Vergnügen und auch aus einer gewissen Leidenschaft heraus dorthin gingen. Lachende Menschen waren auf solchen Veranstaltungen aber so gut wie nie zu entdecken, als legten die Würde und der Respekt der Menschen vor Kunst und Kultur einen Schleier des Verbots über die Freude.

Ein kalter Windzug tänzelte um ihre Füße. Ohne der Tür jedoch die geplante Aufmerksamkeit zu schenken, las sie weiter.

Im Dezember 1979 hatte Mierscheid tatsächlich im Bundesbauministerium für seinen Neufundländer Wohngeld beantragt, außerdem hatte er dort um Rechtsauskunft gebeten, wie Gartenzwerge baurechtlich einzuordnen seien. Mierscheid unterschrieb seine Briefe immer in Sütterlinschrift. Da würde sie ihn packen! Da könnte er noch so sehr alles auswendig gelernt haben, Sütterlin würde dieser Mann nicht beherrschen! Sie würde ihn entlarven, ihn herauspulen aus seinem versponnen Kokon!

Sie spürte eine leise Aufgeregtheit durch die Fingerspitzen ziehen, Ring- und Zeigefinger der rechten Hand begaben sich auf die Suche nach etwas Greifbarem. Normalerweise rauchte sie nur abends. Da aber nichts an den letzten Stunden normal zu sein schien, zuckten die Finger wild umher und verführten Johanna dazu, heute bereits früher mit dem Rauchen zu beginnen. Sie bat den Kellner, ihr eine Schachtel Romeo y Julieta zu bringen. Der Caffè Corretto, ein mit einem Schuss Cognac korrigierter Espresso, und die Lektüre hatten ihr Gemüt schon genug aufgewühlt. Sie orderte einen Weißburgunder. Ihre Augen hingen bereits wieder an den Zeilen. Ein Artikel aus der Zeit: 'Innerdeutscher Nord-Süd-Konflikt: Mierscheid entdeckt den Grund für die Entwicklungs- und Finanzunterschiede zwischen Nord- und Süddeutschland.'

Johannas Augen folgten der Theorie des Mannes, dem sie gestern scheinbar begegnet war: Zwar sei im Norden und Süden die Grundfläche der Länder gleich groß, wenn man den Main als Trennlinie zu Grunde lege. Dennoch herrsche eine große Ungerechtigkeit, die bisher nie in die Waagschale gelegt worden sei, die aber in Zukunft auch Berücksichtigung beim Errechnen des Länderfinanzausgleichs finden müsse: die eigentliche Grundfläche sei aus geologischen Gründen in Bayern erheblich größer, da durch die Bergformationen viel mehr Erdoberfläche als Nutzfläche zur Verfügung stehe - sei es als Bau- oder Ackerland. Mierscheid hatte den zuständigen Staatssekretär im Bundesjustizministerium Klaus Kinkel gebeten, dieser Ungerechtigkeit des zufälligen Reichtums Süddeutschlands Einhalt zu gebieten durch gerechtes Versetzen einiger Berge aus dem Süden in den Norden oder durch einfaches Abtragen sämtlicher Berge. Bis auf den Venusberg, dem er eine gewisse kulturelle Wichtigkeit nicht abzusprechen vermochte, setzte sich Mierscheid für die Abschaffung der Berge ein.

Johanna lächelte. Ihr fiel die Sprache Mierscheids in den Briefen auf. Sie fühlte sich erinnert an den gestrigen Abend und einige Momente, in denen sie Jakobs Wortwahl verwundert hatte. Er hatte die Geschichte Mierscheids offensichtlich verinnerlicht. Sie hoffte inständig, der Mann vom gestrigen Abend möge nicht wirklich verrückt sein. Was hatte Jakob - wie sollte sie ihn jetzt anders nennen - mit Mierscheid zu tun? Hatte er ihn erfunden? Das konnte kaum sein, dafür war er zu jung. Erstmals tauchten Briefe Mierscheids im Jahr 1979 auf, da musste der Mann von gestern gerade in das Alter gekommen sein, wo er an Demonstrationen teilnahm, um die Welt zu verbessern. Sicher war er zu Demonstrationen gefahren! Aus jungen Demonstranten wurden nach und nach entweder langbehaarte, ungepflegte Spinner oder feine Herren in teuren Anzügen und weißen oder roten Schals, nicht ganz angepasst, mit Format.

Johanna hatte sich oft gefragt, wie es kam, dass die leidenschaftliche, enthusiastische, vom Kampfwillen getragene, ideelle und weltverbessernde Demonstrationslust der Jugend abrupt in einem Reihenendhaus mit Gartenparzelle endete. Ja, Jakob hatte damals jedenfalls an Demonstrationen teilgenommen!

Eine Umhängetasche, in der ein Sprudelkasten unauffällig hätte verschwinden können, fegte im Vorbeigehen einige Bierdeckel von Johannas Tisch. Sie musterte die Besitzerin der Tasche. Malerin. Mitte Vierzig, geschieden, keine Kinder. Lebte in einer großen, weißgetünchten Altbauwohnung mit Flügeltüren und englischen Stilmöbeln am Lietzensee. Seit zwei Jahren arbeitete sie nur noch mit Eitempera: Schwarz und Dunkelgrün. Ein bisschen Glanz trotz Dunkelheit. Den säuerlichen Geruch der Farben nahm sie nicht mehr wahr. Die orange-blaue Lavalampe passte nicht in ihr Wohnzimmer; ein Fremdkörper. Ein Geschenk von jemandem, der sie häufiger in der Wohnung besuchte; den sie mochte, und an den sie Hoffnungen knüpfte – obwohl die Lampe, jedes Mal wenn sie sie ansah, Zweifel aufwarf.

Johanna lächelte, wandte ihren Blick von der Frau und ihrer Tasche, in der sich lediglich vier Lippenstifte, ein Puderset, ein Portemonnaie und jede Menge Taschentücher den Platz teilten, und leitete ihre Gedanken behutsam zu ihrem eigenen Thema zurück. Würde Jakob ihr ein solches Geschenk machen? Ihr Verstand stellte umgehend mit Nachdruck klar, dass er ihr niemals eine Lavalampe schenken würde. Sie war beruhigt und fand den Faden ihrer Gedanken wieder, den sie bei der Dame mit der Handtasche verloren hatte.

Jakob schien also wirklich in der Politik tätig zu sein, warum sonst sollte er sich mit Mierscheid so gut auskennen? Außerdem war ja erwiesen, dass junge wilde Demonstranten später erfolgreich in die Politik gingen. Ihr schwindelte, sie hoffte auf weitere Klärung in den noch ausstehenden Seiten. Der Zigarillo beruhigte ihre Finger für den Moment, brachte ihren Puls jedoch in die Höhe. Sie trank einen großen Schluck.

Unter dem so genannten 'Mierscheid-Gesetz' fand sie die These wieder, dass die Ergebnisse der Bundestagswahl vorhersehbar sind, da sie sich linksseitig an der westdeutschen Rohstahlproduktion, rechtsseitig an den jährlichen Staatsausgaben orientieren.

Der ehemalige Demonstrant des gestrigen Abends hatte tatsächlich Anregungen Mierscheids zitiert! Außerdem hatte Mierscheid sich für die Verlegung des Bundesrechnungshofes von Frankfurt nach Filz in der Eifel eingesetzt. Als Dienstgebäude schlug er vor, ein paar leerstehende Scheunen umzufunktionieren. Vor kurzem hatte er eine Kleine Anfrage zur Kruzifixentscheidung an die Regierung gestellt, in der er fragte: „Ist die Bundesregierung der Auffassung, dass der Beschluss des Bundesverfassungsgerichts, der die Unzulässigkeit des Aufhängens von Kruzifixen in bayrischen Schulen zum Gegenstand hat, zu der Schlussfolgerung zwingt, dass das vorweihnachtliche Aufstellen von Weihnachtsbäumen durch Kommunen auf öffentlichen Straßen und Plätzen - zumindest in Bayern - verfassungsrechtlich verboten ist?" In der Begründung legte er dar, der Weihnachtsbaum verkörpere in geradezu idealtypischer Weise christlich-abendländisch-fundamentalistische Vorstellungen und sei daher verfassungsrechtlichen Bedenken ausgesetzt. Mierscheid warb außerdem für die Sponsoren-Aktion 'Patenschaft für Panzer!' und trat für ein Nichtlaberschutzgesetz ein, das durch empfindliche Strafen verhindern sollte, dass bei Reden und im Umgang zwischen den Politikern zuviel geschwafelt und zu wenig ausgesagt wird.

So viel Humor hatte kein ihr bekannter deutscher Politiker. Johanna grübelte, warum Menschen immer vorgaben, etwas oder jemand anderes zu sein, und dabei stets dem Irrtum verfielen, die Verstellung wirke nach außen hin vorteilhaft.

Sie verlor ihre Gedanken bei dem Blick aus dem Fenster. Eine Krähe saß auf der Spitze einer Antenne auf dem gegenüberliegenden Dach. Die Antenne bog sich im Wind, und die Krähe vollführte einen Balanceakt gegen die Böen, um ihre Stellung zu halten und sitzen zu bleiben. Sie wünschte, die Krähe möge es schaffen, dort auszuharren, beobachtete voller Spannung das Geschehen und schloss still mit dem Schicksal eine Wette ab: wenn die Krähe nicht aufgab, sondern dort sitzen blieb, würde sie Jakob nochmals begegnen, im großen Berlin.

Sie glaubte im Gegensatz zu Jakob an Zeichen. So sehr, dass sie manche Situation zum Anlass nahm, im Stillen aus Omen, die gar keine waren, welche zu machen, damit das Schicksal sich frühzeitig zu erkennen gäbe.

Sie spürte immer noch eine starke Aggression gegen ihre neue Bekanntschaft, deren Versäumnisse und falsches Spiel. Dennoch war ihre Aggression aufgrund der steigenden

Ungewissheit über die Identität des Mannes teilweise in Sanftmut und Sehnsucht übergegangen, was belegt, dass ein Mann tatsächlich seine Geheimnisse braucht.

Johanna war dem Mysterium Jakobs in den letzten Stunden mehr und mehr verfallen. Ihr Herz drängte nach Verzeihen und brannte darauf, diesem Mann eine Chance zu geben - trotz der Angst, der Mann könne tatsächlich so verrückt sein zu glauben, er sei der Phantomabgeordnete Mierscheid. Andererseits versprühten die Briefe einen so bestechenden Humor, gaben ein so glänzendes Bild dieses Abgeordneten ab, dass sie tief bedauerte, dass dieser Mierscheid nicht wirklich existierte; und hätte es ihn gegeben, sie alles daran gesetzt hätte, ihn kennen zu lernen. Einen Viktor gab es auch in Mierscheids Leben: Viktor Wasserträger, Mierscheids wissenschaftlicher Mitarbeiter, ebenso wenig aus Fleisch und Blut wie Mierscheid selbst.

Die Krähe rutschte von der Spitze der Antenne ab, der Wind hatte sie besiegt, war zu stark und mächtig geworden.

Johanna fuhr zusammen. Wieso hatte die Krähe aufgegeben? Berlin war ja nun auch nicht so groß. Manchmal schien es ihr wie ein Dorf, von dem nur alle Bewohner behaupteten, ihr Ort sei der Nabel der Welt, weil der Tellerrand über den zu schauen sich gelohnt hätte, nur zu einsamen karibischen und pazifischen Inseln führte, zu denen die Dorfbewohner im Sommer flogen. Sie schlussfolgerte, dass Berlin ziemlich klein war und die Chance umso größer, Jakob nochmals über den Weg zu laufen.

Dennoch kribbelte ein restlicher Unmut aufgrund des schlechten himmlischen Vorzeichens in ihren Fingern, sie zündete sich einen weiteren Zigarillo an und richtete ihren Blick zum ersten Mal und daher erschreckt erwartungsvoll auf die Tür.

Das war aber ganz zwecklos. Zwar kamen und gingen einige Gäste, manche von hohem politischem Rang, doch der Ersehnte war nicht dabei.

Der Ersehnte konnte nicht in die Kneipe kommen. Jakob lag noch im Koma. Die Engel hatten genug davon, ihm süße Träume zu schenken, wurden ungeduldig und begannen sich einen Spaß zu machen, indem sie ihm während des Schlafs unangenehme Erlebnisse zuteil werden ließen. Er musste gegen Löwen kämpfen, die ihren natürlichen Lebensraum in den Hunsrück verlegt hatten, in Jakobs Heimatstadt Morbach eingefallen waren und die Menschen in Angst und Schrecken versetzten. Er ging auf sie los, bewaffnet lediglich mit einem Spazierstock und verteidigte seine Heimat, genauer eine junge Dame, die zu beeindrucken ihm schwer am Herzen lag. Sie war von der Löwenmeute in einen Hauseingang gedrängt worden, um als Futter zu dienen. Die Dame war Johanna. Die Löwen fauchten ihr entgegen, schabten wild mit ihren Vorderpfoten auf dem Hunsrücker Asphalt und hielten sich geduckt, zum Sprung ansetzend. Jakob hatte einiges bei Johanna wieder gut zu machen. Die Szene kam ihm gerade recht. Diesmal würde er ein Held sein! Mit diesen Gedanken stürzte er sich ohne Sinn und Verstand auf die Löwen, schlug auf ihre Rücken ein, verdrosch den einen und anderen, dabei laut schreiend, weniger um sie zu erschrecken, als sich selbst Mut zu machen.

Die Engel waren nicht in Gönnerlaune. Zu sehr hatte Jakob sie in Anspruch genommen, sie mischten sich ein: Ein muskulöser Löwe mit wuchtiger Mähne blieb hartnäckig, ließ sich nicht verjagen, brüllte und fauchte ihm mit seinen spitzen Zähnen zu, eine Tatze auf dem Boden wetzend. Der Löwe sprang mit voller Wucht, doch nicht in Richtung der Dame, sondern packte Jakob in Höhe des

Steißbeins, riss ihn um und biss kräftig und beherzt zu. Er spürte den Schmerz im Rücken und fiel zu Boden; diesmal etwas eleganter, er hatte jetzt einige Übung. Die Dame schrie laut auf, stürzte sich mit ihrem Schirm mutig auf den Löwen und versetzte ihm den Todesstoß mitten ins Herz. Der Löwe fiel auf Jakob und lag zentnerschwer auf seiner Brust, übel riechender Speichel tropfte aus dem Maul des Ungeheuers auf sein Gesicht. Der Schirm hatte sich beim Fall gelöst – ein Knirps – war aufgesprungen und steckte, senkrecht den Griff zum Himmel gerichtet, im Bauch des Tieres. Er hatte schwarze, rote und goldene Streifen. Zwei Herren in dunklen Mänteln und mit silbernen Knäufen bestückten Spazierstöcken hatten die Situation beobachtet. Sie deuteten Johanna eine respektvolle Verbeugung an, die grauen Hüte ziehend; warfen kurze verächtliche Blicke auf Jakob und wandten sich zum Gehen, während sie lauthals zu lachen begannen: Heinrich Heine und Eduard Mörike.

Jakob schreckte schweißgebadet mit einem penetranten, unangenehmen Dröhnen im vorderen Schädelbereich und einem Stechen im Rücken aus dem Schlaf hoch und stieß den Neufundländer unsanft fort, der auf ihm lag und ihm das Gesicht ableckte.

Johanna drängte es nach Bewegung, nach frischer Luft. Sie überlegte, wie sie den Rest des Tages gestalten sollte. Am Schreibtisch würde sie es keine Stunde aushalten, schon gar nicht am Abend. Sie hatte gelernt, den Zeitpunkt zu erkennen, wann es Sinn machte, die Arbeit niederzulegen, anstatt sich unter Druck zu setzen und letztlich gar nichts Sinnvolles aus der Zeit herauszuholen.

In der Wohnung würde ihr die Decke auf den Kopf fallen. Vielleicht sollte sie ins Theater gehen. Da musste sie aber still sitzen. Würde sie still sitzen können? Vermutlich nicht. Kino wäre besser. Vielleicht ein Film in schwarz-weiß, einer dieser alten Streifen, in denen die Geliebte mit „Kleines" angesprochen wurde. Andererseits war es im Kino so dunkel, da könnte sie die anderen Menschen um sich herum nur erahnen. Im Theater würde sie das Publikum sehen können. Sie sehnte sich danach, unter Menschen zu sein, unerkannt, in düsterer Atmosphäre. Dennoch war es wahrscheinlich besser, ins Kino zu gehen. Sie würde den Saal unauffälliger verlassen können. Andererseits könnte sie ja in der Theaterpause gehen...

Die Verzweiflung rückte näher, Johanna hatte keinerlei Erfahrung mit der Bedrängnis, nicht zu wissen, was sie wollte. Eine Zeitung, die auf dem Tisch gelegen hatte, fiel zu Boden. Johanna hatte glücklicherweise noch nicht genug von Botschaften des Schicksals: Die aufgeschlagene Zeitung verkündete durch eine Anzeige des Deutschen Theaters, dass am Abend Don Carlos gespielt wurde.

Sie liebte Schiller und seit gestern Abend das Deutsche Theater. Sie nahm das Zeichen an und beschloss, am Abend ins Theater zu gehen.

EITELKEITEN

Jakob erhob sich mühsam von der Chaiselongue, fühlte sich um Jahre gealtert und beschloss, eine Verjüngung durch ein Bad zu versuchen. Er würde Johanna in wenigen Stunden wieder sehen! Die Spuren der Begegnung sowohl mit Viktor als auch den Engeln und Löwen mussten aus Kopf und Körper entfernt werden, ehe er es wagen würde, ihr vor die Augen zu treten. Er hegte keinerlei Zweifel, dass seine neue Bekanntschaft ins Deutsche Theater gehen würde.

Johanna war in ihre Wohnung zurückgekehrt, um sich für das Theater zurechtzumachen. Sie hatte sämtliche Kleidungsstücke aus ihrem Schrank gezerrt, sich wieder und wieder aus- und angezogen, vergeblich auf ein Zeichen gewartet, das ihr die Wahl erleichtert hätte, ehe sie beschloss, das dunkelrote Kleid, das sie bereits den Tag über angehabt hatte, wieder anzuziehen. Auch das war eine neue Erfahrung für sie: Zwar hatte sie von diesem meist weiblichen Problem gehört, dass sich die Kleiderwahl zur Katastrophe auswachsen konnte, wenn ein besonderer Abend bevorstand; und auch davon, dass der Kleiderschrank vollkommen leergeräumt wurde, ehe das Problem sich dadurch löste, dass genau das wieder angezogen wurde, was vor der Umkleideaktion den Körper bedeckte. Dennoch hätte sie gerne auf diese Erfahrung verzichtet. Und sie fragte sich, ob sie wirklich ins Theater gehen sollte und nicht besser ins Bett. Vielleicht war das Kleid sowieso geeigneter fürs Kino...

Jakob trug seinen roten Schal. Der verlieh ihm Geborgenheit. Zumindest war das in der Vergangenheit einmal so gewesen. Die Erinnerung an diese Geborgenheit strahl-

62

Rubbeln. Jubeln.
Weihnachtsglück.

Thalia
Einhundert Jahre

Jedes Los gewinnt!*

1 x *Mein Schiff* Kreuzfahrt
1 x VW T-Cross
1 x 5.000-€-Goldschatz
10 x eReader tolino vision 5

Abbildungen ähnlich

233.03731165

Rubbeln. Jubeln. Weihnachtsglück.

- Thalia-Online-Gutscheine
- Mehrfach PAYBACK Punkte
- Garantierte Sofortgewinne
- Thalia Classic-Mitgliedschaft**

Jedes Los gewinnt!*

Wichtig für alle Rubbellos-Teilnehmer:

Haupt- und Sofortgewinne

1. Gehen Sie auf rubbeln.thalia.de
2. Geben Sie Ihren Gewinn-Code ein

Die Verlosung der Hauptgewinne findet am 20.01.2020 statt. So-fortgewinne erhalten Sie per E-Mail oder bis zum 14.01.2020 direkt in der Filiale.

Teilnahmebedingungen: Die vollständigen Teilnahmebedingungen finden Sie auf: rubbeln.thalia.de. Abgebildete Preise/Gewinne weichen ggf. optisch von tatsächlichen Gewinnen ab. Einzelheiten zum jeweiligen Gutschein erhalten Sie per E-Mail – Voraussetzung ist eine gültige Werbeerlaubnis.

* Jeder Gewinnspielteilnehmer erhält einen Sofortgewinn per E-Mail oder zur Abholung in der Thalia-Buchhandlung | ** Weitere Infos zu Classic auf www.thalia.de/classic | Thalia Bücher GmbH | Batheyer Str. 115–117 | 58099 Hagen | Buchhandlung vor Ort: www.thalia.de/adressen

Thalia
Einhundert Jahre

te noch immer eine schwache Heimeligkeit aus. Er hatte sich seinen besten Anzug angezogen: dunkelbraun; seinen beigen Kamelhaarmantel und die maßgeschneiderten Schuhe. Er fühlte sich wieder wohl, die Morbacher Szene war unter seinem Hut in Vergessenheit geraten. Noch eine Stunde bis zum Vorstellungsbeginn. Jakob vermutete, dass Johanna keine Karte haben und wahrscheinlich frühzeitig kommen würde. Er hatte ihr eine Karte gekauft: Parkett, fünfte Reihe, Mitte.

Wie hätte er ahnen sollen, dass sie einen Kampf mit den Eingeweiden ihres Kleiderschrankes ausfocht?

Der Theatervorplatz füllte sich mit Besuchern. Hoffnungsglanz schimmerte in Jakobs Augen, obwohl er bereits eine halbe Stunde wartete. Er hielt siegessicher nach Johanna Ausschau, die Hand mit einer Rose bestückt. Menschen trafen sich; es herrschte ein großes Hallo; nach und nach drängten die Besucher vom kopfsteinpflasternen Vorplatz in das Foyer, bis schließlich nur noch Jakob einsam vor dem Theater übrig blieb und es schien, als habe niemals ein Mensch an diesem Platz vor ihm den Boden betreten; als seien das Stimmengewirr und die Gestalten nur der Einbildung entsprungen. Der Platz verkam zum einsamsten und unwirklichsten Ort der Welt, mit dem er für ewig zu einer Einheit verschmolz.

Diese Vorstellung löste in ihm dann doch einen Schock aus. Kälte arbeitete sich von seinen Füßen hoch in seine Stirn. Er dachte an Viktor und dessen Vermutung, dass Johanna ins Kino gehen würde; und an seinen furchtbaren Traum und ihm war, als summte Fritz Wunderlich in sein Ohr, dass er im Schlaf geweinet hätte. Da hörte er hinter sich eine zweite Stimme, die den Liedgesang Wunderlichs abrupt beendete.

„Entschuldigen Sie, verkaufen Sie noch eine Karte? Ich bräuchte noch eine. Bin so spät dran.“

Jakobs Herz hüpfte auf und brachte seinen Puls wieder in schwindelnde Höhen. Er drehte sich um.

„Auf der Suche nach Mystik?"

„Jakob!", viel mehr brachte Johanna nicht heraus und eigentlich nur für sich selbst stellte sie verwirrt fest: „Die Krähe ist nicht abgestürzt!" Berlin war ein Dorf! Die Krähe war nicht heruntergefallen, hatte sich vielmehr freiwillig entschlossen, woanders hinzufliegen! Sie verfluchte sich dafür, nicht mehr Mühe für das Ankleiden aufgebracht zu haben.

Bestimmt war es ein Mayser über seiner Stirn, vielleicht auch ein Borsalino. Stand ihm gut.

„Die Krähe?" Er machte ein seltsames Gesicht. „Welche Krähe?" Freute sie sich gar kein Stück, ihn zu treffen? Er reichte ihr die Rose. „Für Sie! Ich glaube, ich habe Ihnen einiges zu erklären und wieder gut zu machen. Hier ist eine Karte für Don Carlos. Kommen Sie nach der Vorstellung zu mir nach Hause. Viktor wird Sie abholen und vor der Brücke absetzen. Gehen Sie über die Spree. Ich werde vor dem Haus aufs Ungeduldigste warten! Am Kupfergraben. Nicht weit. Die Vorstellung ist gegen elf Uhr zu Ende." Er sprudelte diese Sätze heraus, ohne Luft zu holen. Das hatte er vergessen. Daher holte er es jetzt nach, so tief, als sei er beinahe an den eigenen Worten erstickt, was recht komisch auf Johanna gewirkt und sicherlich ihr Grübchen provoziert hätte, wenn sie nicht selbst so verwirrt gewesen wäre.

„Ich muss jetzt los, sonst komme ich da nicht mehr rein." Sie wandte sich abrupt zum Gehen. Er nickte und drückte ihre Hand.

„Sie kommen doch wirklich, Johanna?" Scherzend fügte er an, „Ich habe das Meinige getan, tun Sie das Ihre!"

Ihr Kopf nickte, sie lächelte und tief im Innern wünschte sie, die letzten Worte des Stückes seien bereits gesagt. Dennoch erlaubte sie sich eine Revanche. Dieser Mann sollte sich nicht so in Sicherheit wiegen: „Durch welchen Missstand hat dieser Fremdling zu Menschen sich verirrt?", zitierte sie, machte eine kurze Pause und fügte an: „Sie fangen an, mir fürchterlich zu werden!" Sie lächelte ihn kühl an, in der Art, dass er nicht wissen konnte, ob sie tatsächlich kommen würde. Jakobs Gesicht spiegelte augenblicklich Unsicherheit wider, was Johanna zutiefst erfreute.

„Bis dahin!" Sie warf ihren Kopf in den Nacken und stolzierte ins Foyer. Und dennoch: er hätte gelyncht werden sollen, dieser Jakob! Sie empfand es als weitere Kränkung und Schikane, dass Jakob sie am Theater offensichtlich abgefangen hatte. Woher hatte er gewusst, dass sie dort hingehen würde? Sie selbst hatte es ja erst vor einer Stunde erfahren!

Durchschaubarkeit war der größte Feind des Stolzes.

Der Gong ertönte zum dritten Mal. Johanna zog den Mantel aus, legte ihn über den Arm und zwang die linke Hälfte der fünften Reihe im Parkett in die Höhe. Der Vorhang erhob sich und vor ihr ertönten die erste Worte, dass nämlich die schönen Tage in Aranjuez nun zu Ende seien.

Bekannte Sätze umspielten ihr Ohr, einige gruben sich wieder neu in ihr Gedächtnis und fanden Verwendung für ihre derzeitige Lage: Sie schwor, Jakob zum Brechen des rätselhaften Schweigens über seine Person zu verdonnern; dachte daran, dass große Seelen nicht wirklich still duldeten, wie Schiller glaubte und fühlte ein warmes Behagen in sich aufsteigen, als sie feststellen konnte, dass sie im Gegensatz zu Don Carlos im Alter von dreiundzwanzig Jahren schon einiges für ihre Unsterblichkeit getan hatte.

DREISAMKEIT

Jakob befreite den Boden seines Zimmers von literarischen Werken, die er in den Ecken zu kunstvollen Türmen stapelte, stieß ein Stoßgebet zu Jesus und seiner Runde an die Zimmerdecke, dass sie sich benehmen und dafür Sorge tragen sollten, dass Johanna tatsächlich kommen werde. Ob sie für seine Wünsche ein Ohr hatten, ließ sich nicht feststellen, dafür zechten sie schon zu lange.

Viktor hatte er dazu verdonnert, bereits ab neun Uhr vor dem Theater zu warten, man wusste ja nie; es gab bekanntlich Aufführungen, bei denen einer der Akteure eine Herzattacke erlitt und die Vorstellung vorzeitig beendet wurde.

Er musste jeden erdenklichen Umstand ausschließen, der eine Zusammenkunft mit Johanna verhindern konnte.

Er hatte sich dem Autofahren immer verweigert, viel zu hektisch und unordentlich ging es im Straßenverkehr zu. Außerdem mochte er Viktors eleganten und gelassenen Fahrstil.

Nach der Befreiung des Bodens zündete er den Kamin an, setzte sich auf das rote Sofa - alle Vorbereitungen waren getroffen - und söhnte sich mit seinem Neufundländer aus, der mit Vorliebe auf seinen Füßen Platz nahm, sich verwöhnen ließ und ein zufriedenes Grunzen von sich gab.

Die Inszenierung gefiel Johanna und hatte sie mitreißen können, trotz Jakobs überraschendem Erscheinen. Erst in der Pause geriet sie ins Grübeln. Woher hatte er gewusst, dass sie ins Theater gehen würde? Er hatte ihr sogar die Karte besorgt! Warum kam er nicht selbst, sondern schickte Viktor, um sie abholen zu lassen?

Wieder entfachten die Geheimnisse, die diesen Mann umwoben - durch seinen bühnenreifen Auftritt vor dem

Theater noch verstärkt - ein Feuer in ihrer Brust. Der Rauch des Feuers trübte ihre Konzentrationsfähigkeit im zweiten Teil des Dramas.

Viktor saß in Jakobs Wagen, einem schwarzen Combi Citroën DS 21 von 1967. Der Wagen war zur Limousine umgebaut, zwei lange Sitzbänke standen sich im hinteren Teil des Wagens gegenüber. Eine dunkelgrün getönte Scheibe, die sich zur Seite schieben ließ, diente der Trennung der Mitreisenden vom Fahrer. Er legte Patience auf der durchgehenden Fahrerbank. Der Radiosender hatte sich selbständig gemacht, weshalb er Strawinskys Circus Polka, komponiert für einen jungen Elefanten, hörte. Eigentlich bevorzugte Viktor Musik von Kiss oder AC/DC, laute, unbarmherzige elektronische Gitarrensoli, die andere Gehörgänge zur nervösen Weißglut trieben.

Die Geduld, die das Spiel erforderte, vermochte er heute nicht aufzubringen. Zudem wurde er durch den jungen Elefanten gestört, der in seinem geistigen Ohr einen Tanz vollführte. Auch litt er noch an den Folgen seiner Zusammenkunft mit Jakob: die Beule an seinem Kopf pochte heftig gegen die Schädelwände. Darüber hinaus würde er heute Johanna begegnen, der heimlichen Bedrohung seiner Zukunft! Er kannte Jakob nun schon so lange. Es war idiotisch, dass er ihn so früh zum Theater geschickt hatte! Aber er war solche Idiotien gewöhnt und manches Mal hatten die sich durchaus als sinnvoll erwiesen: die Darsteller der heutigen Vorstellung allerdings erfreuten sich offensichtlich bester Gesundheit.

Viktor verbrachte viel Zeit im Auto, wenn er Jakob irgendwo abgesetzt hatte und auf dessen Rückkehr wartete. Bei diesem Auto machte ihm das nichts aus, er liebte den Wagen. Heute aber plagte ihn Ungeduld; er musste feststellen, dass er Johannas Bekanntschaft mit Spannung erwartete und letztlich Angst davor hatte, dass sie sympathischer war, als er würde zugeben wollen.

Er beobachtete, wie die ersten Menschen aus dem Foyer drängten, er hatte eine exakte Beschreibung Johannas bekommen: die schönste Dame, die das Theater verlassen würde! Er dachte an das Flutschen dieser schönsten Dame vom Barhocker wie eine Robbe und lachte. Jakob war wirklich nicht wiederzuerkennen! Wenigstens hatte er ihm auf seine Bitte hin noch ihre Kleidung beschrieben. Zweimal musste er die Ermahnung hinnehmen, frühzeitig aufzupassen, da sie den Mantel aus Zeitmangel mit in den Zuschauerraum genommen haben dürfte und sich daher nicht in die Schlange vor der Garderobe einreihen würde.

Viktor wurde klar, dass sein Leben nicht mehr besonders spaßig wäre, wenn er es vermasselte, diese Frau zu seinem Freund zu bringen.

Er stieg aus dem Citroën und schaute in die rasch anwachsende Menge, die aus dem Theater strömte. Keine einzelne Dame. Die Menschen stoben durcheinander wie Bienen vor ihrem Stock, in verschiedene Richtungen und dennoch mit gewisser Ordnung. Die Laternen an der Fassade des Theaters beleuchteten den Vorplatz nur schwach. Er wurde nervös; lief hin und her, durch die Menschenmenge und um sie herum, schaute die Damen an, die hier und da in einer Gruppe von Menschen standen, jedoch keine einzeln und keine wie von Jakob beschrieben. Er musste feststellen, dass der Platz nach und nach menschenleer wurde und er einsam zurückblieb. Schweißperlen bildeten sich auf seiner Stirn; wie hatte Jakob ihm auch das noch antun können? Er fühlte sich, als trage er die Bürde des Glücks der beiden, obwohl er der Letzte war, der dieses Glück uneingeschränkt guthieß unter den besonderen Umständen. Was sollte er ihm sagen?

Jakob zog zum siebenunddreißigsten Mal seine Taschenuhr aus der Westentasche und musste sich eingestehen, dass die Beiden überfällig waren. Er bereute, nicht selbst zum Theater mitgekommen zu sein, aber es hatte doch Stil, von einem Fahrer abgeholt zu werden! Er stand vor seinem Haus in der Dunkelheit, sinnierte über die Existenz von Zufall oder göttlicher Bestimmung des Menschen zu Seligkeit oder Verdammnis und lief schließlich die Stufen hinunter zur Brücke, um in dem schwarz gekräuselten Spiegel der Spree nach Erklärungen zu suchen.

Die Türen des Theaters wurden verriegelt.

Johanna entschied, dass sie Viktor und Jakob lange genug hatte warten lassen und ging aus dem kleinen Park vor dem Theater zurück in Richtung Citroën. Sie schenkte Viktor keine Beachtung, um zu testen, ob er sie erkennen würde.

Berechnung gehörte nicht zu ihren herausragenden Charaktereigenschaften, sie hatte nie solche Spielchen gespielt, sich immer impulsiv und ohne Umwege von ihrem Herzen leiten lassen. In Jakob aber glaubte sie, einen wunderbaren Lehrmeister in Sachen Berechnung gefunden zu haben.

Sie hatte Viktor eine Weile beobachtet und schnell erkennen können, dass er sie suchte. Jakob besaß einen außergewöhnlich schönen Wagen, einen Franzosen älteren Ursprungs! Der Citroën passte wunderbar in den Rahmen des Bildes, das Johanna sich von ihm gemachte hatte: ein DS 21 Combi! Sie geriet ins Schwärmen im Blick auf die aerodynamische, elegante Form; gedachte des wassergekühlten Vierzylinder-Viertakt-Reihenmotors, der fünffach gelagerten Kurbelwelle; ihre Gedanken schweiften weiter zu der pneumatischen Abfederung und Dämpfung auf Gaspolstern mit hydraulischer Übertragung und selbsttätigem Niveauausgleich und schließlich zu der automatischen Scheinwerfereinstellung, die über Stabilisatoren die Höhenbewegungen des Wagens ausglich, um die Scheinwerfer bei jeder Belastung genau zu justieren. Ein Franzose eben! Früher hatten Johanna bestimmte Pferderassen in ähnliche Schwärmereien versetzt. Sie wurde reifer: Inzwischen waren es Autos.

Viktors Stimme verriet tiefe Erleichterung, als sie Johanna aus ihren technischen Begeisterungsträumen riss.

„Entschuldigen Sie bitte, ich..." Viktor dachte, dass Jakob tatsächlich die Beschreibung ihrer Kleidung hätte lassen können. Er musste an das Gemälde der Jeanne Samary von Renoir denken, sie hatte eine bestimmte Ähnlichkeit: der blasse, reine Teint, der ihre Augen noch dunkler schimmern ließ, der wache, klare Blick. Viktor war verzaubert und konnte sich wunderbar ausmalen, mit dieser Frau das Leben zu zerpflücken, wie Jakob es ihm beschrieben hatte.

Gegen diese Eindrücke konnte auch sein vorsichtiges Misstrauen nichts ausrichten.

„Entschuldigen Sie, Jakob hat mir Ihren Nachnamen nicht verraten."

„Bogen", sie lächelte und reichte ihm die Hand.

Er deutete eine leichte Verbeugung an. Die Verbeugung passte nicht zu dem Eindruck, den Viktor auf sie machte. Sie wirkte antrainiert, abgeschaut von einem, der sich in Sachen Verhaltensregeln der 'Alten Schule' auskannte. Johanna mochte diese leise Unstimmigkeit.

„Wasserträger. Angenehm. Viktor Wasserträger."

Ihr freundlicher Gesichtsausdruck entglitt erstaunlicherweise nicht in Aggression, sondern blieb gefasst.

„Herr Wasserträger, freut mich sehr! Wie außergewöhnlich, Sie einmal persönlich kennenzulernen!"

Er hielt ihr die Wagentüre auf, sah die wunderschönen Beine beim Einsteigen elegant einknicken und bedauerte, dass sie so schnell hinter der Türe verschwanden, weswegen er auch die spitze Bemerkung überhörte.

Sie bewunderte das Innere des Autos: die silbern glänzenden Armaturen, die braunen behaglichen Lederpolster, den kleinen Kühlschrank, die Halterungen für Getränke in den Türen und den ausklappbaren Holztisch.

Jakob wartete mittlerweile ungeduldig auf ihre Ankunft. Er hatte genug von der Spree, sie hatte ihm nichts verraten, so dass er zum Eingang zurückgelaufen war, um durch die Bewegung seiner Beine seine Ungeduld im Zaum zu halten.

Der Citroën hob sich beim Starten sanft in die Höhe und sie begannen den Flug über den Asphalt.

„Sie sind also bei Jakob tätig?", sie wollte sehen, wie weit der Anstand dieses sympathisch wirkenden jungen Mannes ihm gestatten würde, Lügen aufzutischen.

„Seit vielen Jahren. Ich bin sozusagen Jakobs Mädchen für alles!" Er lachte und schaute dabei in den Rückspiegel. Was er dort sah, gefiel ihm so sehr, dass er die Straßenführung vergaß und die Reifen nähere Bekanntschaft mit einem Bordstein machten. Das war ihm noch nie passiert! Ihm wurde bange bei dem Gedanken, wie es Jakob erwischt haben musste mit dieser Frau.

„Es hat den Anschein, als sollten Mädchen für alles lieber die Finger von Kraftfahrzeugen lassen! Als Fahrer arbeiten Sie offensichtlich noch nicht so lange!", sie zeigte ihm ihr Grübchen, er wagte aber keinen weiteren Blick in den Rückspiegel.

„Jakob ist, wie er mir sagte, die Ehefrau der deutschen Politik und Sie sind also sein Mädchen für alles! Reizend! Heute Abend, sind Sie da seine Anstandsdame?"

Aus der Fahrerzelle lachte es. Johanna erinnerte das Lachen an ein Pferdeschnauben und musste mitlachen.

„Na ich denke, aus dem Alter sind Sie beide raus. Ich muss sowieso noch Unterlagen für ihn durchgehen."

„Geht es um Statistiken für die Prognose der Bundestagswahlen für die Grünen, die FDP und die PDS?"
„Die sind bereits fertig gestellt."
Sie war entsetzt. Der Mann hatte so vertrauenswürdig
auf sie gewirkt.
Er verlangsamte das Tempo. Sie las das Straßenschild:„Am
Kupfergraben". Sie hatte nicht darauf geachtet, wie sie
gefahren waren, hatte nicht die leiseste Ahnung, wo sie sich
befand. Weit konnten sie aber nicht gekommen sein.
Das Auto kam sanft zum Stehen. Er öffnete ihr die Wa-
gentür.
„Da wären wir. Gehen Sie da vorne über die Brücke. Jakob wartet am Eingang bestimmt schon sehnsüchtig auf
Sie. War schön, Sie kennenzulernen."
Sie bedankte sich mehr aus einem Reflex heraus, denn sie
war, als sie sich umsah, nicht sicher, ob es etwas gab, für
das sie sich hätte bedanken müssen.
Der Citroën schwebte davon und sie stand in einer einsamen Gasse, die ihr nur allzu gut bekannt war. Dennoch
fröstelte sie.

VERGANGENES

Drei Häuser hatten in der Straße den Krieg überdauert und glänzten im Mondlicht in zartem Orange und Grün. Sie hätten anheimelnd wirken können, doch Johanna schauderte es. Die Brücke sollte sie überqueren, in die Dunkelheit hinein! Sie wusste, dass das eine Sackgasse war, dass die Brücke lediglich zum Eingang des wuchtigen Baus führte, dessen nördlicher und südlicher Seitenflügel den Weg bedrohlich säumten. Sie konnte niemanden sehen. Es war zu dunkel. Warum hatte er sie hierher gelockt? Sie zögerte. Der Blick ins Dunkel zu dem riesigen schwarzen Gemäuer vermittelte den Eindruck, als sollte sie in eine Falle laufen. Sie gab sich einen Ruck, schließlich hatte sie gelernt, sich zu verteidigen. Mit dem würde sie schon fertig werden! Sie hörte ihre eigenen Absätze dumpf über den Asphalt hallen. Ihre Sinne mahnten zur äußersten Vorsicht.

Sie stieg die Treppen hoch und überquerte den Bogen, den die Brücke schlug. Ihre Augen gewöhnten sich an das mangelnde Licht, dennoch reichte die Sicht nicht bis zum Hauptgebäude.

Jakob ging ihr entgegen, glücklich, ihre Schritte zu hören. Sie war also doch gekommen!

Auf dem Vorplatz trafen sie aufeinander. Jakob lächelte und war im Begriff etwas wirklich Nettes zu sagen. Aber er kam nicht dazu.

„Was soll das? Was machen Sie hier? Warum haben Sie mich hierher bringen lassen?", ihre Stimme klang forsch. Sie war auf alles gefasst, jede Faser ihres Körpers stand unter Spannung.

„Ich wohne hier!", entgegnete er stolz.

„Im Pergamonmuseum? Was ein Schwachsinn!"

„Jawohl, im Pergamonmuseum!" Er zog einen Schlüssel aus seiner Tasche und ging zu der großen gläsernen Türe über der das Schild 'Eingang' prangte.

„Wo haben Sie denn den Schlüssel her? Wir können doch nicht einfach da hineinspazieren!"

„Sie werden sehen, wir können!" Jakobs Stolz hatte seine Stimme noch nicht verlassen. Die Überraschung war geglückt; wie gut, dass Viktor sie abgeholt hatte!

Der Schlüssel passte, er hielt ihr die Türe auf. Sie zögerte. Auf ihrer inneren Waage pendelten Neugier und Vorsicht im Gleichgewicht.

„Jakob, oder wie auch immer Sie heißen, sind Sie hier Hausmeister oder tun wir jetzt etwas Ungesetzliches?"

„Meines Wissens hat jeder Mieter, auch der Untermieter, zu jeder Zeit das Recht auf Betreten des Hauses, in dem er wohnt." Er lächelte sie zu ihrer Beruhigung an.

Die Neugier wog schwerer, sie trat ein und überlegte, wie viel Bestechungsgeld er der nächtlichen Wachmannschaft bezahlt haben mochte, um für eine Nacht an den Schlüssel zu kommen. Die Summe, die ihr vorschwebte, schmeichelte ihr.

Sie traten in den Eingangsbereich. Er bückte sich, um etwas aufzunehmen, eine Petroleumlampe, die er bereitgestellt hatte.

„Licht dürfen Sie also nicht anmachen?" Ihre Bedenken wichen der Faszination.

„Selbstverständlich! Aber das wäre reine Stromverschwendung. Bis die Räume hier alle erleuchtet wären, haben wir mein Zimmer längst erreicht."

Sie stiegen die Treppen hinauf, er leuchtete den Weg, obwohl Johanna ihn sehr genau kannte. Sie war nicht nur einmal an diesem Ort gewesen. Oben angekommen schloss er eine Tür auf, die zum Saal des Pergamonaltars führte.

„Möchten Sie, ehe ich Ihnen meine Räume zeige, noch eine Runde durchs Museum streifen?"

„Auf jeden Fall!" Sie war noch immer tief beeindruckt von seinem Organisationstalent. Sie tat nicht nur ihm, sondern auch sich selbst den Gefallen mitzuspielen.

Er schaltete jetzt das Licht an. Vor ihnen erhob sich majestätisch der Pergamonaltar. Auf der Freitreppe prunkte der riesige U-förmige Säulengang, dessen Seitenflügel rechts und links der Treppe bis fast an die untersten Stufen reichten. Entlang der Seitenflügel verkündeten kämpfende Marmorskulpturen den Sieg der griechischen Kultur über die Barbarei. Der einst den gesamten Altar umlaufende, über hundert Meter lange Fries war in Teilen an den Wänden des Saales rekonstruiert worden.

Johanna liebte diesen Raum: Die Götter im Kampf gegen die Giganten. Sie sah sich als Teil des Geschehens, als einsamen Kämpfer gegen die moderne Zeit.

„Zeus und Athena dürften sich gefreut haben über die Ehrung durch diesen Altar." Ihre Gedanken versanken in Götterdramen.

„Das ist mein Zuhause!"

Sie ignorierte zunächst, dass ihr Begleiter tatsächlich verrückt sein musste und genoss die einmalige Gelegenheit, den Altar für sich alleine zu haben. Minuten später erreichten seine Worte aber schließlich doch ihr Gehirn und sie reagierte.

„Sie sehen sich wohl auch als Kämpfer gegen die Barbarei?"

„So könnte man es ausdrücken." Jakobs Finger streiften seinen Hals. „Das Bewusstsein für die Geschichte unserer Welt verschwindet bald im Mausoleum der modernen Zeit. Wir haben unsere freiheitlichen Ideale verloren an die Götzenbilder der Wertefreiheit. Wir schleifen jeden Tag ein Stück unserer eigenen Daseinsberechtigung ab, bis von uns nur noch ein Häufchen unbedeutenden Nichts bleibt." Sein Hals leuchtete in roten Striemen und setzte sich mit einem Hustenreiz erfolgreich gegen eine Ausweitung dieser Theorie ein, um nicht selbst als abgeschliffenes Nichts zu enden.

„Wollen wir noch nach Milet gehen und nach Babylon?" Er entdeckte zu seiner Freude in ihrem Gesicht eine wundervolle Leidenschaft. Und er hatte sie in ihr geweckt! Die Überraschung war gelungen, jetzt würde sie ihm verzeihen! Er war sicher.

Johanna versank in dem Erstaunen, bei Jakob nihilistische Züge zu entdecken und in dessen außergewöhnlichem Geschenk, in dieser einsamen Atmosphäre der Vergangenheit begegnen zu können. Nach einer Weile wachte sie auf und jubelte leise. „Auf nach Mesopotamien!"

Sie gingen nach rechts durch eine Tür, wieder schaltete er das Licht an. Vor ihnen prunkte das Markttor von Milet, das prächtige, palastähnliche Relikt blühenden Handels.

Sie schritten durch die Säulen des Tors, das einst vom Rathaus der Hafenstadt Milet auf den offenen Handelsplatz geführt hatte. Auf der anderen Seite traten sie durch das Ischtar Tor, das in blauem Glanz erstrahlte und erreichten die Prozessionsstraße von Babylon.

„Wir gehen zeitlich zurück, mittlerweile befinden wir uns bereits um fünfhundert Jahre vor Christus. Ich hoffe, dass wir lediglich äußerlich zurückreisen." Ihre Begeisterung fand kaum die richtigen Worte.

Die stahlblau glasierten Lehmziegel entlang des Prozessionsgangs reichten fünf Meter in die Höhe. Hunderte von brüllenden Löwen waren als Reliefs in die Ziegel kunstvoll eingelassen. Jakob versetzte ihr Anblick, obwohl er diesen Gang einige hundert Male durchschritten hatte, ein leichtes Unbehagen. Von Löwen hatte er für heute genug.

„Die Mauern waren sieben Meter dick, die Löwen schreiten alle in Richtung Norden, sie sollten die Feinde abschrecken, Babylon beschützen", sie sprach mehr zu sich selbst. Sie machten kehrt und liefen zurück auf das Ischtar Tor, das Eingangstor Babylons zu. An Stelle der Löwen wandelten auf den blauen Ziegeln des Tores verschiedene Fabelwesen in alle Richtungen. Aus den Tormauern ragten kunstvolle kleine Türme in die Höhe. Jakob bat sie, auf der Bank vor dem Tor Platz zu nehmen und ging zu einer Nische, in die er ein Tablett mit Champagner, Gläsern und belgischen Pralinen gestellt hatte.

Johanna war in Babylon und bekam nichts mit. Die gekachelten Fabeltiere, allesamt beschützende Gottheiten, stolzierten in ihrer Phantasie herum und entführten sie in das untergegangene Reich.

Jakob nahm das Tablett, stellte es auf die Bank und setzte sich zu ihr.

„Und? Was sagen Sie nun? Ich denke, langsam sollten Sie Vertrauen gefasst haben in meine Person." Er sehnte sich nach Klarheit.

„Sie haben keine Mühe gescheut! Sie haben wohl etwas wiedergutzumachen!" Sie lächelte ausweichend.

Ein kleines Wunder geschah. Der Korken knallte durch die Jahrhunderte, einige Tausend Kilometer: von Babylon durch das Ischtar Tor auf den Marktplatz von Milet.

Er reichte ihr ein Glas und war überglücklich, die Löwen konnten ihm nichts mehr anhaben.

„Auf Ihr Wohl, Johanna!"

„Auf Babylon, Monsieur Geheimnisvoll!"

Sie lächelten sich an. Johannas Skepsis und ihr Drang, den Geheimnissen des vermeintlichen Mierscheid auf den Grund zu gehen, waren der Zeitreise, auf der sie sich befanden, gewichen.

„Warum bereitet es Ihnen Angst in die Vergangenheit zu reisen?" Er reichte ihr die silberne Schale Pralinen.

Sie liebte Pralinen, vor allem die Belgischen. Sie nahm einen Sahnetrüffel und ließ ihn auf der Zunge zergehen während sie grübelte, woher dieser Mensch die Fähigkeit nahm, Fragen zu formulieren, deren Beantwortung tiefe Selbstfragen des Antwortenden erforderten.

„Gedanklich in die Vergangenheit zu reisen, macht mir keine Angst. Aber tatsächlich an Stätten zurückzukehren, wo die Erinnerungen entstanden sind, davor habe ich Angst." Sie fühlte die Vertrautheit zu diesem Mann, die sie auf dem Friedhof gespürt hatte und die sie erloschen glaubte. Auch Vorsicht und Stolz, die durch die Enttäuschung am Bahnhof Friedrichstraße hohen Stellenwert gewonnen hatten, mussten Babylonien Platz machen; so weit, dass Johanna selbst ihre Ängste formulierte: „Haben Sie so etwas wie ein Zuhause?" Sie hatte sich oft gesehnt, irgendwo anzukommen. Bisher war es ihr verwehrt geblieben.

Er überlegte, wie er es formulieren sollte, ohne die entspannte und vertraute Atmosphäre zu gefährden. Er kam zu dem Schluss, dass es keine Möglichkeit gab.

„Den Hunsrück. Mein Häuschen. Ich reise dort an und es ist, als sei in der Zwischenzeit meiner Abwesenheit nichts geschehen. Keine Ereignisse hätten sich abgespielt. In meinem Häuschen im Hunsrück gibt es keine Zeit. Vor allem nicht die dazwischen."

Johanna reagierte aus ihrem Innersten, aber nicht so wie er es erwartet hatte. Sie schaute ihn enttäuscht an.

„Haben Sie nicht langsam genug von diesem Spiel? Ich meine, Sie wären es mir schuldig, langsam mit dem Lügen aufzuhören!"

„Ich lüge nicht!" Er war entrüstet - trotz des Bewusstseins, sie zu überfordern. „Ich bin wirklich im Hunsrück zu Hause! Ich werde Ihnen gleich in meinem Zimmer eine

Fotografie des Hauses zeigen. Ich kann es Ihnen beweisen!" Er hatte seinen Worten eine Ernsthaftigkeit unterlegt, die ihre Enttäuschung besänftigte. Zudem empfand sie eine tiefe Ausgeglichenheit, die sie nicht durch eine Diskussion zerstören mochte.

„Haben Sie auch so einen Ort, wo es keine Zwischenzeit gibt?" Er hielt es für das beste, das Gespräch unbeirrt fortzusetzen.

Sie zupfte sich am Ohrläppchen.

„Ich bin zu viel gereist, zu viel umgezogen. Meine Arbeit verschlägt mich in die verschiedensten Winkel der Erde, oft nur für ein paar Monate. Ich habe ein Zuhause früh verloren und seitdem keines mehr erobern können. Das ist der Preis meines Berufs und dennoch würde ich ihn niemals in Zweifel ziehen. Meine Forschungen füllen die Lücke aus. Es gibt aber viele Orte, zu denen es mich zurückzieht; an denen ich glücklich und für einige Zeit auch zu Hause war. Ich habe den Fehler mehrmals begangen und mich nach längerer Abwesenheit zurücktreiben lassen. Es war jedes Mal eine schmerzhafte Enttäuschung." Ihre Stimme verriet, dass sie im Moment des Erzählens dieses Gefühl erneut erlebte. „Nicht die äußerlichen Veränderungen, die diese Orte erfahren haben. Das Traurige ist, dass das heimelige Gefühl aufkam; es aber kein Zurück gab in das wirkliche Leben der Zeit, aus der die Erinnerungen stammten. Entweder besaß ich keinen Schlüssel, um dort hineinzukommen; oder ich merkte, dass ich nicht mehr dazugehörte; mir war der Weg nach Hause versperrt, obwohl ich den Ort betreten konnte. Nicht der Weg zu den Erinnerungen, aber zu dem wirklichen Leben, das ich damals geführt habe. Gefühle kamen hoch, die ich längst vergessen hatte; Gerüche, die mich zurückversetzten. Die Sehnsucht, wieder in die Vergangenheit einzutauchen, war groß. Aber ich musste die Vergangenheit noch einmal loslassen. Die Zwischenzeit hatte das Band zum Vergangenen abgeschnitten." Noch nie hatte sie diese Gedanken laut formuliert. Ihre Unruhe verlangte nach einem weiteren Schluck Champagner.

„Sie sagen das so traurig, und ich glaube, dass es schmerzlich ist, einen Ort wie mein Häuschen nicht zu besitzen. Schöne Erinnerungen sind immer auch schmerzhaft, weil sie die Zeit, in der sie entstanden sind, nicht wieder lebendig machen. Aber ich glaube auch, dass Erinnerungen das Einzige auf der Welt sind, das keinen Wertverlust mit sich bringt, das Bestand hat, selbst wenn Sie an die Orte Ihrer Erinnerungen zurückkehren. Wenn die Erinnerung später erneut auftaucht, wird sie genauso sein wie vor Ihrem Besuch, vielleicht sogar intensiver. Erinnerungen behalten ihren Wert, sie tragen ihn gewissermaßen in sich selbst." Er hielt inne und schaute liebevoll in die Augen, nach denen er sich die letzten zwanzig Stunden so gesehnt hatte. „Sehen Sie, Johanna, Sie tragen Ihr Zuhause auf dem Buckel!" Jakobs Schalk saß nicht im Nacken, sondern glänzte aus seinen Augen. „Sie haben Ihr Zuhause immer dabei! Ihr Zuhause und Ihre Erinnerungen. Das macht Sie zu dieser starken Frau, die Sie sind; weil Erinnerungen wiederum die einzigen Dinge im Leben sind, die Ihnen keiner wegnehmen kann. Sie haben Bestand, wo und wie auch immer sie leben. Direkt als ich Sie im Café sah, spürte ich diese Unabhängigkeit. Sie sind sich selbst näher als die meisten Menschen. Daher habe ich mir erlaubt, Sie anzusprechen. Wenn man ein geordnetes Zuhause hat, lassen sich chaotische oder schmerzhafte innere Zustände verdrängen. Wenn man kein Zuhause hat, geht das nicht. Das Zuhause ist dann im Innern und so muss wenigstens dort Ordnung herrschen."

Sie dachte an ihre aufgeräumte Wohnung. Nie zuvor hatte eine ihrer Wohnungen einen solchen Glanz erlebt. Das würde sie ihm aber verschweigen. Schließlich war diese

Wohnung auch nur wieder eine Station für ein paar Monate. Sie wusste, dass er Recht hatte. Innere Stärke war ihr bereits in die Wiege gelegt worden, sie wusste auch, wer ihr die beschert hatte.

Die Begegnung mit Jakob hatte sie zum ersten Mal verunsichert, sie ihrer inneren Ordnung beraubt.

„Bei Ihnen herrscht demnach das innere Chaos?" Ein Ablenkungsversuch ihres Humors scheiterte. Die Sehnsucht legte ihr andere Worte in den Mund: „Manchmal gehe ich durch Stadtteile, wo die Häuser Vorgärten besitzen. Ich schlendere dann ganz langsam durch so ein Viertel und beobachte die Menschen, die vor ihrem Haus ihre Gärten bepflanzen, liebevoll, mit Hingabe. Sie pflanzen Blumen, setzen Zwiebeln in der Gewissheit, ein Jahr darauf werden sie aus dem Boden wachsen und blühen. Und sie selbst haben sie gepflanzt. Das muss schön sein! Die Vorstellung wirkt beruhigend. Es bleibt nicht nur etwas, sondern es wächst etwas Neues heran aus eigener Kraft." Ihr fiel auf, dass sie sich in diesem Moment selbst die Erklärung für die sprunghafte Lebensentwicklung junger Demonstranten gegeben hatte und musste lächeln.

Jakob dachte nicht im Geringsten an junge Demonstranten und deren fragwürdige Entwicklung. Er füllte vielmehr die Gläser nach, um Zeit zu gewinnen für eine romantische Formulierung, von der er sich einen weiteren Kuss versprach.

„In ihrem Zuhause wachsen wunderschöne Blumen aller Farben und Formen, Sie haben mir in den wenigen Stunden unseres Zusammenseins einige offenbart. Und wer weiß, vielleicht werden Sie einmal einen richtigen Baum pflanzen, dem Sie über Jahre zuschauen können; wie sein Stamm wächst und die Blätter sich im Frühjahr ausrollen und entfalten, der nach einigen Jahren anfängt, Früchte zu tragen. Sie werden diesen Baum besuchen können und er wird wieder und wieder neue Erinnerungen in ihnen wachsen lassen, weil er sich ständig verändert und trotzdem beständig ist. Es gibt einen Platz im Leben, an dem Zeit und Raum, Tag und Ort keine Rolle mehr spielen. Dort steht Ihr Baum heute schon, dessen bin ich gewiss!"

Sie nickte nur lächelnd, die Worte trafen zu sehr, als dass sie sich mit einem Kuss revanchiert hätte. Sie schaute auf das Tor, das ihr blau entgegen strahlte. Ihr schien, als wollten die Götter auch ihre Feinde vertreiben. Wie konnte dieser Mensch sich ihres Innersten so sicher sein? Woher nahm er das Vermögen, sie zu durchschauen? Sie spürte einen Kloß im Hals. Um ihn wegzuspülen, schickte sie ihm einen Schluck Champagner und einen weiteren Sahnetrüffel entgegen und konnte gefahrlos antworten.

„Wenn man sich im Leben für einen Weg entscheidet, bleibt gezwungenermaßen ein anderer Weg auf der Strecke. Und obwohl man glücklich ist mit der Wahl des Wegs und den Windungen und Ausblicken, die er gibt, wird die Sehnsucht einem immer mal wieder einen Streich spielen und uns in Versuchung bringen, den Weg anzuzweifeln. Es ist verrückt, aber es ist wohl ein unausweichliches Gesetz. Ohne die Sehnsucht nach einem anderen Leben wäre das wirkliche Leben recht langweilig." Sie hielt ihm das Glas zum Anstoßen hin. Er nahm an. Der Klang hallte hell durch Babylon.

Johanna hatte noch nie Einsamkeit verspürt. Erst jetzt, in diesem Moment, da sie einem Menschen begegnet war, der ihrem Innersten auf natürliche Weise so nah zu sein schien, begegnete sie diesem Gefühl.

Sie wusste, dass sie nach diesem Abend wieder würde arbeiten können; dass sie loslassen konnte von den Ungereimtheiten dieser Begegnung. Ihre Fragen waren zwar nicht geklärt; es hatte kaum Antworten gegeben, aber sie spürte, dass die Antworten nicht entscheidend waren. Die Antworten waren gleichgültig geworden, ihr Herz hatte verstanden, das genügte. Ihre Neugier verzog sich beleidigt, erstmals verbündet mit dem Stolz, in eines der Hinterstübchen, das sie sich nach und nach gerne mit dem Champagner teilten.

Jakob erhob sich von der Bank und nahm ihre Hand.

„Kommen Sie, ich werde Ihnen mein Berliner Zuhause zeigen."

Sie ließen das Tablett zurück, schritten durch das Ischtar Tor, wanderten vom Irak durch Vorderasien in die Türkei, zurück zum Pergamonaltar.

DER ENTSCHLUSS

Viktor fühlte, wie ihm die Ereignisse am Ende des Tages einige Kilogramm Müdigkeit auferlegt hatten. Dennoch trieb ihn ein Verlangen, eine Idee waghalsiger Art. In seiner Wohnung angekommen, die an eine Ausstellung der siebziger Jahre erinnerte, stellte er die Espressomaschine an. Während sie sich warmlief und auf den Brühvorgang vorbereitete, zog Viktor seine rote Strickjacke über. Die Strickjacke diente nicht nur der Wärme und Gemütlichkeit; war vielmehr psychologisches Arbeitsgerät, das, sobald er es über die Arme streifte, das Zeichen gab, sich an den Schreibtisch zu setzen und jegliche andere Gedanken als die arbeitstechnischer Natur zu verbannen.

Er fragte sich, auf welche Art er seinen Espresso trinken sollte. Er liebte Espresso und hatte eine eigene Wissenschaft daraus entwickelt und war bereit, einiges für diesen Genuss zu investieren. Es gab keine Wahl: seine Stimmung lechzte nach einem Caffè Ristretto, der stärksten und konzentriertesten Variante des Espresso, einer Spielart, die seine Entschlusskraft und Nervenstärke fördern und die Schwere seiner Glieder um Pfunde erleichtern sollte. Dreißig Milliliter Wasser auf dieselbe Menge Kaffee. Die arabischen Bohnen glänzten in tiefem Schwarz. Als er sie ins Mahlwerk schüttete, überkam ihn das schaurige Gefühl, dass seine Seele bald in der Farbe der Bohnen glänzen werde. Noch nie hatte er Jakob hintergangen.

Er dachte an Johanna. Diese Gedanken waren trotz der Strickjacke erlaubt, standen sie schließlich in engem Zusammenhang zu seiner Arbeit. Sie war eine umwerfende Frau. Fast wollte er Jakob verzeihen. Sie schien dazu geboren zu sein, mit ihrer Ausstrahlung alles durcheinander zu bringen. Viktor ahnte nicht, wie nahe er Johannas Wahrheit bereits gekommen war. Er fuhr sich nervös durch die

Haare, nahm die eine und andere Strähne und zog an ihnen, als könne er sie dadurch verlängern, während sich Fragen in seinem Kopf drängelten: Was war mit den anderen? Sie waren schon eingeweiht; der riesige Wirbel, den die Briefe ausgelöst hatten! War es nicht unglaublich peinlich, jetzt noch einen Rückzieher zu machen? Ach was! Er verwarf diesen Gedanken mit einer abwinkenden Handbewegung, wobei eine seiner Strähnen fast den Halt am Kopf verlor.

Viktor pflegte auch während des Alleinseins die Vorzüge ausdrucksstarker Handbewegungen, um die eigenen Gedanken zu bekräftigen. Peinlich war kaum die treffende Bezeichnung, das hatte seine Handbewegung mitgeteilt.

Die Begegnung Jakobs und Johannas war weder peinlich noch unangenehm. Er drohte kurzzeitig an die romantische Idee von Liebe zu verfallen. Der durchdringende Krach des die Bohnen zertrümmernden Mahlwerks entriss ihn dieser Gefahr.

Es wäre verantwortungslos aufzuhören, jetzt wo sie kurz vor dem Ziel standen! Wie viele schlaflose Nächte hatte er verbracht, bis er Jakobs Entschluss akzeptiert hatte. Später hatte ihn selbst die tiefe Überzeugung überrollt, dass es gar keinen anderen Weg gab; dass sie es tun mussten, koste es was es wolle! Ein Leben war nichts im Vergleich zu dem, was erreicht werden konnte! Und jetzt, jetzt sollte die Grübelei wieder von vorne beginnen. Unmöglich! Sollte er sich heimlich mit Dräcker treffen und ihn um Rat fragen - hinter Jakobs unwissendem Rücken? Es diente schließlich zum Besten aller! - Konnte er sich anmaßen, zu behaupten, er wisse, was dem Besten aller diente? War Dräcker überhaupt vertrauenswürdig? Er konnte ziemlich launisch sein. Wieder gestikulierten Viktors Arme wild in der Luft, um zu belegen, wie absurd diese Gedanken waren.

In diesem Moment legte er sich die Überzeugung zu, dass Verrat keine passende Bezeichnung war, da derjenige, der den Stein ins Rollen brachte, aufgrund der Schwerkraft damit rechnen musste, dass der Stein nicht ohne weiteres aufhören würde, den Abhang hinunterzustürzen.

Es half nichts: ein Mann mit Mut musste her! Seine Faust schlug zur Bekräftigung, dass es sich bei diesem Mann um ihn selbst handelte, auf die Küchenablage, worüber er selbst erschrak. Er müsste Jakob hintergehen, der Zeitpunkt war gereift! Der wusste ja nicht mehr, was er tat! Er würde alles selbst in die Hände nehmen, auch auf die Gefahr hin, Jakob als Freund, Verbündeten und Vorgesetzten zu verlieren! Er allein würde die Verantwortung auf sich nehmen!

So begab er sich mit Mut und Espresso an den Schreibtisch, der Füße aus Stahl besaß, griff zum Telefonhörer und wählte mit zitterigen Fingern eine Nummer.

„Ich bin's. Wir müssen uns sehen! Morgen! 19.00 Uhr. Treptower Park, wie üblich, Steintor! Kommen Sie beide!" Viktors Stimme hauchte die Worte so geheimnisvoll und bestimmt in den Hörer, dass der Gesprächspartner ganz entgegen seiner Gewohnheit augenblicklich seine Termine für den nächsten Tag verschob und die Nacht grübelnd verbrachte.

Leise murmelnd ging Viktor das zu erwartende Gespräch durch, Wort für Wort, mit sämtlich erdenklichen Reaktionsmöglichkeiten seiner morgigen Gegenüber, bis die ersten vergrauten Schleier des Morgenlichts in sein Fenster fielen.

„Wir müssen die Stufen erklimmen! Sie müssen vorsichtig sein, sie sind außergewöhnlich hoch!"

Sie stiegen die Treppe des Pergamonaltars hinauf. Johanna fragte sich, was Jakob diesmal versteckt und vorbereitet hatte. Vielleicht ein Menü im Säulengang? Oder..., sie musste lachen.

„Warum lachen Sie?" Er befand sich in einem heiligen Moment kurz vor der Offenbarung. Lachen war nicht das, was dazu passte, schien es ihm.

„Ich habe mir gerade vorgestellt, was passiert, wenn jetzt Wächter kommen und wir die Nacht in einer Gefängniszelle verbringen müssen." Für sie wäre es nicht das erste Mal, das behielt sie aber für sich.

„Um diese Zeit kommt hier niemand vorbei. Sie können beruhigt sein."

Sie hatten die oberste Stufe erreicht, drehten sich um und blickten hinunter in den Saal.

Inmitten der Weltgeschichte standen sie dort, zwei stolze Gestalten, die es geschafft hatten, ihrem Glück Raum zu geben und so einige Stunden in der Gegenwart zu verbringen.

„Aha! Sie geben also zu, dass Sie doch nicht hier wohnen!" Sie war von Leichtigkeit beseelt, noch voller Freude über die zweite überraschende Begegnung.

„Ach, Johanna!" Er seufzte. Nur zu gerne hätte er ihr Misstrauen für immer in eine Truhe gesperrt, um diese auf schnellstem Wege mit einem Dreimaster auf die Ozeane zu versenden; im Vertrauen, die Stürme vor dem Kap der guten Hoffnung würden Schiff mitsamt Truhe für alle Zeiten in die ewigen Tiefen des Atlantiks versenken. Aber ehe das würde geschehen können, lag noch ein weiter Weg vor ihm, dachte er.

„Natürlich wohne ich hier! Hier, im Pergamonaltar!"

„Im Altar, ja?" Sie lachte. „So fromm hätte ich Sie dann doch nicht eingeschätzt!"

Er nahm ihre Hand und führte sie durch den Säulengang zur linken Seite. An der zweiten Säule machte er Halt und drehte der Treppe den Rücken zu. Sie standen vor einer Nische zur Wand, die mit einer Treppenstufe einen Durchgang vortäuschte, offensichtlich jedoch in einer grauen Betonwand endete.

„Johanna", verkündete er feierlich, „hier also wohne ich!" Er schob die Betonwand zur Seite, die sich als schwerer Vorhang entpuppte. Dahinter kam eine Tür zum Vorschein, die er öffnete. Johannas Mimik entglitt zu einem stirngekrausten Fragezeichen. Sie liefen einen schmalen Gang entlang, der nach links eine scharfe Kurve nahm, und gelangten in den Raum, in dem Jesus und die Jünger, die Engel, die Tauben und der Eichelhäher zu Hause waren; den Raum, der sich im Inneren des linken Seitenflügels des Pergamonaltars verbarg.

Der Neufundländer kam aus einer Ecke gerannt, begrüßte seinen Herren heftig aber kurz. Er musste den Besuch beschnuppern und beschloss, dass er ihm gefiel. Er sprang an Johanna hoch und jaulte. Sie streichelte seinen Kopf, der in Augenhöhe mit dem ihren war, und hielt dem gewaltigen Gewicht des Tieres Stand. Die stürmische Begrüßung ließ sie kurzzeitig vergessen, wie seltsam die Umstände waren.

„Schluss jetzt, Lubowitz! Ab! - Lubowitz!"

Der Neufundländer, der die neue Freundschaft zu Johanna genoss, setzte zwar sehr unfreiwillig, aber überraschend schnell seine Vorderpfoten wieder auf die Erde. Der energische Tonfall seines Gebieters war ihm neu.

„Entschuldigen Sie, normalerweise ist er sehr zurückhaltend. Das hat er noch nie gemacht, glauben Sie mir! Lubowitz!" Zur Bekräftigung gab er Lubowitz einen Klaps auf den Kopf. Jakob war die Situation unangenehm. Er mochte keine Hunde, die Menschen belästigten und noch viel weniger deren Besitzer.

„Lubowitz heißt er? Lubowitz...", sie dachte nach, was der Name zu bedeuten hätte. Sie konnte sich nicht vorstellen, dass in dem Leben dieses Mannes irgendetwas keine tiefere Bedeutung hätte.

Er gab Antwort auf die Frage, die sie nicht gestellt hatte.

„Als er zu uns kam, das ist schon eine halbe Ewigkeit her, hatte ich – literarisch-leidenschaftlich gesehen - meine Eichendorff-Phase. Die außergewöhnliche Schreibbegabung Eichendorffs gepaart mit diesem tiefen Lebensverständnis gaben den Anstoß, dessen Kindheit eingehender zu durchleuchten. Eichendorff wuchs glücklich im Schloss von Lubowitz in Schlesien auf. Häuser der Kindheit breiten ihr schützendes Dach über das gesamte Leben aus. Daher der Name. Wenngleich ich es Ihnen nicht verübeln würde, sollten Sie die Verwendung dieses Namens für einen Hund als unangemessen bewerten."

„Und?"

„Was meinen Sie - und?" Ein Fragezeichen bildete sich auf seinem Gesicht.

„Hat er Talent? Schreibt er Gedichte - oder eher Prosa?" Sie ließ ihr Grübchen erscheinen und fügte stichelnd an: „Ist das nicht das reizende Exemplar, das sich so rührend um die Erziehung Ihrer Kinder gekümmert hat und für das Sie aus diesem Grund Wohngeld beantragt haben?"

Er beschloss, darauf nicht einzugehen und stattdessen Musik unter die Stimmung zu legen.

Johanna hörte das Knistern des Kaminfeuers. Sie zwang sich, in die Flammen zu schauen und fröstelte. Schreie tauchten auf, Dunkelheit und Blendung zugleich. Sie wandte sich ab.

Er schaltete den vorbereiteten Plattenspieler an. Seine Lieblingsmusik ertönte, Poulenc, Klavierkonzert.

Sie entdeckte das Deckengemälde.

„Das Abendmahl von Robusti! Wunderschön!", seufzte sie.

„Ja, Gott ist bei mir dadurch wahrhaft allgegenwärtig, phantastisch nicht? Ist von Tintoretto!" Er war sichtlich stolz. Bis auf Viktor bekam er so gut wie nie Besuch. Etwas so Schönes und Seltenes zu besitzen, fiel schwer, wenn sich die Freude darüber nicht teilen ließ. Oft hatte Jakob aus diesem Grunde illegale Kunstsammler bedauert.

„Er nannte sich nur Tintoretto. In Wahrheit hieß er Jacopo Robusti! Damit sollten Sie sich eigentlich auskennen!", drängelte sie.

„Ach so? Wieso?"

„Mit Namentausch!" Ihre List lächelte verschmitzt.

Es versetzte ihm tatsächlich einen Stich in die Brust, sein Blut wallte auf und beunruhigte seinen Puls.

Sie sorgte sich, aber nur ein wenig, schließlich hatte sie ein Recht auf Wahrheit! Ihr Stolz hatte noch nie einen so gerissenen Gegner wie diesen Mann gehabt, der ihn immer an ihre Neugier auslieferte, so dass er selbst in Vergessenheit geriet. Dabei hatten die letzten Stunden in Johanna bereits die Ahnung festgesetzt, dass es womöglich Ereignisse im Leben gab, deren innerste Wahrheit nicht auszusprechen oder festzulegen war und deren Offenlegung es auch gar nicht bedurfte. Es war nur noch ein Funken des Stolzes, der sich gegen diese Ahnung wehrte und hier und da aufzuflammen versuchte.

Sie fügte an: „Ich denke auch nicht, dass Jacopo zwei Gräber gebucht hat. Er hatte tatsächlich nur zwei Namen, nicht zwei Leben - im Gegensatz zu Heinrich Heine und

Eduard Mörike." Ihr Grübchen berührte den Rand des dickbäuchigen Rotweinglases, das Jakob mit einem 86iger Poulliac Premier Cru gefüllt und ihr zum Anstoßen gereicht hatte.

Er blinzelte fröhlich zurück. „Wie Sie sehen, ich habe nichts gegen die Franzosen!" Sie tranken auf das Wohl der Tintorettos, Robustis, Heines und Mörikes der Welt.

Johanna schritt durch den Raum, begutachtete den Eichelhäher und die Tauben, die das wohlwollend zur Kenntnis nahmen. Sie hingen schon zu lange dort und waren daher der Aufmerksamkeit Jakobs entschwunden.

„Wie kommt man an so eine Wohnung?" Ihr Blick schweifte zu einem Briefbogen auf dem Schreibtisch. Die einzigen Worte, die sie unauffällig lesen konnte, waren die der Anrede: ‚Werter Herr Bundeskanzler, verehrte Ministerinnen und Minister...'

„Man muss sie sich nur ganz tief wünschen!" Er lächelte sie an. Er wünschte sich ganz tief, die Begegnung mit dieser Frau möge ewig so bleiben, vielleicht nur noch ein wenig enger im physischen Sinne. Bei dem Gedanken lief er rot an. In aller Unbarmherzigkeit lief die unglückliche Kussszene in einzelnen Standbildern vor seinem geistigen Auge ab. Seine Verlegenheit riet ihm, besser noch ein wenig Gras des Vergessens über diese Geschichte wachsen zu lassen.

„Sie gehen ins Bordell?" Ihre Frage kam ganz beiläufig. Sie stand, ihm den Rücken zugewandt, vor dem Folterinstrument, das an der Wand hing.

Das Instrument stammte aus dem 15. Jahrhundert. Die Armschellen trieben einen Schauer durch ihre Adern. Sie erinnerte sich eines Dokuments, das Mierscheid für den Bundestag verfasst hatte, in dem als Anlage Fotografien verschiedener Folterinstrumente beigefügt waren. Mierscheid hatte vorgeschlagen, diese Instrumente für die Abgeordneten zu nutzen, die sich im Bundestag nicht zu benehmen wussten. Die Werkzeuge waren seiner Meinung nach adäquate Mittel zur Einhaltung der Regelungen über den Zwischenruf im Bundestag.

„Bitte?" Er konnte ihr schadenfrohes Lächeln nicht sehen, was dazu führte, dass sein Entsetzen augenblicklich den ganzen Körper erfasste und sich farblich zu dem Rot in seinem Gesicht mischte, das noch von seinen letzten Gedanken geblieben war.

„Na, Frankfurt. Palais Désirée, 1980! Haben Sie das etwa vergessen? Da hatten Sie Ihren Parkausweis für den Bundestag liegenlassen und die Chefin des Etablissements, Fräulein Désirée Krautwurst-Feise, hat ihn an Ihr Abgeordnetenbüro zurückgeschickt. Ich habe den Brief gelesen!"

Es war keine Gemeinheit, die Johanna dazu trieb, vielmehr fühlte sie sich geborgen, was ihren Humor veranlasste, Jakob zu zeigen, dass sie über Mierscheid im Bilde war und mit der vermeintlichen Identität ihres Gastgebers umzugehen vermochte.

„Oh Gott, Sie haben das Buch gelesen!" Leichte Übelkeit verengte seine Atemwege. Dennoch gab er zu: „Ja, ich bin in diesem anrüchigen Etablissement gewesen. Mein Freund, von dem ich Ihnen bereits erzählt habe, der Ministerialdirigent Dräcker, meinte, es würde mir gut tun und lud mich anlässlich seines Deutschlandbesuchs dorthin ein. Aber das glauben Sie mir vermutlich doch nicht, und ich kann es Ihnen noch nicht mal verdenken! Ich bin viel zu ungeschickt, als dass ich mir eine solche Situation selbst schaffen würde; wie man unschwer daran erkennt, dass ich meinen Ausweis liegen ließ. Ich fand es sehr beschämend, dass dies die öffentliche Runde machte. Dräcker ging so weit, mir eine Dame auszusuchen und verschwand selbst für eine Stunde hinter verschlossenen Türen. Ich habe mich mit einer Unterhaltung begnügt. Das war, glaube ich, auch teuer genug, und so gehaltvoll war das Gespräch letztlich nicht."

Sie staunte. Der angebliche Vorfall Jakob Mierscheids schien ihm tatsächlich unangenehm zu sein. Nicht nur sein Tonfall, sondern auch sein Hals, der ihn wieder einmal zu jucken schien, waren untrügliche Zeichen dafür.

„Solange es nicht in eine Regelmäßigkeit ausartet, habe ich nichts gegen einen Besuch in einem solchen Etablissement. Jedenfalls muss ein Mann es wenigstens einmal erlebt haben, denke ich." Sie schaute dem ausgestopften Eichelhäher in die Augen und trat einen Schritt näher zu ihm hin, um die stahlblau-weiß getupften Seitenfedern näher zu betrachten, als der Eichelhäher ein Auge schloss und ihr zuzwinkerte. Johanna erstarrte kurzzeitig über das wundersame Zeichen des Eichelhähers. Sie musste sich geirrt haben - oder hatte er tatsächlich gezwinkert? Im Augenblick des Zweifels wiederholte der Eichelhäher seine mimische Geste, kniff sein linkes Auge kurz zu und schaute sie dann wieder an. In dieser Sekunde gewann Johanna die tiefe Überzeugung, dass es gut war, wenn Jakob dabei blieb, jener Mierscheid zu sein; dass es unwichtig war, welche andere Identität er hatte - und dass er diese andere Identität für sich behalten wollte. Wenn jemand dies würde akzeptieren müssen, dann sie! Das hatte der Eichelhäher ihr sagen wollen! Ihre Gedanken schossen ein kurzes Stoßgebet des Dankes empor zu der Gesellschaft an die Zimmerdecke.

Der Eichelhäher ersparte Jakob auf seine Weise den Sütterlintest.

Was Johanna nicht wusste, war die Tatsache, dass Jakob den Präparator beauftragt hatte, im Zuge des Ausstopfens einen winzigen Feder-Mechanismus hinter das linke Auge des Tieres zu setzen, so dass sich bei einer leichten Erschütterung im Raum das Lid des Vogels senkte und augenblicklich wieder in die Höhe zog.

Jakob war das Thema über seinen Fehltritt derart unangenehm, dass er Lubowitz einen Fressnapf zubereitete, was dieser zu der ungewohnten Stunde erfreut zur Kenntnis nahm.

„Ich werde Ihr außergewöhnliches Zuhause jetzt verlassen!" Der Satz hätte von ihm stammen können. „Ich gehe jetzt!", hätte eher zu ihr gepasst. Aber Johanna war im Gegensatz zu Viktor sprachlich nicht so standhaft und verfiel kurzzeitig in Jakobs Schnörkeleien. Sie wusste, sie würden sich wiedersehen. Davon hatten sie nicht zuletzt der Eichelhäher und die Krähe vom Vormittag überzeugt. Die letzten Stunden hatten ihr vermittelt, wie unwichtig letztlich der Name dieses Mannes war.

Jakob nahm die Ankündigung mit Entsetzen auf, da er an das vorangegangene Gespräch dachte, das wahrscheinlich Ursache ihres Aufbruchs war. Die Unsicherheit seines Tonfalls ließ daran keinen Zweifel.

„Wir werden uns aber wiedersehen?"

„Sicher. Machen Sie sich keine Gedanken wegen vorhin! Ich finde, es ist wirklich nichts dabei." Sie wollte Frieden schließen.

Er war schnell ermutigt. „Was halten Sie davon, wenn wir beide uns in dieser Woche einen Tag Zwischenzeit nehmen? Einen ganzen Tag Zwischenzeit in Berlin? Sie führen mich an die Orte, die Ihnen am Herzen liegen, und ich zeige Ihnen meine. Viktor kann uns fahren. Also, wenn es Ihre Zeit erlaubt?"

„Mittwoch erlaubt es meine Zeit. Um Zehn Frühstück im Literatur Café Fasanenstraße?" Sie lächelte ihn an.

„Phantastisch!"

Lubowitz ahnte, dass seine neue Freundin den Raum zu verlassen drohte. Er versuchte dies zu verhindern, indem er seine 90 Kilogramm vor der Tür aufstellte, was ihm einen neuerlichen Klaps seines Herren einbrachte; den zweiten an diesem Tag und in seinem Leben. Es hätte ihn gegenüber der Bedeutung des Besuchs misstrauisch machen können.

Jakob begleitete Johanna bis vor das Museum. Diesmal warteten sie gemeinsam auf der kleinen Brücke und schauten schweigend in die Spree bis das Taxi kam, das Johanna nach Hause brachte.

Kurz nachdem sie losgefahren war, verspürte sie einen tiefen Unmut, der sich durch ihren Körper zog. Sie hatte an diesem Abend völlig vergessen zu rauchen.

Es dämmerte bereits. Schwache Lichtstrahlen hatten kaum die Kraft, das kahle Geäst der alten Linden zu durchbrechen. Schattengestalten bewegten sich zwielichtig auf eine Dritte zu. Ihre Gesichter lagen im Dunkel breitkrempiger Hüte und wurden zusätzlich verdeckt von hochgeschlagenen Mantelkrägen.

Den beiden hatten die Jahre eine leichte Krümmung der Haltung verordnet. Dennoch verrieten ihre Schultern, dass die Säulen, die sie trugen, noch stolz, fast überlegen im Leben standen.

Der Mann, der den beiden entgegenging, wirkte durch seinen flapsig tänzelnden Gang beinahe jugendlich.

Als sie vor einem steinernen Eingangsportal zum Treptower Park aufeinander trafen, schüttelten die beiden Älteren dem tänzelnden Mann die Hände. Die Hierarchie bestimmte die Art der Begrüßung. Der Tänzelnde verneigte sich um Köpfe tiefer.

Das tiefe Schwarz, in das die Spree sich hüllte, unterstrich die Bedeutung der Begegnung: Verrat.

Viktor trug eine Gänsehaut an Armen und Nacken, sein knielanger Kaschmirmantel gab keine Wärme.

Die drei gingen in Richtung des sowjetischen Ehrenmals. Unter ihren Sohlen rieben sich kleine Kiesel. Nur Viktor vernahm das Geräusch, das ihn an Kreidezeichnungen auf Schiefertafeln erinnerte und unter seinen Fingernägeln und am Kieferknochen ein unangenehmes Ziehen verursachte. Sein Hang zum Dramatischen genoss die Situation und stachelte seine Unruhe an.

Die Männer sahen die Krokusse und Osterglocken nicht, die sich vor kurzem aus dem Boden gekämpft hatten und mit Spannung ihre Blütezeit erwarteten, während jene Herren das Ende der Existenz eines Freundes planten.

Der Ministerialdirigent im Auswärtigen Amt, Dr. h.c. Edmund Friedemann Dräcker, gehörte nicht zu den geduldigen Menschen. Er war gewohnt, das Kommando zu führen. Widersacher duldete er nicht. Dräcker vermochte nicht, seine Neugier zurückzuhalten. Ohne das Zeremoniell der Begrüßung gebührend durchzustehen und zunächst Erkundigungen nach Viktors Befinden einzuholen, wie es sein Anstand nach so langem Wiedersehen verlangt hätte - der Anstand kam in Dräckers Existenz oftmals zu kurz – stieß er heraus: „Wasserträger, was zum Teufel ist los?"

Banaler hätte die Antwort nicht sein können, doch Viktors Vernunft war so verschreckt, dass seine Phantasie mit der Realität nicht mithalten konnte: sämtliche zurechtgelegten Worte der Nacht waren vergessen.

„Mierscheid hat sich verliebt!" Als der eigene Satz in Viktors Kopf ankam, lief der rot an.

Der gebeugte Dräcker blieb abrupt stehen, riss Viktor aufgebracht am Arm, stellte sich vor ihn hin, und obwohl er Viktor nur bis zur Brust reichte, zitterte der aus Ehrfurcht am ganzen Körper. Der dritte Mann stand stumm, ungläubig und tatenlos daneben. Dräcker packte noch Viktors anderen Arm und schüttelte ihn, als würde er sich durch diese Geste des Wahrheitsgehalts des Gesagten vergewissern oder die Wahrheit rückgängig machen können. Dabei wirkte er kraftvoll; seine gebückte Haltung war der Aufregung gewichen.

Viktor wagte nicht, sich aus der Umklammerung zu lösen. Was um Himmels Willen konnte er denn dafür? Er riss sich zusammen, um seiner Stimme die nötige Festigkeit zu geben. Das fiel ihm schwer, ohne seiner Angewohnheit nachkommen zu können, Worte mit Gesten zu unterstreichen.

„Man muss ihn verstehen." Viktor hätte den Verrat niemals so weit gedeihen lassen, dass Jakob in schlechtem Lichte erschien. „Er war sehr einsam über die Jahre." Dräckers maßloses Lachen verfing sich in den umliegenden Büschen und blieb dort hängen. Eigentlich war es deren Aufgabe, nachts für geheimnisvolle Stimmung zu sorgen. Sie schauderten und raschelten.

Mit dieser Reaktion Dräckers hatte Viktor nicht gerechnet. Seine Arme blieben trotz des Lachens umklammert.

„Der alte Schlawiner! Meint es ernst, ja? Sieht ihm ähnlich! Statt es sich leicht zu machen wie ich! Pah!" Er löste den Griff der einen Hand und versetzte Viktors Schulter einen Klaps. „Erinnern Sie sich, Nagelmann, hab Ihnen doch erzählt von unserem Besuch in Frankfurt. Mierscheid und ich im Désirée!", er grunzte. „Hat die Kleine nicht angerührt! Sich nur unterhalten! Unterhalten, stellen Sie sich vor! Im Club Desirée!" Dräcker lachte ungehalten und vergaß darüber, Viktor festzuhalten. Der nutzte die Gelegenheit, um unauffällig ein paar Zentimeter zurückzuweichen und unbemerkt Dräckers Reichweite zu entkommen.

„Das kommt davon! Jetzt hat er den Schlamassel! So was Verbohrtes!" Dräcker wurde während seines lauten Denkens ärgerlich. „Soll das jetzt heißen, er will einen Rückzieher machen? Das denkt er sich so leicht. Nicht mit uns - oder Nagelmann? Nicht mit uns!" Er stampfte bei dem letzten Wort mit einem Fuß auf den Boden, schaute aufmunternd forsch zu dem älteren Herrn in schwarzem Tweed und marschierte weiter.

Friedrich Gottlob Nagelmann war ein stiller Mensch, der nur dann das Wort ergriff, wenn die absolute Notwendigkeit einer Situation es ihm abverlangte. Und auch dann beschränkte er die Worte auf das Minimum, das für das inhaltlich zu Sagende unerlässlich blieb. Überhaupt war er ein sparsamer Mann, dem alles Überflüssige widerwärtig erschien. Angesichts seiner Stellung im 3. Senat des Bundesverfassungsgerichts, die er seit Jahrzehnten innehatte, war er noch weniger als Dräcker gewohnt, auf Ungehorsam zu stoßen. Die Nähe zum Richteramt, dem Widerworte allzu fremd waren, verführte geradezu dazu, die eigene Meinung als veritas absoluta zu sehen. Dennoch verfügte Nagelmann in erheblichem Umfang über Besonnenheit und gelangte im Gegensatz zu Dräcker mit geringer Lautstärke und wenigen Worten zu seinen Zielen. Seine stattliche Größe und kräftige Statur standen ihm dabei hilfreich zur Seite.

Viktor kam die vage Idee, dass Jakob und er Nagelmann unterschätzt haben könnten. Mierscheid war so anders! Der Bundestag wollte immer diskutieren, reden, ausklamüsern, Widerworte geben, bloß um etwas zu sagen. Und oft nur wegen der Wählerschaft, damit nach außen hin das Bild entstand, in jeder Frage von noch so geringer Wichtigkeit bestünden Grenzlinien der Auffassungen zwischen den Parteien; auch wenn Themen behandelt wurden, bei denen man die gleiche inhaltliche und strategische Richtung fahren wollte. Jakob war es gewohnt, behutsam und taktisch vorgehen zu müssen; hatte Geduld geübt, auch wenn er sie nicht immer beherrschte. Bei diesen Gedanken an seinen Dienstherren erwärmte sich Viktors Brustgegend.

„Nein", und zu aller Erstaunen fügte Nagelmann an, „nicht mit uns!"

Viktor bekam nun Gewissheit, dass Nagelmann und Dräcker Jakob keine Möglichkeit verschaffen würden zu entrinnen. Er bedauerte sich und mehr noch Jakob, der gerade die Liebe seines Lebens gefunden zu haben schien und die ihm sein bester und bislang treuester Freund nun zerstören würde. Er sah ein, dass es nicht besonders schlau gewesen war, diese beiden Männer einzuweihen und erkannte, sich der Illusion hingegeben zu haben, die Zügel in der Hand zu halten, um das Pferd zu führen. Dabei saß er lediglich auf der Kutsche, vielleicht die Zügel in der Hand, aber die, die den Karren wirklich lenkten, waren gerissene Mulis teuflischer Herkunft, die trotz des Geschirrs ihren Weg in die Hölle eisern gehen würden - ohne jede Rücksichtnahme. Viktor wurde übel. Zum ersten Mal in seinem Leben kostete er den Geschmack von Illoyalität.

Dräcker gab der überflüssige Zusatz Nagelmanns die letzte Gewissheit, dass sie Mierscheid zur Vernunft zurückbringen würden.

Viktor erschrak noch mehr, als Nagelmann ganz freiwillig und ungefragt erneut die Stimme erhob.

„Nur noch wenige Tage. Nur er kann es umsetzen. Es ist seine Zuständigkeit! Wo ist er, verdammt?"

Dräcker grinste Nagelmann zustimmend an, „Mein lieber Nagelmann, Sie sind ja außer sich!", er lachte in sich hinein und sprach mehr zu sich selbst. „Nein, da ist er vollkommen falsch gewickelt, der liebe Mierscheid! Soll ja nicht denken, wir würden ihm das ungestraft durchgehen lassen! So ein Blödsinn! So ein überholter, altmodischer Romantiker!"

Vor ihnen erhob sich gespenstisch der elf Meter hohe Sowjetsoldat, das Kind im Arm und das Schwert in der Rechten.

Der Anblick des Heroen ermutigte Viktor. Er fühlte sich mit ihm seltsam verbunden und dachte daran, dass der Soldat vermutlich in seinem Alter ebenfalls der Hölle nahe gekommen war und zum Lohn nun auf dem Sockel thronte. Dieser Gedankengang verführte ihn zu einem Kommentar zum Schutze seines Dienstherrn.

„Ohne Mierscheids Sinn für Romantik wäre unser Plan, der ja letztlich sein Plan ist, wohl nicht entstanden! Dessen sollten wir uns bewusst sein!"

Dräcker sah Viktor misstrauisch von der Seite an.

„Was soll das heißen, Wasserträger? Warum haben Sie uns dann hierher gelockt, wenn Sie unser Vorhaben nicht mehr stützen wollen? Mierscheid kann nicht erst die Welt wild machen mit seinen Ideen und dann glauben, er könne die nächste Rakete zum Mond nehmen und sich aus der Affäre schießen! Meinen Sie, ich verlasse die Fidschis für einen längeren Zeitraum gerne, nur so zum Spaß? Ich kann Ihnen versichern, ich läge jetzt lieber auf meiner Hängematte aus Palmwedeln!"

„Ich will es ja genauso wie Sie, meine Herren, und ich denke, auch Jakob Mierscheid wird sich dessen früher oder später besinnen. Ich wollte das Später nur ein bisschen beschleunigen." Viktor wischte sich kalten Schweiß von den Lidern, der seine Stirn hinunter gelaufen war.

„Der 23. Mai steht aber bereits vor der Tür, wie Nagelmann richtig festgestellt hat. Was heißt da beschleunigen? Ich habe die Journalisten bereits terminiert. Wer sind wir denn, bitte schön? Die grandiose selbstlose Idee des Herrn Mierscheid hatte mich fast unsere Auseinandersetzungen der letzten Jahre vergessen lassen! Seinen Dickschädel! Ich, Edmund Friedemann Dräcker! Und jetzt? Will er uns lächerlich machen vor der Welt? Was denkt er sich?"

„Er denkt zurzeit nicht." Nagelmann schien tonlos über sich hinauszuwachsen.

Viktors Knie zitterten. Was hatte er angerichtet? Warum hatte er sich diesen Männern anvertraut? Wie hatte er nur so naiv sein können? Gab es noch ein Zurück?

„Wo ist er also? Wer ist diese Frau?" Diese Worte Nagelmanns waren zuviel für Viktor. Ihm kam der Satz in den Sinn, der auf dem Eingangsportal zum Treptower Park in

Stein gemeißelt stand: ‚Ewiger Ruhm den Helden, die für Freiheit und Unabhängigkeit der sozialistischen Heimat gefallen sind'. Er dachte an Jakob, sah die Trauerbirken, die den Weg säumten, die Sterne, erst die echten am Himmel, weil er leicht nach hinten schwankte und dann sah er nur noch jene, die er einen Tag zuvor bereits näher kennen gelernt hatte. Diesmal allerdings wurde sein Fall auf die Kieselsteine des Wegs registriert. Die Büsche zitterten aufgeregt und gaben raschelnde Laute von sich.

Es war das Beste, was Viktor und Jakob hätte passieren können: Männer, die immer auf der obersten Sprosse der Leiter der Entscheidungsmacht gestanden hatten, die das Wort 'Überforderung' für eine Erfindung hielten, standen nun im Dunkel des einsamen Parks und lernten zum ersten Mal kennen, was es bedeutete, hilflos zu sein. Dadurch gewannen Viktor und Jakob unverhofftes Verständnis und Mitleid.

Nagelmann reagierte besonnener. Er bückte sich zu Viktor hinab.

„Ohnmacht", stellte er schaudernd fest und schaute zu Dräcker auf. Dieser ging daraufhin ebenfalls in die Knie und betrachtete Viktors Gesicht.

„Hm, scheint mir auch. So besehen: ein hübscher Kerl. Wird bestimmt viel nachgefragt in der Frauenwelt."

„Herr Dräcker, bitte!"

„Ich mein' ja bloß." Selbst Dräcker wurde kleinlaut, er bekam erstmals in seinem Leben ein Gespür für das Unpassende.

„Und was machen wir jetzt? Wir können ihn schlecht hier liegen lassen, oder?" Dräcker dachte bei sich, dass sich dieses gutaussehenden Jünglings sicherlich jemand annehmen würde. Das Problem war nur, dass wahrscheinlich in den nächsten Stunden hier niemand vorbei kommen würde.

Nagelmann kramte ein Baumwolltaschentuch aus seinem Jackett und hielt es Dräcker hin.

„Machen Sie das nass!"

„Bitte?" Dräcker schaute ihn fragend an.

„Ich sagte, Sie sollen das nass machen!" Nagelmann fühlte, dass sein Mund trocken wurde von den vielen Wiederholungen.

„Wie stellen Sie sich das vor, Nagelmann? Meinen Sie, ich hätte immer eine Portion Wasser im Gepäck? Seh' ich aus wie ein Kamel?"

„Die Spree!" Nagelmann deutete seufzend eine Richtung im Dunkeln an.

„Hm." Dräcker liebte es nicht, nicht das letzte Wort zu haben; noch weniger, nicht Herr der Situation zu sein.

„Und was machen Sie in der Zeit?" Er erhob sich schwerfällig, nachdem ihn ein mahnender Blick getroffen hatte, und ging langsamer, als er kräftemäßig gezwungen war, Richtung Ufer.

Nagelmann streichelte unbeholfen Viktors Wange, als habe er dort Dreck, den er abwischen wollte. Er dachte, dass dieser junge Mann, der von so kräftiger Statur war, unter enormem Druck stehen musste und dass sie eigentlich alle dasselbe Ziel verfolgten. Das Ziel war nur im Eifer des Gefechts untergegangen. Sie würden die Vernunft zurückkehren lassen in ihr Gespräch und endlich zu einer Vorgehensweise finden, die Mierscheid wieder ins Boot holen würde. Nagelmann bestätigte das Ende seines Gedankengangs mit einem Klaps auf Viktors Wange.

„Sie können den doch nicht schlagen, Nagelmann! Klar ist das ein dummer Kopf, aber ich bitte Sie! Das geht doch zu weit!" Eine Ohrfeige ging Dräcker ganz und gar nicht zu weit. Er war zurück, zusammen mit seiner Arroganz und seinen Rachegelüsten gegenüber Nagelmann, der ihn wie einen kleinen Jungen behandelt hatte.

Nagelmanns Sparsamkeit und sein trockener Mund legten ihm nahe zu schweigen. Er nahm das Taschentuch entgegen und legte eine Pfütze Spree auf Viktors Gesicht.

Das nasse Taschentuch hinderte dessen Lungen daran, sich durch Nase oder Mund Luft zu holen, so dass er nach kurzer Zeit aufschreckte, sich das Tuch vom Gesicht riss und nach Luft schnappte.

„Sind Sie irre? Wollen Sie mich umbringen?", schrie er keuchend.

So sehr sich die Männer erschreckt hatten, dass Viktor zu Boden gegangen war, so sehr erschraken sie nun wieder über sein Erwachen.

Der Mond war höher gestiegen. Sein Licht wurde von den Ästen der Birken zerschnitten, die wie knöcherne Arme ins Leere zu greifen schienen.

Viktor richtete sich auf und schaute in die ratlosen Gesichter seiner neuen Gegner. Im Hintergrund erkannte er schemenhaft seinen verbündeten Soldaten und musste lächeln. Mit dem Lächeln hielt ein eiserner Wille Einzug in seinen Kopf.

„Geht es Ihnen besser, Herr Wasserträger?" Die Besorgnis in Nagelmanns Stimme trug dazu bei, dass die eiserne Stärke in Viktor wuchs.

„Danke, ja." Er erhob sich, die helfenden Hände der beiden abwehrend.

Dräcker fühlte sich erneut beleidigt, schließlich war das ein Novum. Wie konnte es jemand wagen, seine Hilfe abzulehnen!

„Nun, dann können wir ja zur Sache kommen! Ich denke, das beste wäre, Mierscheid für die nächsten Tage wegzusperren, unauffindbar für diese Frau, fernab mit seinen

Büchern und ein paar von so jungen, hübschen Dingern - die kann ich besorgen - und dann wird er die andere schon vergessen! Und wenn er nicht freiwillig mitmacht, müssen wir ihn eben entführen!"

Viktor beendete abrupt das Abklopfen seiner orangebraunen Gaultier-Jeans und seines Mantels, sah Dräcker fassungslos an und gab seinem Erstaunen über dessen mangelndes Sozialempfinden dadurch Ausdruck, dass er etwas sagte, was er sich in Gegenwart dieser Männer vor seiner Begegnung mit dem russischen Soldaten nicht hätte träumen lassen.

„So einen absoluten Schwachsinn habe ich ja noch nie gehört! Sie sind ja komplett durchgedreht, Dräcker!" Zur Bekräftigung wedelte Viktor die rechte Hand vor seinem Gesicht flach hin und her.

Die Kombination von Satz und Geste verschaffte Viktor neuerliche Anerkennung, denn auch das war für Männer dieser Ebene unbekannt: spontane Respektlosigkeit; die konnte sich nur dadurch erklären, dass Wasserträger es absolut ernst meinen musste.

Nagelmann beschwichtigte.

„Wir müssen uns mit Mierscheid zusammensetzen! Er muss sich uns erklären. Dann sehen wir weiter."

„Ach, Sie lassen sich jetzt auch aufweichen, Nagelmann? Schöner Haufen! Und so was will die Welt verbessern, pah! Was wollen Sie denn mit dem reden? Der ist doch offensichtlich gerade total beschränkt! Im Liebeswahn! Wollen Sie dem sagen: Ach, mein lieber Mierscheid, die Liebe mag ja wirklich ein Geschenk des Himmels sein, aber die höheren Aufgaben, also die wirklich höheren Aufgaben, mein lieber Mierscheid, die können doch nicht warten!" Den letzten Satz flötete Dräcker böswillig in die Runde. Seine Augen funkelten die beiden hasserfüllt durch die Dunkelheit an.

Viktor überging Dräcker und sagte zu Nagelmann gewandt: „Lassen Sie uns Mittwoch Abend bei ihm zusammenkommen! Übermorgen. Ich werde dafür sorgen, dass er da ist!"

In Richtung Dräcker fügte er freundlich an: „Sie können ja auch kommen, wenn Sie möchten." Auch Viktor wuchs über sich hinaus. Er hatte die Leitung übernommen, saß doch führend auf der Kutscherbank; egal, was für störrische und hinterlistige Wesen das Gefährt zogen: es kam nur darauf an, die Zügel fest genug zu zurren!

Nagelmann senkte zustimmend einmal kräftig den Kopf, schaute ermahnend zu Dräcker, dieser möge jetzt Haltung bewahren. Vergebens.

„Sie sind ja alle vollkommen übergeschnappt!" Dräckers Stimme überschlug sich. „Ich mache da nicht mit! Ich, Edmund Friedemann Dräcker!" Sein letztes Zeichen der Verachtung, das „Pah", schmiss er den beiden bereits mit dem Rücken abgewandt zu und stampfte in die Dunkelheit davon.

Nagelmann und Viktor gingen schweigend zurück zum Eingangstor, wo sich auch ihre Wege trennten.

Viktor bestieg den Citroën und ihm war, als raunten ihm die Büsche anerkennend zu. Die Flapsigkeit seines Gangs hatte sich auf dem Rückweg für die nächsten Stunden erstmals verabschiedet.

PANOPTIKUM

Johanna war auf dem Weg zu ihrem Arbeitsplatz, dem Märkischen Museum. Sie hatte beschlossen, den Tag früh zu beginnen, wollte neben ihrer Arbeit auch ein paar Vorkehrungen für den morgigen Tag mit Jakob treffen.

Kurz vor dem Museum liefen ihr ein Mann und eine Frau entgegen. Er hatte seinen Arm um ihre Schultern gelegt, während ihr Arm sich um seine Taille schlang. Eigentlich mochte Johanna nicht genauer hinsehen. Doch ihr Blick wollte es anders. Er schaute die beiden an: Die Frau war hochschwanger; das zweite Kind. Vor wenigen Tagen hatte sie ihren Oberkörper in Gips gegossen, um den Abdruck anschließend zu bemalen und als Erinnerung an die Schwangerschaft in der Wohnung aufzuhängen.

Johannas Grübchen warf einen Schatten.

Bereits während des Trocknens der Gipsmaske, als die Frau eine Stunde nackt still sitzen musste, war ihr störend aufgefallen, dass ihr Mann ohne sie zu versorgen im Bad verschwand, das Radio aufdrehte und sie hilflos zurückließ. Nach dem Anblick des wuchtigen Umfangs des Gipskörpers waren ihr noch mehr Zweifel gekommen, die sie in Worte gepackt und ihm anvertraut hatte. Er war Rundfunkjournalist; hatte sich über die ständige Jagd nach O-Tönen angeeignet, nur solche zu akzeptieren: kurz und knapp; hatte vergessen, dass das Leben zwischen den Zeilen stattfand. Sie fand nicht den passenden O-Ton für ihr Problem; nicht zum ersten Mal.

Johanna zog die Stirn in Falten, wurde kurzzeitig traurig und beschloss, lieber an ihre Arbeit für das Märkische Museum zu denken.

Als sie die Ausstellungsräume des Museums zum ersten Mal besichtigt hatte, war sie belustigt über die Vielfalt der Abteilungen. Ur- und frühgeschichtliche Funde wie: Pfeilspitzen aus dem 9. Jahrhundert v. Chr., Schwerter verschiedenster Epochen, Ritterrüstungen. Reste einer urzeitlichen Jägerhütte und Schmuck teilten sich das Gebäude mit Modellen von Berlin in unterschiedlichsten Zeiten - Spandau im 13. Jahrhundert liebevoll in vier Rundhütten aus Bast dargestellt; mit Bildern heimischer Maler, Frauenmode von Ende des 19. Jahrhunderts bis in die 70iger Jahre, einem Raum voller Musikautomaten, dem einzigen originalen Pferdekopf von Schadows Quadriga, der den Krieg überstanden hatte und daher den Nachbauten hatte Modell stehen müssen, sowie dem Kaiserpanorama, das im Zehn-Sekundentakt immer neue Bilder von Paraden, kaiserlichen Auftritten und langberockten Damen mit kurzen Sonnenschirmen beim Spaziergang Unter den Linden durch die kleinen Sehschlitze warf. Ein skurriles Sammelsurium.

Insbesondere die Ansammlung einer Handvoll antiker Tonscherben hatte sie fasziniert. Ihr letzter Auftrag hatte sie nach Köln verschlagen und ihr fiel auf, wie sich anhand dieser mageren frühgeschichtlichen Funde in Berlin die marktwirtschaftliche Theorie von Angebot und Nachfrage bestätigt fand. Sie malte sich einen Grundstückskäufer im Kölner Raum aus, dem es lästig fallen würde, beim Erdaushub für das zu erbauende Eigenheim -nicht unüblich- auf römische Funde zu stoßen, da dies mit Behördengängen verbunden war; wohingegen in Berlin die Presse verrückt spielen würde und sich der ehrliche Finder aufgrund der Sensation in der Öffentlichkeit über einen längeren Zeitraum besonderer Berühmtheit würde erfreuen können. Nun, Berlin mangelte es nicht an Geschichte, aber der interessante Teil dieser Geschichte hatte hier eben später begonnen, dachte sie.

Das Märkische Museum mit seinem Anspruch, die kulturelle und historische Entwicklung Berlins und Brandenburgs darzulegen, schien ihr ein belustigender Beweis dafür zu sein, dass Berlin zwar die Hauptstadt Deutschlands war, mit sicherlich vielen Nabeln, aber eben nicht mit dem der Welt.

Sie mochte Berlin und einer der Gründe, den Projektauftrag des Museums anzunehmen, war, die Stadt neu kennen zu lernen und zu erleben nach dem Sieg – wie sie es nannte – des Gutgemeinten über das Gutgedachte.

Im Zuge der Umbaumaßnahmen des Reichstags waren Bauarbeiter auf dem davor gelegenen Platz der Republik bei ihren Grabungen nicht nur auf mehrere britische Bomben aus dem zweiten Weltkrieg gestoßen, sondern einige Schichten tiefer auch auf Messer, Krüge, Rüstungen und Schwerter. Das Märkische Museum war an der Einordnung der Funde interessiert und hatte Johanna zu deren Bestimmung und Untersuchung nach Berlin gerufen, da sie sich auf diesem Gebiet einen guten Namen gemacht hatte.

Am Tag ihrer Ankunft in Berlin hatte der Museumsleiter sie durch die Räume geführt. Ein gebildeter feinsinniger Mann, dem nicht entgangen war, dass Johanna die Disparität der Sammlung belächelt hatte, und der selbst genug Lebenskenntnis besaß, um ihr das nicht übel zu nehmen.

Als er ihr nicht ohne Stolz den Marzahner Bronzeschmuck aus dem 5. Jh. v. Chr. erläuterte, führte er auf ihr zustimmendes Lächeln von sich aus an, dass im Gegensatz zum Rheinland in Berlin die Wahrscheinlichkeit in einer Baugrube auf Gebeine zu stoßen um ein Tausendfaches größer sei, als frühgeschichtliche Gegenstände zu entdecken. Auf ihren fragenden Blick hin hatte er ihr erklärt, dass bei Bauarbeiten immer wieder Knochenfunde aus verschiedensten Zeiten zu Tage befördert würden und dass hierzulande die Bauunternehmer nicht entzückt darüber seien, da Landesarchäologen die Baustellen dann erst mal lahm legten. Johanna erfuhr, dass an der Spandauer Kirche Skelette aus dem 17. Jahrhundert, am Lehrter Bahnhof über 500 Seuchenopfer aus dem 19. Jahrhundert und in Köpenick sowohl menschliche als auch tierische Überreste - eine komplette Siedlung aus dem 13. Jahrhundert - durch Bauarbeiten entdeckt worden waren.

Johanna fragte sich heimlich, ob diese Siedlung wohl auch bald im Modell aus Streichhölzern und Bast als zweiter Grundstein Berlins neben den drei Rundhütten von Spandau zu finden sein würde.

Sie mochte den Mann. Die Zusammenarbeit war sehr angenehm. Er verlangte keine Zwischenergebnisse, so dass sie ungestört ihrem eigenen Rhythmus folgen konnte.

Sie dachte an das Gespräch und war froh, dass sich die Friedhofskultur in Europa durchgesetzt hatte, da sie sonst den mystischen Abend mit Jakob nicht hätte verbringen können. Sie war auch froh, dass sie niemals eine Gipsmaske ihres Körpers im schwangeren Zustand würde machen wollen, weil sie noch nie einen Sinn darin gesehen hatte, Erinnerungen in Gips zu gießen.

Sie begab sich in das obere Stockwerk des Museums und begann mit der Auswertung der Funde.

Antikapitulation

Lubowitz war es langweilig. Daher tat er so, als würde ihn die Ankunft Viktors über alle Maßen freuen, und stürzte zum Wandvorhang, um ihn stürmisch zu begrüßen; wenngleich ihm die Dame von neulich als Spielgefährte besser gefallen hätte.

Jakob fiel sofort eine seltsame Veränderung Viktors auf. Als sei dieser gealtert; nicht im schlechtesten Sinn, sondern als trüge er Reife und Gelassenheit, über die er sonst nicht in ausgeprägtestem Maße verfügte.

„Viktor! Wie schön. Komm herein. Kann ich dir einen Kaffee anbieten?"

Die Frage zählte zu den Rhetorischen. Viktor hätte niemals einen Kaffee von Jakob getrunken. Er stufte seine eigenen und Jakobs Kaffeekünste vergleichsweise auf das Niveau von Bildern Rembrandts mit solchen, die in Kindergärten gefertigt wurden: blassbraune Brühe, deren Duft man nur erraten konnte, wenn die Nase bereits in der Tasse versank. Viktor war hinsichtlich seines Kaffeegenusses konsequent.

Dem Usus folgend lehnte er freundlich ab, kam aber direkt auf den Punkt. Ein weiterer Hinweis für Jakob, dass etwas seinen Freund verändert hatte.

„Morgen Abend kommen Dräcker und Nagelmann hierher. Wir müssen uns zusammensetzen! Es wird Zeit, Jakob!"

Jakob vermisste eine Einleitung des Gesprächs, eine Geste seines Freundes, eine fuchtelnde Handbewegung. Nichts. Er war gewarnt.

„Morgen bin ich nicht Herr meiner Zeit. Johanna und ich haben beschlossen, uns Zwischenzeit zu nehmen. Zeit zwischen der Zeit, verstehst du? Wir werden den morgigen Tag gemeinsam in der Gegenwart verbringen und uns über die Vergangenheit austauschen. So ist das üblich, wenn man sich frisch kennen lernt." Sein Lächeln trug eine Bestimmtheit, die Viktor klarmachen sollte, dass es darüber nichts zu diskutieren gäbe.

„Jakob, bitte!", ermahnte er ihn, „Du kannst meinetwegen morgen den ganzen Tag mit Johanna verbringen. Aber du wirst es ja wohl schaffen, gegen 22.00 Uhr wieder hier zu sein!"

Jakob stellte sich vor, was er mit einer Frau wie Johanna bei der zweiten Verabredung gegen 22.00 Uhr zu machen wünschte. Eine Verabschiedung kam in diesen Gedanken nicht vor. Er lächelte Viktor herausfordernd an.

„Werter Viktor, ich glaube, du kannst es dir in etwa denken: ich hege keine besonderen Wünsche, dass du, Dräcker oder Nagelmann auf dem Kanapee verharren, wenn Johanna und ich morgen Abend hierher kommen sollten - was mir durchaus im Bereich des Möglichen erscheint! Besonders Dräckers Anwesenheit würde mir einige Nervosität verschaffen." Er wurde ernst. „Ich werde für euch da sein, aber nicht morgen und erst recht nicht morgen Abend!"

Viktor erkannte die Beharrlichkeit in den Worten und fügte sich äußerlich. Er hatte am gestrigen Abend eines gelernt: die Zügel unauffällig zu halten. Es würde ihm etwas einfallen. Er verabschiedete sich und verließ mit strammen Schritten, die Jakob befremdend an die eines Soldaten bei der Parade erinnerten, hinaus. Viktors Selbstbewusstsein genoss die Freiheit, sich einmal richtig ausleben zu können.

SCHATTENLEBEN

Die Glocken der Kaiser-Wilhelm-Gedächtniskirche verkündeten Mitternacht.

Johannas dunkelrot gelocktes Haar glänzte auf einem dunkelbraunen Umhang, den sie sich umgeworfen hatte. An ihrem Hals ragte der weiße, bestickte Rundkragen einer Bluse hervor. Ihre Füße waren in zurechtgenähte Felle aus Hirschleder gewickelt. Sie wirkte würdig und anmutig zugleich, als sei sie einer fremden wundersamen Welt entsprungen, in der sie die unanzweifelbare Herrscherin sein musste. Unter dem Umhang schaute ein langer schmaler Gegenstand heraus, der von einer Lasche in der Innenseite des Umhanges getragen wurde. Eine lederne Tasche in Form eines alten Arztkoffers schien schwer zu wiegen.

Johanna hatte eine Vorliebe für besondere Momente, um ihren Vorhaben eine zusätzliche Geltung zu verschaffen. Auch legte sie bei dieser Art ihrer Unternehmungen größten Wert auf ihre Bekleidung. Deren stimmige Wahl gab ihr das Gefühl, die Zeit zurückdrehen zu können und ihrer eigenen Geschichte Würde zu zollen. Auch wenn ihr bewusst war, dass niemand außer ihr jemals Näheres erfahren würde. Sie tat es allein für sich, im Gedenken an alte Freunde.

Johanna verließ ihre Wohnung, lief die Uhlandstraße hoch zum Ku'damm und winkte ein Taxi heran. Der Fahrer war zutiefst beeindruckt von ihrer Erscheinung und fuhr sie, um ihren Anblick im Rückspiegel möglichst ausgiebig zu genießen, langsamer als bei Berliner Taxifahrern üblich zu jener Straße, an der Viktor sie des Nachts zu ihrem ersten Treffen mit Jakob abgesetzt hatte.

Der Fahrer wagte nicht, sie anzusprechen. Er fand es auch nicht abwegig, diese zarte Person in die einsame Dunkelheit zu entlassen. Ihm schien es, als habe sie den Sieg über die Welt errungen; unantastbar trug sie Stolz und Würde ohne jede Herablassung wie eine Dame des Hochadels in Zeiten, als es noch keine Hochglanzmagazine gegeben hatte. Er träumte sich ein Diadem auf ihr Haar und verbrachte die weiteren nächtlichen Fahrten in süßen Phantasien.

Johanna lief über die Brücke die Treppe zum Pergamonmuseum hoch. Ihr Herzschlag pochte aus erregter Vorfreude und ermunterte ihr Adrenalin, sich mit ihrer Lebenslust zu paaren. Selten hatte sie so viel Spaß daran gehabt wie in der heutigen Nacht.

Sie kannte die Mechanismen der Alarmanlage und die Zeiten der Wächter. Im Lauf der Jahre war sie zur Meisterin gereift. Mit wenigen Griffen fräste sie lautlos ein Loch in eine der Glastüren und brachte diese zum Öffnen. Gezielt umging sie mehrere Sicherheitsfallen und gelangte nach geschicktem gewaltlosem Öffnen einiger verschlossener Türen in die Hinterräume des Obergeschosses, zum Lager des Museums. Sie stellte die Tasche ab, zog den langen Gegenstand aus der Lasche ihres Umhangs und wickelte ihn aus einem festen Tuch heraus. Die Arme ausgestreckt vor dem Körper hielt sie ihn hoch, betrachtete ihn und drückte ihn anschließend behutsam an sich. Ein zartes Lächeln blitzte durch ihre Augen ehe sie sie ihrem Ritual gemäß zum Gedenken für einige Minuten schloss. Sie würde es wiedersehen können. Kein Abschied für immer.

Zwischen Büsten großer Philosophen, riesigen Urkundensteinen, Tontafeln mit Keilinschriften, Terrakotten, Vasen, Tonscherben und Teppichen legte sie den Gegenstand schließlich vorsichtig in eine der zahlreichen mit Spänen ausstaffierten Holzkisten, in der sich antike Waffen befanden, und verschloss sie wieder.

Sie atmete tief ein, um die Gegenwart bewusst anzuerkennen und fühlte ein unendliches Glück die Adern durchlaufen.

Ihre Gedanken flogen zu Jakob. Ein bisschen würde sie ihn jetzt noch ärgern! Der Schalk lächelte aus ihrem Grübchen. Sie malte sich aus, wie Jakob aus seinem Bett hochfuhr; entrüstet über das Wagnis, dass ihm jemand den heiligen Schlaf raubte.

Ebenso geschickt und unauffällig wie auf dem Hinweg schloss sie die Türen hinter sich wieder ab, machte noch einen kleinen Schlenker zum Aleppo-Zimmer, nahm Platz, betrachtete die kostbaren christlichen Malereien auf den hölzernen Täfelungen und entzündete sich eine Romeo y Julieta. Ihre Gedanken verließen die Gegenwart und flogen zurück zu den Anfängen ihrer Erinnerungen.

Als sie wieder am Eingang des Museums angelangt war, legte sie einen Briefumschlag neben die Tür und entnahm ihrer Tasche einen schweren Gegenstand. Das Glas der Tür zersplitterte in tausend Scherben. Die Alarmanlage heulte auf, Johanna konnte sich ein Lächeln nicht verkneifen, lief zum Hackeschen Markt und nahm die S-Bahn Richtung Bahnhof Zoo.

ZWISCHENZEIT

Der Winter hatte, ohne dem Frühling eine Chance zu lassen, dem Sommer die Führung übergeben, der warme Winde mitgebracht hatte. Die Sonne brach durch flüchtige Wolken und erlaubte, den Tag erstmals im Freien zu verbringen.

Vor den Cafés sammelten sich plötzlich Tische und Stühle, die in Windeseile aus den Kellern gezogen und entstaubt worden waren.

Johanna erschien im Literatur Café eine halbe Stunde zu früh. Sie mochte es, als erste bei Verabredungen einzutreffen. Das hatte sie aus ihrer Vorgeschichte in ihr jetziges Leben mitgenommen. Wenn sie mit der Umgebung besser vertraut war als ihr Gegenüber, glaubte sie sich im Vorteil. Nicht, dass sie für die Begegnung mit Jakob Sicherheit benötigt hätte, vielmehr entsprang ihr Verhalten dieses Mal allein einer alter Gewohnheit.

Sie musste feststellen, dass er bereits dort saß und sich augenblicklich erhob, als sie den Tisch erreichte.

„Hatten wir nicht zehn Uhr gesagt?", lachte sie.

Jakob schob mit einer übertriebenen Bewegung den Ärmel seines Jacketts hoch, um auf die Uhr zu sehen.

„Ach, da müssen wir uns wohl beide um etwas Zeit vertan haben!" Er lächelte ebenfalls, nahm ihre Hand, verbeugte sich, einen Handkuss andeutend, und rückte ihr den Stuhl zurecht.

Sie hätte denselben Tisch ausgesucht: draußen, um die erste sommerliche Luft zu genießen und dennoch unter dem schützenden Vordach des Hauses mit Blick auf den kleinen Garten, der begonnen hatte, zarte Farbe zu tragen.

Trotz vieler Gemeinsamkeiten würde es nicht langweilig werden mit diesem Mann, vermutete sie - ihnen würde Zeit bleiben, über wichtige Dinge zu streiten - und unterlag mit diesen Gedanken der Verführung, sich vorstellen zu können, ihr Leben mit jemandem zu teilen. Bisher war ihr das unmöglich erschienen.

Sie bestellten zum Frühstück beide Herzhaftes: Omelette mit Tomaten und Basilikum, Aufschnitt, Brötchen, Milchkaffee und Prosecco.

Sie stichelte heimtückisch. „Sie sehen heute so müde aus." Das stimmte zwar nicht, brachte aber augenblicklich die gewünschte Antwort.

„Stellen Sie sich vor, heute Nacht wurde ins Museum eingebrochen!"

„Nein! Ins Pergamonmuseum?" Johannas Scheinheiligkeit verlieh ihrer Stimme völlige Überraschung.

„Ja, wirklich! Und nichts wurde entwendet! Im Gegenteil, der Einbrecher hat noch einen Umschlag mit Geld neben die Eingangstür gelegt!"

„Einen Umschlag mit Geld? Sonst nichts?" Sie lachte. „Komisch. Ein moderner Robin Hood, was?"

So war es vom DeutschlandRadio an diesem Morgen bewertet worden, was sie belustigt zur Kenntnis genommen hatte.

„Vielleicht für die gebrochene Glasscheibe, es entzieht sich selbst meiner Ahnung." Er lächelte zurück. „Die ganze Nacht herrschte ein heilloses Durcheinander. Die Spurensicherung, die Direktion, die Wärter, alle wurden zusammengetrommelt, um nachzuschauen, was entwendet wurde. Nichts! Es fehlt nichts! Der Eindringling scheint sich nur im Eingangsbereich aufgehalten zu haben. Seltsam ist aber, dass es im Aleppo-Zimmer im ersten Stock, Sie kennen es vermutlich, das christlich-orientalische Zimmer", sie nickte, um ihm anzuzeigen, er brauche seine Ausführungen nicht fortzusetzen, „also da roch es nach Zigarre! Aber das kann eigentlich nicht sein. An keiner der Türen wurde Gewalt angewendet! Seltsam. Man ist nirgendwo mehr sicher."

„Auch noch ein rauchender Robin Hood!"

Jakob war es todernst.

„Es geht mir nicht um die Störung meines privaten Bereichs. Aber der Respekt ist einfach verloren gegangen. Der Respekt vor alten Werten. Einfach ins Pergamonmuseum einzudringen! Ohne Sinn und Verstand! Und Respekt vor Eigentum." Seine Gedanken machten einen dreifachen Rittberger und rasten zu den Themen, mit denen sie sich in den letzten Monaten ausgiebig beschäftigt hatten.

„Schauen Sie sich die Menschen an! Politik interessiert nicht mehr. Hat jede Attraktion verloren. Und man kann es den jüngeren Generationen nicht einmal verübeln. Bei dem, was die Politik so treibt. Wer soll das noch ernst nehmen? Äußerlichkeiten haben Inhalte verdrängt! Und nur wenn wirklich gar nichts mehr geht, wenn die Klippe erreicht ist, beginnt man Brücken zu bauen; die aber auch nur darauf angelegt sind, für ein paar Jahre zu halten, bis auch die wieder erschöpft zusammenbrechen."

Kurzzeitig kam ihr wieder der Gedanke, dass dieser Mann sich durch seine Aussage älter machte, als er tatsächlich sein konnte.

„Wie sollen die Jungen Respekt vor dem Alter bekommen, wenn das Alter sich so verheerend benimmt? Muss es einen da wundern, dass jemand ins Museum eindringt, für eine Zigarre, und wieder geht? Ist ja immerhin noch anständig, dass der Täter das Geld für die Tür zurückgelassen hat. Wir wollten das Museum ja vorgestern auch für uns allein haben." Ihr Trotz musste sie ein wenig verteidigen. Außerdem weigerte sich ihr Kopf, zu dieser frühen Stunde in solche Gespräche verwickelt zu werden. Der Morgen wollte langsam angegangen werden. Er musste sich jedoch durch Jakob eines Besseren belehren lassen, auch wenn durch die ankommenden Teller, Körbe und Getränke noch eine kurze hoffnungsvolle Pause eintrat.

Sie stießen an.

Jakob verlor aber niemals den Faden eines Gesprächs und fuhr fort. „Wir müssen auf den Führungsebenen zurückfinden zur Glaubwürdigkeit! Wenn wir es schaffen, wieder Respekt in den Jungen gegenüber Erfahrung und Alter hervorzurufen, gäbe es wieder Hoffnung! Mir graut bei der Vorstellung, dass die Generation der heute 60- bis 80-Jährigen einmal ausstirbt und mit ihnen die Erfahrung aller gewesenen Entbehrungen. Wie soll dann etwas Vernünftiges nachwachsen? Die Folgen sind jetzt schon in Politik, Kultur und Wirtschaft erkennbar. Der Stil stirbt aus, der leidenschaftliche Einsatz. Was gibt es denn heute in der Politik noch für echte Persönlichkeiten?"

„Es wird immer außergewöhnliche Menschen geben, die Ungewöhnliches leisten und für Aufruhr sorgen." Sie schaute ihn liebevoll an. Ihr wurde klar, dass sie eine Mitschuld daran trug, dass er an diesem Morgen Gegenwart und Zukunft anzweifelte. Sie ahnte aber nicht, wie weit.

„Aber sie werden nicht mehr gehört! Und das ist das Entsetzliche daran!"

Sie pflichtete ihm bei, wissend, wovon er sprach, denn auch ihre Vorhaben waren schwerer geworden. Sie fragte sich, ob er sich deshalb als Mierscheid ausgab, um das Gute verteidigen zu können. Die Pause nutzte sie, um das Rührei zu beenden, da ihr Anstand es verbot, während seiner Ausführungen zu essen. Sie kam nicht besonders weit, er war noch nicht am Ende angelangt.

„Die Angst vor Veränderung, die Angst, sich unbeliebt zu machen, verhindert echte Reformen. Niemand traut sich mehr die Wahrheit zu sagen, eine neue Richtung einzuschlagen! Alle sind froh, dass sie sitzen, wo sie sitzen und scharren wie Hühner hier und da noch nach einem finanziellen

Zusatzkorn. Deutschland hat sich in den Sessel gesetzt, sich zurückgelehnt und es sich bequem gemacht. Nun schaut es zu, wie es selbst untergeht!

„Entschuldigung, aber das hört sich nicht nach Mierscheid an! Ich dachte, ein Jakob Mierscheid würde niemals resignieren?", fragte sie verwundert und schob schnell eine halbe Scheibe Weißbrot mit Saint Albray in den Mund.

„Und das wird er auch nicht!" Jakob klang entrüstet. „Er wird aufstehen und kämpfen! Wir müssen zu unseren Wurzeln zurückfinden! Mut beweisen! Wirtschaftliche und soziale Gerechtigkeit lassen sich miteinander verknüpfen. Daran glaube ich noch, fest!" Ein Husten, ein verzweifelter Versuch seines Halses abzulenken, scheiterte. „Milliarden werden verpulvert, der Bund der Steuerzahler deckt die Missverhältnisse Jahr für Jahr auf, aber ändern tut sich nichts; auch nach Regierungswechseln! Der Stillstand ist eingekehrt! Es braucht einen Sturm! Einen Wirbelsturm, der alles zerstört, um einen Neubeginn möglich zu machen!" Seinem Hals drohte die Verunstaltung. Er stachelte die Hände an, ein Brötchen zu halbieren und mit Butter zu bestreichen, was Jakob nicht an der Fortführung seiner Gedanken hinderte. „Wirtschaftlich gesehen wird Westdeutschland in wenigen Jahren in der DDR ankommen, so wie es mit Berlin bereits geschehen ist. Und niemand will das wahrhaben. Politisch-methodisch gesehen haben wir die mafiosen Strukturen Italiens bereits seit Jahren auch hierzulande. Und sie sind darüber hinaus im Vergleich zu den italienischen hundertfach durchtriebener und undurchsichtiger. Das werde ich nicht länger dulden!"

Sein Vortrag hätte auf einen anderen Zuhörer wie ein versteckter Vorwurf, eine Belehrung wirken mögen. Sie verstand seine Wut, wusste, dass er es nicht persönlich meinte, und auch, wie sehr er es in diesem Moment benötigte, all diese Gedanken loszuwerden, um sich von der

Ohnmacht zu befreien. Daher hatte sie sich auch zurückgehalten.

Jakob fuhr fort, nachdem auch er endlich dem Rührei
auf seinem Teller ein Ende bereitet hatte.

„Nehmen Sie die Treuhand: die Treuhand ist ein deutscher Esel, der statt Gold zu fabrizieren, Gold verschlingt
und als Schuldenberg wieder ausscheidet. Ist es zu verstehen, dass eine Unternehmung gegründet wird - gehen wir
davon aus ohne Startkapital, was ja nicht stimmt, aber sei-
en wir großzügig - und dass dieses Unternehmen lediglich
dafür zuständig ist, Dinge von Wert zu verwalten und zu
verkaufen, was es auch jahrelang tut; und nach einigen Jahren ist dieses fast kostenfreie Unternehmen, das nur verkauft und Millionen kassiert, milliardenschwer verschuldet!
Ein Geheimnis deutscher unternehmerischer Glanzleistung!
Die treuen Hände gehörten abgehackt! Und wer zuschaut
und es zulässt, sollte zumindest verbannt werden!"

Johanna hatte sich über dieses Thema selbst oft genug
geärgert.

„Ich weiß, einige von denen, die nach dem Geld recher-
chiert haben, landeten totgefahren im Straßengraben. 'Un-
fall' hieß die Diagnose und die Staatsanwaltschaft hat die
Ermittlungen eingestellt."

„Ja, richtig!" Er ahnte in diesem Moment, dass es sich
bisher nicht um ein Gespräch zwischen ihnen gehandelt
hatte, das der Definition unterlag, dass zwei Personen abwechselnd sprachen.

Er fuhr daher zunächst mit Fragen fort, deren Beantwortung seine Aufgeregtheit aber gar nicht zuließ.

„Wussten Sie, dass in Deutschland weder die Treuhand,
der ADAC, noch der Deutsche Fußballbund der lästigen
Verpflichtung unterworfen sind, Bilanzen vorzulegen? Mit
wem haben diese Verbände das vereinbart? Warum ändert
auch ein Regierungswechsel nichts daran? Wie viele große

deutsche Unternehmen, ich meine wirklich deutsche Unternehmen, gibt es noch? Eine Hand voll? Gibt es sie tatsächlich noch?" Er legte eine Pause ein. Die formulierten Gedanken brachten einen hitzigen Rotton in sein Gesicht.

Johanna beschloss, mit dem Essen fortzufahren, auch wenn es vielleicht unhöflich war; aber ihr Magen verlangte es vehement, da er ahnte, dass der Gesprächspartner nicht so schnell am Ende seiner Rede sein würde. So lange mochte er nicht auf Arbeit warten.

„Heute tritt in der Politik auch niemand mehr zurück, wenn er einen gravierenden Fehler macht oder wenn in seinem Ressort so ein Fehler gemacht wird, für den er als Vorsitzender verantwortlich ist. Er macht dann noch zwei oder drei andere hinterher, die weniger schwer wiegen, um den ersten Fehler im öffentlichen Bild zu verdrängen und bleibt auf seinem Stuhl sitzen! Professionelle Schreihälse aller politischen Glaubensrichtungen haben sich in die ersten Reihen gesetzt." Er holte tief Luft. „Und die Presse?! Wenn die Presse einen der Herren und Damen nicht mag, strickt sie einen riesigen Schal aus Pech und Schwefel, legt ihn der betreffenden Person einige Tage reißerisch um den Hals und zieht ihn schließlich immer fester zu, bis diese atemlos zurücktritt; ob sinnvoll oder nicht, wird nicht hinterfragt. Und alle spielen mit! Wirtschaft und Politik sind längst zu Marionetten der Presse verkümmert. Was und wem soll man noch Glauben schenken?"

Sie hatte ihn genau beobachtet. Die Leidenschaft und Energie, die er während seiner Rede versprühte, erinnerten sie an ihre Jugend. Dieser Mann hatte sich etwas bewahrt, das sie bei ihm verloren glaubte, sie hatte sich geirrt: er würde auch heute noch an Demonstrationen teilnehmen! Sie verspürte eine tiefe Lust ihn zu berühren und strich kurz über seine Hand.

Die Berührung nahm Jakob den Druck aus dem Kopf. Sein Verstand, der durch die unerwartete Begegnung mit Johanna in den letzten Tagen zwischen die Mühlensteine der Gegenwart und Zukunft geraten war und darin zerrieben zu werden drohte, war durch den Einbruch im Pergamonmuseum zu der Überzeugung gelangt, dass die Zukunft ohne Johanna stattfinden müsse, zugunsten des wichtigsten Vorhabens seiner Existenz. Seine Liebe aber wollte das nicht wahrhaben.

Ihm wurde bewusst, dass er Johanna zu dieser Tageszeit mit dem Wortreichtum wahrscheinlich überfordert hatte; dass er es nicht zu einem Gespräch hatte kommen lassen, sondern vielmehr nur zum Referat über das, was ihm seit langer Zeit so schwer im Magen lag.

„Es tut mir leid, ich wollte Sie nicht am frühen Morgen mit meinen Anschauungen erschrecken. Der Einbruch heute Nacht hat einiges in mir wachgerufen."

Das schlechte Gewissen Johannas verursachte ihr einen leichten Druck im Magen.

In Jakob dagegen erwachten die unpolitischen Lebensgeister.

„Was halten Sie davon, wenn Viktor uns zum Dom fährt und wir uns zu einer touristischen Bootsfahrt durch die Stadtmitte einschiffen? Das Wetter würde uns erlauben, draußen sitzen zu können." Irgendwie hatte er es geschafft, das Frühstück während seiner langen Rede zu beenden.

„Schön! Wo ist Viktor denn?"

„Er wartet um die Ecke." Er gab der Bedienung ein Zeichen, wobei Johanna darauf bestand zu zahlen.

Sie verließen das Café und liefen durch den kleinen Park auf die Fasanenstraße. Er zog an ihrem Ärmel.

„Kommen Sie, ich hab' da etwas gesehen, das ich Ihnen unbedingt zeigen muss!"

Sie überquerten die Straße und er führte sie zu einem Schaufenster in dem wenige, dafür aber umso teurere Kleidungsstücke ausgestellt waren, öffnete die Ladentüre und machte eine einladende Geste.

Sie flüsterte, „Was wollen wir hier?" Ihr waren solche Geschäfte unangenehm. Nicht, dass sie sich die Sachen nicht geleistet hätte, aber die Verkäufer in diesen Geschäften schienen alle durch die gleiche Schule der Arroganz und Herablassung gegangen zu sein, und es bereitete ihr keine besondere Freude, ihr Geld auszugeben, um in der Gunst einer Verkäuferin zu wachsen.

Die Dame hinter der gläsernen Ladentheke grüßte wider Erwarten freundlich.

„Eine Sekunde." Sie verschwand in einem hinteren Raum und kehrte mit einem außergewöhnlichen moccafarbenen Hut in den Händen zurück. Er schraubte sich extravagant in mehreren Absätzen schmal nach oben, ähnlich einer Bergstraße, die sich in die Höhe windet, um das Plateau zu erreichen. An dem schmalen Rand des Hutes waren Zigarillos – Romeo y Julieta – mit einem Band festgesteckt.

Die Verkäuferin reichte Johanna lächelnd den Hut. Diese blickte zuerst sie, dann ihn fragend an; sah die Zigarillos und lachte: „Wie lange im Voraus haben Sie das denn nun wieder geplant?"

Er lächelte. „Sie glauben doch nicht, ich lasse Sie in der ersten Sonne auf dem Schiff ohne Hut fahren? Er wird Ihnen wundervoll stehen! Außerdem haben Sie dann gleich den Wegverzehr dabei."

Johanna behagte die Situation ganz und gar nicht. Sie konnte schwer mit Geschenken umgehen, verteilte lieber, als dass sie entgegennahm. Robin Hood kam in ihre Gedanken. Sie zweifelte daran, dass sie den Hut nach dem gestrigen Abend verdient hätte und setzte ihn unfreiwillig vor einem Spiegel auf. Als sie sich betrachtete, musste sie aber zugeben, dass es keinen anderen Hut neben diesem geben würde.

„Phantastisch! Wir nehmen den Hut, ja?" Er war begeistert.

Johanna schaute - ein wenig unglücklich und doch wieder nicht - von einem zum anderen, sah sich überstimmt und nickte lächelnd.

„Sie sind furchtbar!" Ihre Art des Dankes.

Viktor wartete im Wagen unter einer der zahlreichen Linden in der Straße. Jakob öffnete Johanna die hintere Tür und stieß dabei einen seltsamen Laut aus.

„Verdammter Mist!", äußerte er sein Erzürnen laut.

Johanna erblickte das Elend.

„Merde!", lachte sie. „Eine in Berlin nicht gerade seltene Erscheinung, die braunen Tretminen!" Sie schaute ihn belustigt an, obwohl sie die Verstimmung in seinen Gesichtszügen sah. Er blickte misstrauisch zurück.

Sie ließ sich nicht beirren.

„Berlin ist nun mal die Stadt mit dem meisten Hundekot der Welt. Das sollten Sie doch wissen, Sie wohnen hier schließlich schon länger als ich!" Sie lachte. „Unternehmen Sie doch was dagegen! Hallo Viktor!" Sie winkte ihm zu und fuhr fort: „Schließlich sitzen Sie doch an der Quelle der Möglichkeiten! Sie sollten einen Antrag stellen!"

Viktor war aus dem Wagen gestiegen und grinste sie an.

Aufgrund der Idee, die sich gerade in ihr breit machte, musste sie ein weiteres Lachen unterdrücken, um den Worten die Ernsthaftigkeit nicht zu rauben.

„Sie sollten in Erwägung ziehen, eine Hundefutterverordnung zu erlassen, die vorschreibt, sämtliches Hundefutter mit Phosphorpartikeln zu durchsetzen! Man würde dann auch nachts nicht mehr in die Verlegenheit geraten die unglückseligen Haufen zu übersehen! Hätte auch die vorteilhafte Nebenerscheinung, dass man beim Einparken den Bordstein besser erkennt! Bordsteinränder sind ja bekanntlich beliebter Ablassort der Gattung Hund. Ich bin der tiefen Überzeugung, der Antrag wird auf eine breite Zustimmung in der Bevölkerung stoßen. Es eignete sich darüber hinaus hervorragend als Wahlkampfthema!" Sie konnte Jakobs Theorienspinnerei gut nachahmen und in ebenso schwülstige Worte verpacken. Sie lernte schnell. Die Männer zeigten sich beeindruckt.

„Eine nahezu grandiose Idee! Hätte von mir stammen können!" Ein Kompliment mit dem Jakob wirklich geizte und für das Viktor einiges in Kauf genommen hätte.

„Viktor, sofort morgen wirst du eine Gesetzinitiative erarbeiten! Arbeitstitel: Die Phosphorvierbeinerverordnung!" Er wetzte seine Schuhsohle auf dem Asphalt ab und betrat die quadratische Rasenfläche um den Baum nochmals, nachdem er überprüft hatte, dass sie an jener Stelle frei von Nachlässen eines Vierbeiners war.

„Zu Befehl! Und wo soll ich die Herrschaften jetzt hinfahren?" Viktors Blick hatte sich seit einigen Minuten an Johanna geklammert. Er stellte fest, dass sie wieder imstande war, Zweifel über sein Handeln bei ihm auszulösen, wenn er sie den ganzen Tag begleiten würde. Als Gegenmittel riet ihm eine innere Stimme, sich den Soldatenhelden ins Gedächtnis zu rufen, falls es soweit käme.

„Wir möchten uns einschiffen, am Dom! Wozu sonst würde ich heute Hut tragen?", sie stieg ein, mit dem schönen Gefühl, dass sie heute von zwei Verehrern begleitet wurde.

STARTZEICHEN

Am Eingang des Gebäudes, das Nagelmann und Dräcker betraten, hing eine digitale Uhr, die wie eine Stoppuhr eine ständig steigende Zahl anzeigte. Die Uhr zählte jedoch keine Zeiteinheiten, sondern berechnete Sekunde für Sekunde die wachsende Staatsverschuldung Deutschlands. Jede Sekunde kamen Tausende von Euro hinzu. Die beiden traten in das Gebäude und stiegen eine Treppe hinauf.

„Schönes Fräulein, hätte ich gewusst, dass Sie hier sitzen, hätte ich Ihnen Rosen mitgebracht. Mögen Sie Rosen?"

Die junge Frau nickte errötend hinter ihrem Empfangstresen.

„Gelbe. Was kann ich für Sie tun?"

„Wir haben einen Termin mit Ihrem Chef. Sollte er noch keine Zeit haben, könnten wir ja vorher noch eine Kleinigkeit essen gehen. Ich kenne da in der Nähe einen wirklich netten Italiener..."

Nagelmann reichte es. Er unterbrach Dräckers Annäherungsversuche entgegen seinem sich selbst auferlegten Schweigegelübde.

„Wir warten hier!"

Die Dame lächelte von einem zum anderen. Ein Herr kam aus einem Zimmer und rettete die Sekretärin durch sein Erscheinen vor den Fangklauen Dräckers.

„Herr Nagelmann und Herr Dr. Dräcker, wie ich annehme?"

Sie reichten sich die Hände und verschwanden hinter der lederüberzogenen Tür, aus der der Mann gekommen war.

Als Dräcker und Nagelmann zwei Stunden später das Gebäude verließen, wirkten sie im Gegensatz zu ihrem Gesprächspartner fröhlich und beschwingt.

Jener blieb kreidebleich zurück. Dennoch wirkte er entschlossen; als habe ihn der Blitz der Erkenntnis getroffen, ihn kurzzeitig erschöpft, dennoch den Weg gewiesen, den zu beschreiten er unversehens bereit und gewillt war. Er würde alles dafür tun, endlich aus seiner Position heraus konkret handeln zu können. Das hatte er sich immer gewünscht – nun endlich war es soweit. Zwar würde er mit kaum jemandem darüber reden können; er wollte vermeiden in einer Zwangsjacke zu enden, glaubte aber tief an das, was er gesehen und gehört hatte, und schien es noch so absurd zu sein.

ZWISCHENZEIT

Johanna und Jakob schifften sich hinter dem Dom ein und ließen sich, einsam auf Deck sitzend, die Ufer entlang fahren. Kein Wind durchbrach die milden Sonnenstrahlen. Sie saßen in Fahrtrichtung, staunten hier und da über neue Fassaden, ließen sich Berliner Weiße Grün bringen und genossen die neue Perspektive von Bord.

Ihr Blick schweifte oft zurück, um zu schauen, was hinter ihnen lag.

„Wir werden den gleichen Weg zurücknehmen. In Moabit wendet das Schiff. Dann sehen Sie alles noch einmal von der anderen Seite." Sein Lächeln bedeutete ihr, dass er verstand, warum sie versuchte, gleichzeitig alles zu sehen.

„Ich weiß", sagte sie, „ich mache das immer. Besonders beim Zugfahren. Ich habe das Gefühl, als wenn ich beim Rückwärtsfahren, mit dem Rücken zur Fahrtrichtung, den längeren Blick habe. Alles wird kleiner und verschwindet viel langsamer. In Fahrtrichtung rast alles auf einen zu und in dem Moment, wo es direkt neben einem ist, kann man nichts erkennen, weil alles in der Geschwindigkeit verschwimmt."

Er lächelte. „Na ja, ich möchte die Behauptung, wir würden in diesem Schiff dahin rasen, jetzt nicht unbedingt bestätigen."

„Stimmt", lachte sie, „der Vergleich mit dem Zugfahren hinkt. Aber es ist doch komisch, warum die Evolution unsere Sinne so ungeschickt am Körper verteilt hat. Wäre doch viel praktischer, wir hätten auch ein Auge am Hinterkopf, könnten gleichzeitig alles sehen! Und die Nase irgendwo an der Seite. Der Mund kann ja vorne bleiben", gab sie zu.

„Ich weiß nicht, ob mir das optisch so gefallen würde", er schaute sie an, „drehen Sie doch mal Ihren Kopf ein bisschen zur Seite, vielleicht kann ich es mir dann besser vorstellen..."

„Ich glaube, unsere Sinnesorgane sind deshalb so angeordnet, damit wir uns auf eine Richtung konzentrieren. Und jeden Tag werden wir auf die Probe gestellt, ob wir den Blick nicht doch auch in andere Richtungen als die vorgegebene richten sollen."

Er stieg nicht wirklich in den Gedankengang ein.

„Ach so? Sie meinen, die Anordnung unserer Sinnesorgane verhindert den tieferen Blick? Gott hat uns gewissermaßen mit natürlichen Scheuklappen ausgerüstet? Also, da fürchte ich, sind mir die Hände gebunden. Ich werde mit einer diesbezüglichen Anfrage im Bundestag nicht viel erreichen können. Aber ich finde die Anordnung auch ziemlich hübsch so." Er lächelte sie an und wünschte, gewisse Partien in der Anordnung ihres Gesichts berühren zu können. „Hätten Sie etwas dagegen, wenn wir – wo wir doch bei den Vornamen bereits gelandet sind – das Du verwenden würden?"

Sie fischte den Strohhalm aus ihrem Glas und hob es. Er tat es ihr nach.

„Johanna, wie du bereits weißt."

„Jakob. Angenehm." Jakob freute sich, die erste Hürde schien genommen, und er sah hoffnungsvoll dem kommenden Abend entgegen.

Der Reichstag schwamm an ihnen vorbei.

„Hier ist ja deine Wirkungsstätte!" Johanna war das Du noch fremd. Sie duzte sich mit wenigen Menschen.

Das Schiff fuhr unter einer Brücke hindurch, die sich noch im Bau befand und als Übergang zwischen den Abgeordnetenhäusern dienen würde. Jakob versetzten ihre Worte einen Stich ins Herz. Er dachte an das Versprechen, das er gegeben hatte: dieses Gebäude in Kürze ins Chaos zu stürzen. Er fühlte eine tiefe Trauer durch sich hindurch ziehen, die seine Glieder schwer werden ließ. Er würde sich seiner Verantwortung nicht entziehen. Es gab Wege, die man gehen musste; und wenn man sie nicht ging, würden die anderen Wege, die so golden glänzten, immer vom den dunklen Wolken des nicht gegangenen Weges verhangen sein, dachte er. Und dennoch, die Sonne, das Wasser, Johanna, er würde sie unendlich vermissen!

Sie riss ihn unbewusst tiefer in seine Schwermut. Sie hatte an das Buch gedacht, das sie über Mierscheid gelesen hatte; an Mierscheids Aktivitäten und dessen Phantomkollegen aus den anderen Gewalten Deutschlands, dem Bundesverfassungsgericht und dem auswärtigen Amt, die ihr nicht ganz so berühmt zu sein schienen wie Jakob Mierscheid.

„Eigentlich müsste diese Brücke doch nach dir benannt werden! Ich glaube, du bist der einzige von euch Dreien, der noch keine Verewigung durch einen Straßen- oder Gebäudenamen erhalten hat, stimmt's? Ich würd' mich ja an deiner Stelle dafür ein bisschen mehr engagieren!" Ihr Grübchen tat sein bestes.

Er wusste ohne nähere Erläuterung, dass Johanna auf Nagelmann und Dräcker anspielte und ließ sich fast dazu verführen, ihr zu sagen, welche Bedeutung die Brücke, die sie gerade durchfuhren, in wenigen Tagen für ihn bekommen würde.

„Vielleicht sollte man sie Canossa-Brücke taufen."

Auf ihren fragenden Blick besann er sich, seinem Vorsatz für den Tag mit Johanna treu zu bleiben und keine Gedanken an die Zukunft zu verschwenden, sondern ihn voll und ganz der Gegenwart zu widmen. So sollte es bleiben! Er riss sich zusammen.

„Dräcker hat auch keine Ehrenbezeigung bekommen. In Baden-Baden gibt es eine Nagelmann-Allee. Nur ihn hat man bisher gewürdigt. Außerdem gibt es in Bonn eine Tafel am Haus in der Kessenicher Straße 25, wo geschrieben steht, dass Nagelmann dort während seiner Bonner Studienjahre 1924 bis 1925 gewohnt hat. Eine ausgesprochene Ungerechtigkeit! Es gäbe in meinem Fall eine Vielzahl von Orten für solche Tafeln und Schilder! Immerhin war ich aber, wie du ja wissen wirst, nahe dran. In Bonner Zeiten wurde die Passage zwischen dem Fraktionsbau und dem Wasserwerk, das übergangsweise als Tagungsstätte des Plenums diente, in 'Jakob-Mierscheid-Passage' getauft. Leider wurde von ungehobelten Undankbaren, die mein Werk nicht zu schätzen wussten, das Schild bereits nach 15 Minuten wieder abgenommen. Aber das wird sich bald ändern!", er warf noch einen Blick zurück. „Diese Brücke scheint mir durchaus angemessen!" Er manövrierte sich durch einen tiefen Zug aus dem Strohhalm weg von seinen dunklen Gedanken und ließ sich auch von ihren Anspielungen nicht irritieren. Er empfand eine tiefe Zufriedenheit darüber, dass sie so viel von ihm wusste und nicht mehr wütend vor ihm zurückschreckte. Sein Vertrauen zu ihr hatte sich breit gemacht in seiner Brust, die Einsamkeit verdrängt und genoss das Zusammensein und die Aussicht auf den Tag, den sie miteinander verbringen würden.

Sie glitten vorbei an der Schweizer Botschaft und dem neuen Kanzlergebäude.

„Nach dem was man so hört, fühlt sich in diesem CDU-Prunkstück ja nun auch ein Genosse recht wohl. Auch wenn es vielleicht passender wäre, er würde in einer Arbeitersiedlung in Alt-Moabit unterkommen, oder?" Sie merkte, dass sie ihren Drang nach Sticheleien nun bald in seine Grenzen weisen musste.

„Macht ist eben etwas Wunderbares!" Er hatte für heute genug von Debatten.

Sie fuhren eine Weile schweigend dahin. Johanna spürte, wie sehr sie die Sonne vermisst hatte, legte ihre neue Kopfbedeckung mitsamt den Zigarillos ab, schloss die Augen und ließ sich bescheinen.

Jakobs Gedanken flogen zu ihr, träumten sich eine Zukunft, eckten dann schnell bei seinem letzten Gespräch mit Viktor an. Dessen Bitte, ihm, Dräcker und Nagelmann zur Verfügung zu stehen, bedrängte ihn, während seine Augen auf Johanna ruhten und daher schließlich bei ihrer These landeten, dass die Anordnung der menschlichen Sinnesorgane in der Evolution falsch gelaufen war; was er bei dem Anblick ihres Gesichts vehement bestritt.

Das Schiff trat seinen Rückweg an.

Er weckte sie unsanft.

„Die Schöpfung ist nicht nur mit dem Fehler der falschen Anordnung der Sinnesorgane behaftet!"

„Wie?" Sie musste sich erst wieder sammeln.

„Gott hat nicht fehlerfrei gearbeitet, auch auf anderen Gebieten!"

„Ach so? Was stimmt denn noch nicht?"

„Gott hat einen Fehler gemacht. Und er hat nicht einmal aus diesem Fehler gelernt, sondern hat ihn vielfach wiederholt und bei dem Versuch, den Fehler auszumerzen, schließlich gänzlich versagt!"

„Gott hat gänzlich versagt?" Johanna wurde wach.

„Na ja, in eben diesem Punkt." Sein Hals ahnte, dass er gleich wieder in Striemen glänzen würde, diese Theorie verlangte dem Katholiken in Jakob zu viel ab. Aber der Hals konnte nichts verhindern, er konnte überhaupt so wenig ausrichten, fühlte sich als missachtetes Körperteil.

„Nachdem Gott die Erde erschaffen hatte, war er zu Recht stolz auf sein Werk und wollte es durch eine moralische Ordnung komplettieren. Außerdem dürstete es ihn nach gebührender Beachtung seines Schaffens, was nach einer solchen Leistung durchaus verständlich ist."

„Aha?", ihr Verstand machte sich auf eine wilde Auseinandersetzung gefasst. Sie nahm einen Schluck des hellgrünen Getränks.

„Gott sandte Abraham, der könnte sich im Nachhinein auf mehrere Weltreligionen berufen, aber ich würde ihn sowieso eher als Vorboten, nein, Versuchskaninchen bezeichnen. Gott wollte testen, wie die Menschen auf eine solche Person reagierten. Das war noch sehr weise und richtig!"

Ihr Grübchen ahnte eine einsatzfreudige Zeit.

„Ah, du hältst Gott also durchaus für weise? Und Abraham war ein Versuchskaninchen. So!" Sie nickte gespielt verständnisvoll mit dem Kopf. Die Aussicht auf die Schöpfungstheorie eines Jakob Mierscheid versprach ihr amüsante nächste Minuten.

Er ließ sich nicht beirren.

„Gott sandte im 13. Jahrhundert vor Beginn unserer Zeitrechnung Moses, den ersten Propheten, der den Menschen verkünden sollte, wie das Leben, das Miteinander, beschaffen sein sollte und der die Juden vereinte. Das Judentum entstand."

„Hm." Sie nickte abwartend mit dem Kopf, ihre Brauen standen höher als üblich.

„Aber dann kam der entscheidende Fehler: Gott, der eigentlich alle Zeit der Welt hat, wurde ungeduldig! Der Glaube breitete sich nicht in dem Tempo unter der Erdbevölkerung aus, wie er es sich erwartet hatte." Er schaute sie triumphierend an, während sein Hals sich fragte, wann sein Träger endlich auf den Punkt kommen würde.

„Ja - und?" Sie hatte den Faden verloren, beziehungsweise das Gefühl, ihn überhaupt nie bekommen zu haben. Ihre Brauen senkten sich eine Etage unter ihre normale Position.

„Gott hat aus Ungeduld über die langsame Verbreitung seiner Lehre - unser Planet war damals noch zu groß - angefangen herumzuprobieren und zwar in regelmäßigen Abständen, nämlich alle sechshundert Jahre, sonst hätten wir heute nicht so viele Weltreligionen! Er musste auch erst ein paar Fehler machen, bevor er dann erkannte, dass sie nicht wiedergutzumachen waren!" Er war sehr stolz auf seine Erkenntnis.

„Wie meinst du das?" Verständnislosigkeit blickte ihm entgegen.

„Na, er hat viel zu vielen Propheten Arbeit verschafft, die verkünden sollten, welche Regeln die Menschen im Zusammenleben beherzigen müssten. Die Regeln sind immer ungefähr die gleichen gewesen; wurden nur durch die Persönlichkeiten abgewandelt, die die Verkünder mitbrachten. Leider hat er allen seinen Propheten gesagt, es gäbe nur einen wahren Gott und daher glaubte natürlich jeder von ihnen an die Einzigartigkeit seiner Erleuchtung und dessen, was er predigte. Alle anderen Propheten waren in ihren Augen falsche. Gott hätte das Entsenden einmal machen sollen und dann nicht mehr!"

„Bitte?" Ihre Augen zeigten Größe. Sie winkte, seine Sätze ordnend, ein paar Kindern am Ufer zu.

Der Mantelärmel Jakobs streifte unauffällig den Strohhalm aus dessen Glas und gab ihm einen Schubs. Der Strohhalm rollte über den Tisch und wurde von dem einzigen Windstoß des Tages über Bord gefegt. In hohem Bogen flog er Richtung Wasser und traf einen Schwan empfindlich am linken Flügel. Der Schwan riss erschrocken beide Flügel auf, wedelte sie in imposanter Geste vor und zurück und beschloss, die seiner Meinung nach Schuldigen anzugreifen: Das mit einem Pärchen bemannte Paddelboot kenterte. Die Frau schrie, während sich beide ohne einander zu helfen an Land retteten. Trotz der Unruhe an Bord nahmen weder Jakob noch Johanna den Vorfall zur Kenntnis.

Er folgte weiter seinen Gedanken. „Na ja, nach Moses schickte Gott ungefähr sechshundert Jahre später aus lauter Ungeduld gleich mehrere Gesandte, in der Hoffnung, sie würden die Welt schneller umrunden: den persischen Propheten Zarathustra und zeitgleich Buddha. Buddha verbrachte sieben Jahre unter einem Feigenbaum, erfuhr die Erleuchtung und zog in die Welt, die Botschaft zu verkünden. Zwar war Buddha durchaus erfolgreich in seinem Wirken, aber dennoch nicht über alle Grenzen hinaus. Also schickte er nach wieder sechshundert Jahren, so um den Beginn unserer Zeitrechnung, Jesus, den Stifter des Christentums. Auch der machte seine Sache sehr gut, scheiterte aber schließlich an dem eigenen früheren Wirken Gottes. Jesus wurde von den Juden nicht als Messias anerkannt. Seine Lehren führten zu Konflikten mit Vertretern der jüdischen Religion, die sein Sendungsbewusstsein nicht akzeptierten, ihn vielmehr als Unruhestifter sahen. Sie verurteilten ihn, der in der Blüte seines jungen Lebens stand, als staatsfeindlichen Revolutionär zum Tod durchs Kreuz. Das hatte Gott nicht eingerechnet! Er war entsetzt, lehnte sich zurück, um ins Kaminfeuer zu starren, über seine Taten nachzudenken und kam zu dem Schluss, sich besser etwas zurückzuhalten. Jesus aber hatte seine kurze Wirkenszeit zur Erfüllung seiner Aufgabe genügt. Die Botschaft wurde gehört. Und so gab es, von ein paar Absprenkelungen abgesehen, bereits drei große Religionen auf der Erde!"

Sie feixte. „Und zwei davon waren ungewollt! Tja, da hat er ja dann wohl wirklich versagt, der liebe Gott. War mir in dieser Tragweite bis eben gar nicht bewusst! Vielleicht waren die vielen Entsendungen Gottes so was wie die ersten Arbeitsbeschaffungs-Maßnahmen der Geschichte?"

Riesige Kräne erhoben sich neben ihnen in den Himmel, am Lehrter Bahnhof wurde gearbeitet. Auf dem Gestänge der Kräne hockten Hunderte von Krähen, Johanna sah aber diesmal keine Veranlassung, mit ihnen Wetten abzuschließen. Sie dachte an ihr eigenes Verhältnis zu dem von Jakob referierten Thema, hielt es aber für schlauer, sich zurückzuhalten.

Er nahm seine Idee der religiösen Weltgeschichte nicht ganz so ernst wie seinen Vortrag vom Morgen und konnte daher mit einer gewissen Gelassenheit über ihre Sticheleien hinwegsehen.

„Sicherlich hat Gott damit die ersten politischen Entscheidungen der Weltgeschichte getroffen! So könnte man es durchaus formulieren."

„Gott ist also in den Augen Jakob Mierscheids der erste Politiker von Weltrang!" Sie lachte.

„Ja durchaus! Und wie ein Politiker traf auch er nicht nur eine Fehlentscheidung. Warum Gott nämlich wieder sechshundert Jahre später handeln musste, lässt sich ansonsten nur mit seiner von Unvernunft getriebenen Langeweile erklären. Statt zu ruhen schickte er Mohammed auf die Erde. Dieser baute zwar seine Grundfesten zunächst auf jüdischen auf, wie der Anerkennung Moses als Vorgänger Mohammeds, aber er entwickelte seine religiösen Vorstellungen immer weiter weg vom christlichen und jüdischen Glauben. Mohammed war schon etwas betagter, ein Lebemann, als Gott ihn über seine neue Aufgabe aufklärte. Gott dachte vermutlich, dass das Alter ihn weiser handeln ließe als Jesus. Wie dieser zog auch Mohammed ins Land, ließ seine Handelsgeschäfte liegen und stehen und verbreitete die Botschaft der Nächstenliebe. Auf dem Weg der Verbreitung allerdings, das hatte Gott verdrängt, stießen die neuen Gläubigen auf ältere Botschaften Gottes, verkannten sie als solche und gingen davon aus, es seien heidnische Lügen. Der Islam bildete sich und verstand sich fortan als Vollendung des von Juden und Christen entstellten reinen Glaubens! Allah war einziger Gott, wie bereits bei anderen Verkündern ein angeblich anderer. So breiteten sich die Religionen über die Jahrhunderte aus und stießen oftmals auf Gebiete, in denen andere schon vorher da gewesen waren. Der Konflikt war unvermeidbar. Plötzlich gab es zu viele Götter auf der Welt. Mohammed wurde zornig und begann, das Schwert nicht nur zu zücken. Juden, Christen und Moslems lieferten sich erbitterte Schlachten!" Wieder zeichnete seine Stimme die enthusiastische Überzeugung seiner Idee.

„Also du meinst, es wäre gescheiter gewesen, Gott hätte dafür gesorgt, direkt nach dem ersten Propheten den Fernseher oder das Flugzeug erfinden zu lassen, um die Verbreitung der Lehre in die hinterletzten Provinzen zu beschleunigen?" Sie grinste ihn an. Früher wäre ihr eine unbeschwerte Reaktion auf ein solches Gespräch schwer gefallen.

„Es wäre wohl sinnvoll gewesen." Die Vorstellung entsprach seinem Sinn für das Praktische. „Diese Erfindungen hat er damals leider versäumt", er lächelte, „deswegen erlosch sechshundert Jahre später wieder seine Geduld. Als er gerade dabei war, jemanden auszuwählen, begannen auf der Erde die Kreuzzüge. Die Christen wollten ihre heiligen Stätten von den Moslems befreien. Er war so entsetzt über das, was er angerichtet hatte mit seiner Ungeduld, dass er erst einmal eine schöpferische Pause einlegte und hoffnungsvoll abwartete, ob die Vernunft nicht von sich aus über die Gräueltaten siegen würde. Er verordnete sich Abstinenz und machte sich Gedanken!"

Die Tatsache, dass Gott sich immerhin Gedanken gemacht hatte, beruhigte sie.

„Ungefähr sechshundert Jahre später meinte er, die Lösung des Problems gefunden zu haben und sandte der Welt dann die bisher letzten Propheten. Er kam zu dem Schluss, dass es sinnvoll sei, die Entstehungsgeschichte der Welt physikalisch und evolutionär zu erläutern, um die Menschen verschiedener Religionen zu der Basis ihrer religiösen Gedanken zurückkehren zu lassen und die kirchlichen Autoritäten sanft zu entmachten. Er wollte die Aufklärung der Menschheit, um sie wieder zusammenzuführen - über die Grenzen der Religionen hinaus. So sandte er gleich in verschiedene Länder Menschen, wie etwa John Locke, Newton, Montesquieu, Diderot, Voltaire, Rousseau und d'Alembert, um nur einige zu nennen. Sie traten nicht nur für religiöse Toleranz und Abschaffung der Hexenprozesse ein, sondern versuchten, die Menschen selbst in den Mittelpunkt zu rücken. Zu guter Letzt, sozusagen als i-Tüpfelchen, schickte Gott noch Charles Darwin hinterher, was beweist, dass Gott Humor hat! Die Ära der Aufklärung hält sich bis heute. Gott hat versucht, den Schaden, den er durch seine Ungeduld angerichtet hatte, durch Aufklärung zu begrenzen - mittels moderner Wissenschaft und aufklärerischem Denken!"

„Nicht schlecht." Sie staunte. „Ich halte also fest: Gott ist alle sechshundert Jahre ungeduldig, hat aber Humor! Demnach darf man gespannt sein, was so in dreihundert Jahren passiert. Oder meinst du, Gott ist jetzt ausgeglichener oder sogar zufrieden?"

„Wir werden sehen. Wenn mich nicht alles täuscht, könnte er allein aus Langeweile wieder jemanden schicken." Er hob das Glas.

„Vielleicht jemanden wie Jakob Maria Mierscheid?"
Sie lachten und stießen an.

„Ich hätte vieles mit Gott in Verbindung gebracht, aber nicht, dass ihm langweilig ist! Er muss sehr an Einsamkeit gelitten haben", mutmaßte sie mitfühlend. „Was ist denn mit den Heiligen, was hatten die deiner Meinung nach für eine Funktion?"

„Nebenversuche. Ungeduldige Nebenversuche in der Zwischenzeit der Zeitspanne von sechshundert Jahren!"

Sie lachte laut auf, seine Antwort gab ihr eine völlig neue Sicht der Dinge.

„Bin ich aber froh, dass ich noch aufgeklärt wurde in diesem Leben! Bei deiner Theorie kann man ja behaupten, Mierscheid ist durch und durch Katholik, könnte aber ebenso gut durch und durch Moslem sein, es ist ja eh dasselbe. Richtig?"

„Nein! Gott ist derselbe geblieben, aber die Religionen haben unterschiedliche Glaubensrichtungen ausgelöst. Jakob Mierscheid ist Katholik!"

„Betest du eigentlich?" Die Frage war vielleicht etwas intim, daher setzte sie nach, „Das wär' ja fast so was Unmodernes wie Kaffeetassen mit Untertassen!"

„Ich würde es nicht als Gebet bezeichnen, eher als Gedank. Ich danke mehr, als dass ich im Gespräch mit ihm bitte. Sicherlich bitte ich auch manchmal. Für gewisse Anträge, die ich im Plenarsaal gestellt habe, deren Umsetzung von größter Bedeutsamkeit wäre." Er lächelte vage.

Das Schiff legte wieder am Dom an.

„Weißt du, was mich aufregt?" Sie klang erbost. „Ich war seit Jahren nicht mehr im Dom!"

Er sagte halb fragend, „Na, dann gehen wir hinein?"

„Nein! Auf gar keinen Fall! Irgendein Schwachsinniger hat sich ausgedacht, dass man einem Gläubigen für die Besichtigung oder das stille Gebet ein halbes Vermögen abknüpfen könnte. Eintritt für den Kirchenbesuch! Stell dir mal vor, man müsste im Kölner Dom Eintritt bezahlen!

140

Lächerlich! Bis diese Regelung abgeschafft ist, werde ich den Dom nicht mehr betreten!"

Die Zornesfalte zwischen ihren Augen gefiel ihm.

„Du hast Recht. Boykottieren wir das!" Er nahm ihre Hand und drückte sie sanft. Johanna war wie er. Sie konnte sich aufregen und nahm dadurch am Leben teil. Ein fast schmerzhaftes Gefühl in der Brust sagte ihm, dass seine Verliebtheit nach kurzer Zeit von einem tieferen Gefühl verdrängt worden war.

Die gelben Fenster des unstreitig hässlichsten Gebäudes Berlins glänzten ihnen entgegen. Ihre Wut bekam einen neuerlichen Anstoß.

„Als hier noch das alte Schloss stand, war der Platz umwerfend schön! Ich begreife nicht, was es eigentlich zu diskutieren gibt, ob man es wieder aufbaut oder nicht. Natürlich muss man es wieder errichten! Das Symbol dieser Stadt, dieses Landes! Die Geschichte kommt im Alltag viel zu kurz. Gebäude machen die Geschichte und Vergangenheit lebendig. Wer will schon so ein hässliches Gebäude betreten wie den Palast der Republik?" Sie saß in Gedanken diesmal an einem der Fenster des alten Berliner Schlosses und schaute den Landgrafen bei ihrem Fechtkampf zu Pferde zu.

„Hier haben früher einmal unglaubliche Bälle stattgefunden", schloss sie in Gedanken versunken an.

Jakob malte sich unterdessen Johanna in einem barocken Ballkleid aus, das ihre zarten Fußknöchel umspielte.

Sie verließen das Schiff und nahmen im hinteren Teil des Citroën Platz.

Die freien unbeschwerten Stunden verlangten von Johanna früher als gewohnt Zigarilloverzehr.

„Ich bin dafür, wir gehen jetzt irgendwo einen Kaffee trinken! Der Hut möchte von seinem Tabakschmuck befreit werden. Am besten Cappuccino! Würde zu deinem Vortrag passen, schließlich ist Cappuccino sozusagen ein heiliges Gesöff!" Sie schielte nach links zu Jakob, ohne den Kopf zu wenden.

„Wieso bitte das?"

Die grüne Trennscheibe zum Fahrer stand offen. Viktor mischte sich einerseits erfreut ein, andererseits überrumpelt dadurch, dass Johanna offensichtlich Kaffeeverstand besaß und eine weitere gefährliche Verbundenheit zwischen ihnen bestand.

„Der Name Cappuccino geht auf den Kapuzinerorden zurück", belehrte Viktor seinen Dienstherren.

Sie setzte nach. „Die Kapuze des Ordenshabits gab ihm seinen Namen. Die Römer fanden, dass die Kutten der Kapuzinerbrüder genauso erdig-braun waren wie der Espresso mit aufgeschäumter Milch."

Viktor ergänzte sie begeistert. „Daher nannten sie ihn 'Cappuccino' oder 'kleinen Kapuziner'!" Er drehte sich kurz zu ihr um. „Darf ich Ihnen eins raten, trinken Sie niemals einen Kaffee von Jakob!"

Sie lachte, „So schlimm? Danke für die Warnung, es gibt nichts Ekelerregenderes als schlechten Kaffee! Wie wäre es im Adlon? Da wird man ihn wahrscheinlich trinken können. Wenn wir schon in der Zwischenzeit leben, können wir uns auch diese touristische Attraktion gönnen, oder?" Sie schaute zu Jakob, den die Tatsache irritierte, dass Kaffeeleidenschaft derart zusammenschweißen konnte. Er fragte sich erstmals, ob er etwas verpasst hatte. Er schlug vor, auf der Terrasse vom Reichstag Mittag zu essen, erntete aber ihrerseits wieder einen liebevollen Seitenhieb.

„Bist du da nicht zu bekannt? Hinterher kommt noch jemand auf dich zu und vermasselt uns den Rest des Tages, weil irgendwas Wichtiges erledigt werden muss!" Sie schaute provozierend von einem zum anderen. „Außerdem hätte ich auch nichts gegen eine Currywurst. Ich fände das viel besser: Kaffeetrinken im Adlon und dann eine Currywurst im Stehen!"

Viktor fuhr ohne Jakobs Antwort abzuwarten Richtung Adlon. Kaffeegenießer mussten zusammenhalten! Seine Vorsicht piekte ihn am Arm und ermahnte ihn, dem Charme dieser Frau nicht zu erliegen, sondern Distanz zu ihr zu bewahren, um sich nicht von seinem Vorhaben abbringen zu lassen.

„Currywurst ist wahrscheinlich ehrlicher, wobei ich den Riesling von Robert Weil nicht verachtet hätte – aber im Adlon dürften davon auch ein paar Flaschen im Vorrat sein", gab Jakob zu. „Außerdem hab' ich selber eigentlich genug von diesen großen Tellern, deren gemalte Muster viel zu gut erkennbar sind, weil der Koch die Speisen so sparsam verteilt."

Sie lachte. „Was interessant ist bei diesen Restaurants, sind die Wortkreationen auf den Speisekarten. Ich frage mich, wer die erfindet. Ob ein Dichter von Küche zu Küche zieht, in die Töpfe schaut und dann dem Kind einen feierlichen Namen gibt. So was wie ‚Kaiserschmarren von der Kartoffel', zum Beispiel. Wer hat schon adelige Kartoffeln gesehen?"

Viktor konnte sich abermals nicht zurückzuhalten. Zu oft hatte er aus dienstlichem Anlass die Speisekarten gewälzt, ohne risikolos hinter das Geheimnis dessen zu kommen, was sich hinter den sonderbaren Namen verbarg.

„Grauenvoll! Sachen wie ‚Zarte Salatblätter mit Zitronengrasessig, Gurkenspaghetti und Gemüsesushi in Tempurateig'! Könnte man gleich Überraschungsmenü schreiben!"

„Ihr habt ja Recht! Ich gebe mich geschlagen!" Jakob grinste.

„Oder wenigstens was Ehrliches! Pazifistische Eisbergsalatkinderköpfe! Das wär' mal was! Darunter könnte ich mir was vorstellen!", phantasierte sie.

Viktor schwärmte, „Oder Französische Entenbrust in Guerillasauce!"

„Dann nehme ich das Arafatsorbet mit getrocknetem Knoblauch-Focaccia!", entschied Jakob.

Viktor fuhr vor dem Adlon vor, öffnete ihnen die Türen und half Johanna mit großen Gesten und Verbeugungen aus dem Wagen, als sei sie eine Königin, mindestens aber eine Prinzessin.

Der Portier begrüßte sie mit der bloßen Andeutung der Verbeugung wesentlich vornehmer und bat sie in die Eingangshalle. Johanna staunte über die getreue Wiederherstellung des Hotels, die dem ursprünglichen Charakter des Hauses entsprach, als dort noch die Staatsoberhäupter der Welt verkehrt hatten.

Schwert und Schwarzbuch

Viktor wartete ab, bis die beiden im Hotel verschwunden waren und fuhr auf schnellstem Wege zum Pergamonmuseum.

Auf den oberen Stufen des Altars angekommen, drehte er sich um. Tagsüber war es beschwerlich, unauffällig in Jakobs Wohnbereich zu gelangen.

Nachdem er Lubowitz gebührend begrüßt hatte, ging er zum Schreibtisch und zog aus einer Schublade Jakobs Zweitschlüssel für das Museum.

Als er wieder zum öffentlichen Teil der Ausstellungsräume zurückgekehrt war und sich zum Ausgang begeben wollte, stürmten ihm Dutzende von Journalisten mit Mikrofonen und Kameras bewaffnet laut auf der Treppe entgegen. Viktor ging der gewünschten Richtung der Masse entgegen und wurde fast umgerannt, trotz seines vom russischen Soldaten erlernten unbeirrbaren Gangs, der sich seit dem gestrigen Tag immer noch hielt. Er schnappte ein paar Worte auf, wie „Pressekonferenz" und „merkwürdig, wie das hier herkommt" und „jetzt erst entdeckt."

Seine Neugier beschloss daher eine Kehrtwende und Viktor ließ sich mit der Meute ins Museum zurücktreiben. Er wollte wenigstens jemanden fragen, worum es ging, obwohl die Zeit ihn drängte, zum Adlon zurückzufahren.

Als die Masse und Viktor sich bis in den Saal des Altars gedrängelt hatten, kam es zu einer Auflockerung der Menschentraube, so dass er einen Journalisten nach den Ursachen des Tumults befragen konnte. Er erhielt die Antwort, dass das Schwert eines berühmten Kämpfers von unschätzbarem ideellem Wert gefunden worden sei, dessen Zuordnung erst jetzt erfolgt sei, obwohl es vermutlich jahrzehntelang im Museum gelegen haben musste, ohne dass es je entdeckt worden war. Es habe vor wenigen Tagen anonyme Hinweise gegeben, dann sei aber eingebrochen worden. Eine seltsame Geschichte, die...

Viktor ließ den sich ereifernden Mann nicht zu Ende reden. Die Sache schien ihm nicht so spektakulär, wie der Aufruhr angedeutet hatte, und kämpfte sich eilig Richtung Ausgang.

Auf dem Vorplatz des Museums stand ein steinerner Sockel, der aussah, als fehle ihm die Statue, und der als Sitzplatz von Besuchern genutzt wurde. Er nahm mit dem Rücken zu einem Pärchen Platz, das sich von der Sonne bescheinen ließ, beugte sich nach unten und gab vor, sich die Schuhe zu binden. Stattdessen entfernte er einen kleinen Stein aus dem Mauerblock und deponierte dort den Schlüssel für das Museum. Anschließend setzte er den Stein wieder sorgfältig an seinen ursprünglichen Platz.

Zur selben Stunde sah sich der Geschäftsführer des Hauses, an dem jene Uhr hing, die die Staatsverschuldung Deutschlands mitzählte, umgeben von alten Mitstreitern, die er an seinem Tisch versammelt hatte und denen er zwar nicht die ganze Wahrheit, jedenfalls aber jenen Teil erzählte, den diese nicht nur aus alter Freundschaft und Verbundenheit mittragen würden. Ein Computerexperte, zwei Medienmogule, drei einflussreiche Journalisten und mehrere Geschäftsführer industrieller Verbände und gewerkschaftlicher Vereinigungen sowie einiger Großbanken befanden sich unter ihnen.

Das Vorhaben war schnell vorgetragen und stieß, wie erwartet, allseits auf enthusiastische Begeisterung. Mit diesen Männern würde ein Netzwerk geschaffen werden, auch wenn die Zeit knapp war, das bis in die hintersten Winkel Deutschlands gespannt wäre. Dessen war er gewiss.

ZWISCHENZEIT

Jakob wies Johanna an, auf einem Sessel Platz zu nehmen. Er selbst setzte sich auf ein dazugehöriges rotes Samtsofa, in dem er augenblicklich versank. Die Farbe hatte ihn verleitet, sich dort zu platzieren. Seine Eitelkeit ließ ihn jedoch schnell in die Höhe schießen und er bat Johanna, einen anderen Platz einzunehmen, der ihm die gottgegebene Größe nicht entzog. Jakob bemerkte nicht, dass er einen MontBlanc-Füller, den jemand dort verloren hatte, in zwei Stücke geteilt hatte. Die Tinte verselbständigte sich und lief unauffällig in die Ritze zwischen Sitzpolster und Rückenlehne.

Johanna schlug vor, erst einmal durch die Räume zu streifen. Sie war fasziniert von dem perfekten Dekor der Halle. Trotz ihrer Größe und des vielen Marmors wirkte sie einladend. Die unzähligen Sitzgruppen, Säulen, Farben des Marmors, roten Teppiche, die silbernen Schalen auf den Tischen, der Elefantenbrunnen aus schwarzem Marmor, auf dessen Rand kleine Frösche saßen, und riesige Blumengebinde aus weißen Lilien und roten Rosen in chinesischen Vasen dekorierten den Saal und machten ihn lebendig. Der Marmorboden bestand aus kleinen abwechselnd schwarzen und weißen Quadraten. Die Kuppel an der hohen Decke des Saales wölbte sich in ihrer Mitte zu einer Sonne, die ihre Strahlen in Bögen aus gläsernen Schalen warf.

Von der von Säulen getragenen Empore erklangen leise Töne eines Flügels.

Sie liefen am Barbereich vorbei zur Treppe, um auf die Empore zu gelangen, von der aus sich Johanna den besten Überblick versprach. Das marmorne Treppengeländer erinnerte sie an Scharen aneinander gereihter Läufer eines Schachspiels, die an ihren Köpfen durch die geschwungene Balustrade zusammengehalten wurden. Dicke weiße

Kugeln prangten an den Stellen, wo die Treppe sich um die Ecken wand.

Der rote Teppich hatte kein bisschen an Glanz verloren, obwohl Tausende von Schuhen hoch- und hinunter gelaufen, stolziert und promeniert waren, wahrscheinlich waren die Füße reicher Menschen sauberer, mutmaßte Johanna, und dachte an die Phosphorvierbeinerverordnung. Ob jemals jemand der Gäste dieses Haus mit Hundekot an den Schuhen betreten hatte? Sie lächelte in sich hinein. Es gab Dinge, die waren auch mit Geld nicht zu umgehen.

Auf der Empore, die sich um den gesamten oberen Rand des Saales wand, standen zwei rote Chaiselongues, die Jakob jedoch aus seiner kurz zuvor gemachten Erfahrung mied. Er würde die Entscheidung der Platzwahl diesmal Johanna überlassen. Sie entdeckte einen kleinen Tisch unmittelbar an dem gusseisernen Geländer, in dessen Verzierungen kleine sandfarbene Vasen eingesetzt waren. Von hier aus würde sie alles beobachten können.

Jakob ließ sich den Robert Weil'schen Riesling bringen, sie bestellte Filterkaffee. Sie war der Ansicht, der müsse an diesem Ort hervorragend sein, was sich wenig später bestätigte. Cappuccino, klärte sie den Unwissenden auf, würde sie am Nachmittag einem Italiener vorbehalten.

Sie vertraute also noch nicht einmal den Kaffeekünsten des Adlon! Er staunte.

Unten in der Halle vor dem Sofa, das Jakob wegen seiner Farbe fasziniert hatte, wurde es ungewöhnlich laut. Ein arabischer und ein italienischer Gast gaben sich die Ehre zu einem lauten Streit. Der Araber hielt fuchtelnd etwas in die Höhe, das Johanna nicht erkennen konnte, und zeigte von diesem Gegenstand immer wieder auf sich selbst. Der Italiener fügte die Fingerkuppen seiner rechten Hand zusammen und wedelte diese aus dem Handgelenk vor dem Gesicht des Arabers hin und her, drehte sich dann um und deutete auf den hinteren Teil seiner beigen Hose, die dort große schwarze Flecken aufwies. Ein Hotelangestellter führte die beiden eilig aber behutsam in ein Hinterzimmer.

„Selbst hier verrohen die Sitten!" Jakob war frustriert und sah sich zugleich bestätigt in seiner Theorie über die moderne Zeit.

Der Kaffee wurde in einem silbernen Kännchen serviert. „Wie sieht die Person aus, die das viele Silber hier putzt? Und wo putzt sie es?"

Er lächelte und beobachtete sie, sie schien laut gedacht zu haben.

Sie entnahm nachdenklich ihrem Hut einen Zigarillo. Er gab ihr Feuer.

„Wer wohl heute hier zu Hause ist?" Sie fragte sich, ob sie den Raum mit einer Berühmtheit teilten.

„Die Reichen und die Huren. Wie immer." Er stutzte selbst über seinen Kommentar und erntete ein lautes Lachen seines Gegenübers.

„Aha! Also, das Thema hast du jetzt wieder angeschnitten."

Seine Gesichtszüge entglitten gequält, fingen sich aber schließlich in einem Lächeln. „Davon werden wir jetzt nicht wieder anfangen!"

Im unteren Teil des Saales kamen, blieben und gingen Menschen aller Nationen, teils in traditionellen Gewändern, teils in bunten Anzügen und verrückten Kleidern, stolzen Hüten und teuren Stoffen. Verschiedenste Sprachen drangen zu ihnen nach oben, von denen Johanna einige bekannt waren und die sie lange nicht mehr gehört hatte.

„Das ist hier ein Ort, bei dem nicht festzustellen wäre, wo er sich befindet, wenn man an ihn verschleppt würde. Wir könnten gerade überall sein." Sie liebte das Durcheinander der Kulturen.

„Deswegen passt du hier hervorragend her. Du bist auch auf eine Art überall zu Hause." Sein Blick folgte der feinen Rauchsäule ihres Zigarillos, die sich ein wenig höher in kleine Wolken aufteilte. Ihm war kurzzeitig, als formten sie ein Bild: zwei Gestalten auf Pferden sitzend, die aufeinander zu galoppierten. In dem Moment, als er meinte, die Szene zu sehen, hatte sich das Nebelbild in der Luft verflüchtigt. Sein Herz hämmerte unregelmäßig.

„Ist es schlimm, dass dein Herz nicht links sitzt? Ich meine, wo es doch vom Innersten her links schlägt?" Sie machte sich wieder Sorgen um ihn, mochte es aber nicht zugeben.

„Woher weißt du das eigentlich, ich meine, dass mein Herz fälschlicherweise auf die falsche Seite gerutscht ist?"

Sie lächelte, gab aber keine Antwort.

Er fuhr fort, „Aber es ist nicht tragisch. Es gibt viele Menschen, bei denen Organe an falschen Stellen sitzen. Ideologisch gesehen ist es natürlich hochtragisch! Deswegen weiß davon auch niemand." Er lächelte zurück.

Der Aschenbecher wurde geleert, noch ehe der Zigarillo sich zu einem Stummel reduziert hatte.

„Wo bist du aufgewachsen?" Er fragte sich, wer ihr das Talent vermacht hatte, überall hineinzupassen, mit jedem eine Gemeinsamkeit entdecken zu können und dennoch anders zu sein. Ein Großteil der Menschen, die ihr begegneten, würden vor ihrer Anmut und Größe zurückschrecken, vermutete er.

„Auf dem Land. Ein winziger Ort in Frankreich. Ich bin in Frankreich geboren, danach aber viel umgezogen. Meine Eltern waren sehr arm. Wir haben uns durchgeschlagen. Ich glaube, dass Entbehrungen sehr viel dazu tun, um eigene Stärke zu entwickeln." Sie schaute gedankenverloren zu dem Sonnenleuchter an der Decke der Halle.

Die Antwort verschaffte ihm Klarheit. Er selbst hatte seine energische Triebfeder Viktor gegenüber aus einem Verzicht in Kindertagen heraus erklärt. Er schweifte in die Ferne. „Eines Tages wirst du mein Haus im Hunsrück kennen lernen. Es wird dir gefallen." Johannas Grübchen erinnerte sich des Bauvorhabens Mierscheids. In einigen Briefen hatte er verschiedene Ministerien angeschrieben, um das Modell zur Baufinanzierung „150% aus öffentlichen Mitteln" seines Hauses im Hunsrück durchzusetzen.

„Ach, das wollte ich dich sowieso noch fragen. Wie kommt es, dass du nun doch dein Haus im Hunsrück hast? Ich hatte gelesen, dass dein Bauvorhaben im Hunsrück an dem Starrsinn der obersten Bundesbehörden gescheitert ist?" Er fragte sich, wie sie es mit ihm aushielt. Aber nur kurz, sein Selbstbewusstsein drängte sich schnell wieder in den Vordergrund.

„Ja, offiziell schon. Aber das Bundesbauministerium hat mir, nachdem mein Engagement so viel Wirbel ausgelöst hatte, zumindest die 120%ige Baufinanzierung ermöglicht. Ich habe damals auf die restlichen dreißig Prozent verzichtet."

Sie lachte. „Also sie haben dir tatsächlich den Nichtzonenrandlagenausgleich ausbezahlt, weil der Hunsrück in deinen Augen ein Randgebiet, aber kein Zonenrandgebiet darstellt?"

„Jawohl, das Bundesministerium für innerdeutsche Beziehungen hat dem zugestimmt! Es hat die Ungerechtigkeit erkannt!" Er war stolz. „Aufgrund der Lage des Hauses bekam ich vom Bauministerium Zuschüsse für den Aussiedlerwohnungsbau. Das Haus befindet sich am Ortsrand. Niemand war imstande, zu belegen, dass ich den Aussiedlerstatus nicht erfüllen würde!" Er feixte.

Ihrem Stolz war es gleichgültig geworden, warum dieser Mann auf seinen Geschichten beharrte. Mittlerweile war er froh, sich nach vielen Jahren reger Tätigkeit entspannt zurücklehnen und sich hinsichtlich einiger Erfahrungswerte mit ihrer Einsamkeit austauschen zu können, die ebenfalls nichts zu tun hatte. Sie entdeckten, dass sie beide eine gewisse Verantwortung dafür trugen, dass Johanna seit langer Zeit wenig tiefere menschliche Begegnungen gehabt hatte.

Als sie das Hotel verließen und auf Viktor trafen, erklärten sie ihm, dass sie beschlossen hatten, ein Stück spazieren zu gehen, und dass er sie später wieder aufgabeln könne. Viktor bemerkte eine seltsame Abwesenheit der beiden, die ihm unheimlich erschien und in ihm einerseits den sowjetischen Soldaten, andererseits eine unbestimmte Sehnsucht nach Freundschaft und Nähe weckte.

Sie schlenderten Unter den Linden hinunter Richtung Dom. Vor den Cafés standen nur vereinzelte freie Stühle. Jeder versuchte, die ersten warmen Sonnenstrahlen des Jahres zu fangen. Ein buntes Treiben, Straßenkünstler auf hohen Rädern, Pantomimen in silbernen Weltallkostümen, selbst die längst verschollen geglaubten Hütchenspieler fanden sich an einigen Straßenecken.

„Für diese Stadt bräuchte man mehrere Leben. Sie verführt zu diesem unmöglichen Gefühl, ständig etwas zu verpassen." Sie liebte den Tumult, die vielen Menschen, die sie so gern beobachtete.

„Willst du es eventuell doch den Herren Heine und Mörike gleichtun?"

Sie lächelte, hielt ihre Antwort aber zurück. Es war unmöglich, ihm die Wahrheit zu sagen.

An der Komischen Oper bogen sie auf ihren Vorschlag hin in die Glinkastraße ein. Beim Überqueren der Straße hastete Johanna nicht zum ersten Mal los, sobald die Ampel Grün anzeigte. Ein altes Spiel, das sie mit sich selbst spielte: sie wollte vor allen anderen die Straße überquert haben. Jedes Mal malte sie sich dazu eine Situation aus, deren Erfüllung sie sich wünschte, und die ihrer Meinung nach eintreten würde, sollte sie als Erste den gegenüberliegenden Bordstein erreicht haben. Sie nahm es nicht allzu ernst mit dieser Art Schicksalsentscheid. Die Gewohnheit hatte sich aber so tief eingeschlichen, dass die Gegenwart Jakobs sie an diesem Spiel nicht hinderte.

Sie liefen zu dem alten Gebäude, in dem die Requisiten der Komischen Oper verkauft wurden. Sie gingen hinein und fanden sich in schummerigen, mit Absurditäten und Möbelstücken voll gepfropften Räumen wieder.

Zwischen antiken Spiegeln, kaiserlichen Schreibtischen, rosa gepolsterten Stühlen, Karussellpferden, goldgerahmten Bildern und eisernen Wärmflaschen stieß Jakob auf eine Damenmaske, die mit blau glänzenden exotischen Federn verziert war. Es hätte keine bessere Gelegenheit geben können, dachte er.

„Oh bitte, setze sie auf." Er hielt ihr die Maske hin.

„Maske in Blau!", sie lachte und nahm die Maske entgegen. „Du meinst ich soll sie aufsetzen? Kennst du die Geschichte von der Maske in Blau?"

Jakob verbeugte sich. „Ob ich sie kenne? Mein Name ist Armando Cellini, Werteste! Maler von Beruf. Ich hatte die Ehre, Sie porträtieren zu dürfen, wenn sie sich entsinnen."

„Ach, ich bin demnach Evelyne, die Gutsbesitzerin am Rio Grande? Ich bezweifele allerdings, dass mich deine Malkünste in ein vergleichbares Licht rücken könnten oder du zu Ruhm gelangen würdest, wenn du mich malst." Sie setzte die Maske auf.

Er war fasziniert. Ihre sanften Gesichtszüge schimmerten durch die Maske hindurch. Er schaute ihre Augen an, wache Augen, lebenslustig und melancholisch zugleich und zog eine kleine Holzschachtel aus der Innentasche seines Jacketts, öffnete sie und hielt sie ihr hin.

Johanna schaute auf den Ring. Ein meerblauer Saphir glänzte in einer goldenen Fassung.

„Das kannst du nicht machen!" Ihre Beschämung scheuchte kurzzeitig ein paar rote Flecken auf ihre Wangen, die zwar unter der Maske verborgen blieben, die er aber dennoch erahnte.

„Nehmen wir es wie in der Operette: sollten wir uns aus den Augen verlieren, ist der Ring sicherlich praktisch, um uns gegenseitig wiederzuerkennen." Obwohl das Schenken eines Rings für ihn zumindest ebenso außergewöhnlich war wie für sie, versuchte er dessen Bedeutung abzuschwächen.

Ihre Unsicherheit hinsichtlich Geschenktem in der Boutique in der Fasanenstraße war ihm nicht entgangen.

Sie nahm die Ablenkung dankbar an.

„Meinst du, du könntest mich einmal nicht wiedererkennen? Oder eher, wir werden uns aus den Augen verlieren? Vielleicht trage ich ja tatsächlich eine Maske?" Ihr Sarkasmus versuchte das Ausufern ihrer Unsicherheit abzuwehren.

„Fred Raymond, der Komponist von Maske in Blau, ist auch nur ein Pseudonym. Du magst Künstler mit falschen Namen." Sie schaute auf den Ring. Er nahm ihr die Maske ab.

„Der Stein ist aber echt", er grinste. „Nun zieh ihn schon an."

Sie streifte den Ring über ihren Ringfinger.

„Er ist wundervoll." Ein kaum hörbares „Danke" verließ ihre Lippen. Wann hatte ihr ein Mann je einen Ring geschenkt? Sie schaute auf ihre Hand und verlor sich bei landgräflichen Pferdekämpfen. Dann wandte sie sich Jakob zu und gab ihm lächelnd einen Kuss.

Jetzt war er es, der sich in Verlegenheit sah. Die Kusssszene war immer noch nicht ganz vergessen.

„Komm, ich kaufe mir jetzt die Maske! Eine schöne Erinnerung. Vielleicht finde ich ja auch noch mal Verwendung für sie." Sie dachte an die vorige Nacht und lächelte in sich hinein. Für solche Aktionen schien ihr die Maske durchaus passend.

Am Gendarmenmarkt, der in der Sonne noch prachtvoller zu harmonieren schien, führte sie ihn, nachdem sie vom Französischen Dom einen Überblick genossen hatten, zum Schillerdenkmal vor dem ehemaligen Schauspielhaus.

„Findest du nicht auch, dass die Damen zwar anmutig sind, aber doch ziemlich gelangweilt dreinschauen?" Jakob betrachtete die vier Frauengestalten, die als Personifizierungen literarischer Darstellungsformen zu Schillers Füßen saßen.

„Ich sehe hier eher den Beweis, und zwar den in Stein gemeißelten Beweis dafür, dass sich die Politik einen Teufel darum schert, was das Volk will! Wo du ja gewissermaßen in der Politik eine Zwitterstellung innehast und versuchst, die Bedürfnisse des Volks zu berücksichtigen, müsste dich das doch brennend interessieren!" Ihr Lächeln provozierte eine Nachfrage.

„Was meinst du?" Er schaute sie verwundert an.

„Fällt dir was an dem Namensschild auf?"

Er betrachtete den Stein auf dem Schillers Name eingraviert war.

„Da steht Schiller. Und wenn mich nicht alles täuscht, sah Schiller auch so aus, wie er hier aussieht. Es ist also eine Skulptur von Schiller!", schlussfolgerte er betont ernsthaft, nicht ohne ein Blitzen in den Augenwinkeln.

Sie lachte. „Richtig, aber hinter dem Namen ist noch was."

Er schaute genauer.

„Ein Punkt. Schiller Punkt. Hat der Punkt etwas zu bedeuten?"

„Volksrevolte im Stillen!" Sie lächelte kundig. „Die Berliner wollten unbedingt an dieser Stelle ein Denkmal haben, und zwar den preußischen Freidenker und Aufklärer Lessing. Der Herrscher war damit aber nicht einverstanden. Er plädierte für Schiller. Das Volk zog in Protestmärschen für ihren Lessing durch die Stadt. Erfolglos. Einer Diskussion mit den Bürgern abgeneigt, ließ sich der Herrscher nur kurz und missgelaunt vernehmen: ‚Schiller! Punkt!' Damit war für ihn die Diskussion beendet. Der findige Bildhauer hat danach in den Stein hinter den Namen Schillers einen Punkt gesetzt. Schiller Punkt! Eine Demonstration im Stillen!" Sie konnte sich daran erfreuen wie ein kleines Kind.

Er war begeistert. „Großartig! Du bist auch so eine geheime Revoluzzerin, stimmt's?

WASSERSPIELE

Nagelmann kam sich lächerlich vor. Er trug einen gepolsterten roten Schutzanzug.

Dräcker lachte. „Sie sehen aus wie ein Michelin-Männchen, werter Kollege! Wenn das Ihre Mutter sähe!"

Nagelmann wurde rot, enthielt sich aber dennoch eines Kommentars.

„Oder man könnte sagen, Sie sind zwei Öltanks!", gluckste Dräcker weiter.

Der Feuerwehrmann, der sie in die Grundkenntnisse eines Löschvorgangs einweisen sollte, grinste.

„Sie werden auch gleich so aussehen."

Dräckers Grinsen verhedderte sich und blieb grimassenhaft in seinem Gesicht stehen.

„Na los! Ziehen Sie das an!" Der Feuerwehrmann schlug einen kasernenartigen Ton an, der Dräcker ganz und gar missfiel.

Er weigerte sich.

„Wir wollen doch nur wissen, wie man diese Schläuche bedient. Hier brennt weit und breit nix, also brauchen wir diese Anzüge überhaupt nicht anzuziehen!"

„Sie möchten das lernen, also spielen wir nach meinen Regeln!" Der Feuerwehrmann hatte sichtlich Spaß an dieser Art Privatunterricht.

„Pah!", Dräcker grunzte und zwängte sich in den Anzug, der ihm hingehalten wurde.

Auf Nagelmanns Gesicht hielt ein Lächeln Einzug.

„Das Wichtigste ist der Rückschlag des Schlauchs, der ruckartig eintritt, wenn das Wasser schießt! Sie brauchen Kraft, um den Schlauch zu halten und müssen auf den Schlag vorbereitet sein!"

„Ja, ja. Das wissen wir doch alles", maulte Dräcker. „Jetzt stellen Sie schon das Wasser an!" Er wippte ungeduldig mit dem rechten Fuß.

Der Feuerwehrmann hatte nicht länger Lust, sich herumkommandieren zu lassen, drückte ihm den schweren Schlauch in die Hände, nickte Nagelmann unauffällig zu, er solle zur Seite gehen, und drehte das Ventil auf.

Die Wucht des schießenden Wassers schleuderte Dräcker einige Meter zurück, er fiel zu Boden und ließ den Schlauch los, der durch die Halle sprang bis der Feuerwehrmann das Wasser abstellte.

„Alles in Ordnung?", fragte er Dräcker scheinheilig und half ihm auf die Füße. „Ich hatte Sie gewarnt!"

Dräcker stand mühsam in seinem gepolsterten Anzug auf, warf einen schnellen Blick zu Nagelmann und stellte erleichtert fest, dass dieser nicht grinste.

„Ist mir nur aus der Hand gerutscht. Dachte nicht, dass der Schlauch so schlüpfrig ist." Er nahm den Schlauch wieder in die Hand und schaute dem Experten grimmig und entschlossen ins Gesicht.

„Los! Nun drehen Sie den Hahn schon endlich wieder auf! Wir haben ja nicht ewig Zeit!"

ZWISCHENZEIT

Nachdem sie bei Lutter & Wegner einen Sekt des Hauses genossen und sich von Viktor zur alten Markthalle in Kreuzberg hatten chauffieren lassen, um die dortige Currywurst auszuprobieren, schlenderten Johanna und Jakob durch Zehlendorf, um sich herrschaftliche Villen und deren Vorgärten anzusehen, in denen es hier und da zart zu blühen begann.

Nach einem - wie Johanna fand - hervorragenden Cappuccino, dachte sie, dass es an der Zeit sei, Viktor für heute aus seinen Diensten zu entlassen. Der Tag näherte sich bereits dem Abend und sie fand, dass sie langsam mit ihrer Überraschung aufwarten konnte. Aufgrund irgendeines seltsamen Zufalls, den sie aus ihrer Natur heraus als Schicksal deutete, fragte Jakob sie: „Weißt du eigentlich, wo in Berlin der Bär brummt?"

Sie wusste es und lobte das Schicksal. „Nein, wo brummt er denn? Lebt er überhaupt noch?"

„Und ob! Gleich mehrfach!"

„Na dann los! Viktor kann uns ja hinfahren und dann geben wir ihm für heute frei. Ich finde, er hat uns genug herum kutschiert." Sie stahl nicht gern fremde Zeit. „Viktor könnte ja schon mal die neue Phosphorvierbeinerverordnung entwerfen", sagte sie, als sei daran nichts Ungewöhnliches; lediglich ihr Grübchen tauchte aus der Versenkung auf.

Jakob willigte in dem Glauben ein, sie fühle sich möglicherweise durch Viktors Anwesenheit gestört.

Zunächst entführte er sie jedoch noch an einen Ort, den er sehr liebte und den er als passend für sie beide empfand.

Er hatte den Betreiber gebeten, sie zu früherer Stunde als üblich einzulassen. So landeten sie im Rum Trader am Fasanenplatz.

Die Zeit war hier vor dreißig Jahren stehen geblieben, was sich in der grün-braunen Inneneinrichtung der Bar widerspiegelte, die nicht größer war als ein Wohnzimmer. Ein Fenster erinnerte in seiner Form an das eines U-Boots. Johanna wurde schnell klar, warum Jakob sich hier zu Hause fühlte. Die Seele dieses Ortes, ein Mann Mitte Dreißig, entsprach in seiner Sprache und seinem Benehmen genauso wenig wie Jakob dem Alter, das sein Gesicht kennzeichnete. Der Ort lebte in einer einzigartigen Nostalgie.

„Hier wird noch Wert auf humanistische Tradition gelegt! Gepflegtes Trinken ist hier zur Hochkultur entwickelt worden!" Jakob lächelte kennerisch und beobachtete, wie Johanna den Barhocker eroberte. Ein warmes Gefühl der Erinnerung an ihre erste Begegnung stieg in ihm hoch.

Ihr Grübchen zeigte sich, als Johannas Blick auf die Karte fiel. „Ordination täglich ab 21.30 Uhr oder nach Vereinbarung."

„Der Betreiber sieht Alkohol als adäquaten Ersatz ärztlichen Einsatzes in allen Lebenslagen. Sprechstunden sind allerdings erst am Abend erwünscht." Er grinste. „Man teilt hier Cocktails in Stufen ein, je nach Alkoholgehalt rutscht man eine Stufe höher."

„Und auf dem Hocker rutscht man wahrscheinlich zeitgleich mit steigendem Verzehr eine Etage tiefer...", sie lachte.

„Dafür gibt es ja diese Haltegriffe am Tresen..."

Sie bekamen Kreationen des Hauses, beobachteten die geschickten Griffe des Meisters und erreichten bald die beschwingte Stufe Eins.

Am Märkischen Ufer entließen sie Viktor in die Freizeit und begaben sich in den kleinen Park neben dem Märkischen Museum. In einem Freigehege saßen zwei Braunbären, die die untergehende Sonne auf einem Felsen genossen und sich den Winter aus dem Pelz juckten.

Sie setzten sich auf eine Bank und schauten ihnen zu. Johanna warf einen verstohlenen Blick auf ihre Uhr. Das Museum war bereits geschlossen. Gleich würde alles bereitstehen.

Es war ein herrlicher Tag gewesen. Sie waren sich näher gekommen. Jakob hatte Johannas berufliche Etappen der letzten Jahre erfahren, was sie nach Berlin verschlagen hatte, dass ihre Eltern verstorben waren, hatte ihre Liebe zu Frankreich und ihre Hingabe an übersinnliche Bestimmung entdeckt.

Johanna war mit Anekdoten Jakob Mierscheids vertraut gemacht worden, deren Inhalte keine Veröffentlichung in Büchern oder Zeitschriften gefunden hatten. Zu ihrer großen Freude teilte sie mit ihm die Leidenschaft an europäischer Kulturgeschichte und Eroberungen von Berggipfeln zu Fuß. Ihr schien das Zusammensein mit ihm so selbstverständlich zu sein, dass sich für sie Fragen nach seiner Herkunft, die noch vor wenigen Tagen so gebrannt hatten, tatsächlich nicht stellten.

Dafür hatten sie sich unzählige andere Fragen gestellt, wie das üblich war bei der Begegnung zweier Menschen, die das Gefühl beherrschte, dass das Zusammenwachsen, das die Herzen drängte, viel zu langsam geschehe und entkamen ihren Gedanken an ihre Verpflichtungen. Sie hatten sich so viel zu erzählen, so viel Erlebtes durch die Erzählung noch einmal zu erleben, wie es nur bei Menschen vorkam, die lange Zeit allein gewesen waren und dennoch durch eine tiefe Vertrautheit keine Scheu vor Offenheit hatten.

Nun saßen sie schweigend auf der Bank nach einem Tag inmitten lebendigen Treibens. Einem Tag, an dem sie geschafft hatten, wovon beide geträumt hatten: die Zeit stand still und sie erlebten es gemeinsam.

Nach einer Weile verkündete sie: „Komm! Das Essen ist fertig", und deutete an zu gehen.

Er sah sie verwundert an. „Welcher Koch hat dir dieses wundersame Zeichen gegeben?"

„Meine Uhr!"

Sie gingen durch den Park zurück und bogen an der Straße links ab. Johanna lief die Stufen zum Märkischen Museum hoch und zog einen Schlüssel aus ihrer Manteltasche.

„Ist ja nicht so, dass ich nicht auch in einem Museum zu Hause wäre!"

„Wir sind wohl beide vergangenheitsfixiert. Ich finde, dass man uns das nicht ansieht", schmunzelte er.

Sie gingen hinein.

„Sollen wir erst noch ein bisschen herumlaufen? Oder hast du für heute genug von Sehenswürdigkeiten?"

„Niemals!"

Sie holte zunächst an der Garderobe die bereitgestellte Flasche Champagner aus einer Kühlbox, reichte sie ihm zum Öffnen und stellte zwei Gläser bereit.

Er staunte. „Weißt du, dass wir eine Menge Geld verdienen könnten, wenn wir in unseren Museen nachts heimliche Exklusivführungen für beispielsweise Botschafter durchführen würden? Ein äußerst lukrativer Gedanke!"

„Du meinst nach dem Motto: Schwarz verdienen – Rot wählen?" Sie grinste ihn provozierend an.

Sein Gesicht schimmerte augenblicklich in der Farbe der Partei seiner Wahl. Sein Anstand fand es schlau, einen weiteren Kommentar zu verhindern.

Sie schlenderten mit Champagner durch die Räume und schauten sich gemeinsam die Berliner Geschichte an.

Umringt von Musikautomaten fragte sich Jakobs unterstes Bewusstsein, ob hier nicht eine Romanze ein ganz neues musikalisches Gewicht bekäme und malte sich diesen Raum mit Kerzen und einer Couch aus. Es war noch nicht 22.00 Uhr – das Unterbewusstsein würde sich noch gedulden müssen. Diese Uhrzeit hatte sich aus irgendeinem unerfindlichen Grund tief in seine Vorstellung eingegraben, so dass es ihm undenkbar schien, ihr vor diesem Zeitpunkt körperlich näher zu kommen. Jakob hatte sich während seiner kurzen Berliner Zeit preußische Ordnung und Pünktlichkeit einverleibt.

Sie schaltete einen der Automaten an und ließ die 30iger und 40iger Jahre durch die Räume schwingen. Sie streifte sanft seinen Arm, blickte ihm in die Augen und zog ihn auf das Parkett. Ihre Bewegungen, so anmutig und geschmeidig dem Rhythmus folgend, setzten in Jakob ein neues Tierbild fest: die Robbe vom Felsen wurde von einem Panther verdrängt, der seinen Körper stolz und geschmeidig durch die Steppe trug. Jakobs Knie erinnerten sich bei diesem verführerischen Anblick an ihre eigene Gebrechlichkeit bei der letzten intimen Begegnung und zitterten leicht. Dennoch brachte er sie dazu mitzuschwingen.

Sie tanzten bis zum Ende des Liedes, das von ‚Der blauen Stunde' erzählte, der Stunde, die den Tag in Nacht verwandelte.

Jakob küsste Johanna entgegen seinem preußischen Zeitplan. Immerhin: es war kein preußischer Kuss. Als ‚Ich brech' die Herzen der stolzesten Frau'n' erklang, trennten sich ihre Lippen.

Sie schauten sich an und stellten jeder glücklich für sich fest, dass die Augen des anderen eine gewisse Entrückung widerspiegelten.

„Komm, gehen wir essen." Sie führte ihn in einen hohen langgezogenen Saal, dessen Form und weiß getünchte Wände an eine Kapelle erinnerte. An jeder Seite befanden sich sechs gotische Säulendurchbrüche. Die Galerie teilte sich durch drei kleine gotische Fenster, in deren Mitte eine Jesusfigur am Kreuz hing. Mitten im Raum stand eine riesige mittelalterliche Glocke auf einem Betonsockel, ein weißer Bechstein Flügel zierte vor einer Freitreppe den hinteren Teil des Saales. In einer Nische an der Fensterseite war ein Tisch mit zwei Stühlen festlich eingedeckt. Auf einem daneben stehenden Servierwagen vermutete Jakob unter den silbernen Deckeln der Warmhalteplatten das Abendessen.

„Wie ist dir denn das gelungen?", er staunte.

„Ich hab da so meine Beziehungen."

Während sie eine Platte mit italienischen Vorspeisen auf den Tisch stellte, schenkte er einen Chablis 1er Cru in die Gläser.

Nachdem sie Platz genommen hatten, hob er das Glas.

„Das ist einer der schönsten Tage, die ich erlebt habe. Und wenn ich darüber nachdenke, kommt er mir ganz und gar unrealistisch vor. Auf dein Wohl!"

Sie stießen an.

Johanna dachte daran, wie schön es war, sich in einem Alter zu befinden, in dem Gefühle der Verliebtheit den Umgang mit dem Menschen, den man mochte, nicht mehr so kompliziert machten, sondern selbstverständlicher und gelassener daher kamen. Sie fühlte sich unendlich frei.

Die Antipasti, der nachfolgende Hauptgang - Rehschlegel mit Preiselbeeren, Rotkohl und Schupfnudeln - und die anschließende Zitronencreme hatten die Sinne angeregt, und ihre erotischen Assoziationen wurden trotz oder gerade wegen des von den Commedian Harmonists besungenen grünen Kaktus, der aus dem anderen Teil des Museums bis zu ihnen hallte, angestachelt.

Jakob war Johanna endgültig verfallen.

Seine Sehnsucht versetzte ihm geradezu einen Tritt. Er stand auf, ging um den Tisch herum zu ihr, nahm ihre Hand und zog sie sanft in die Höhe, bis sie einander gegenüberstanden. Er wollte gerade zu irgendetwas ansetzten, was sie durch eine Geste des Schweigens verhinderte. Sie küssten sich unendlich lange, diesmal gekonnt. Die Berührungen lösten in beiden Erinnerungen an längst Vergangenes aus, das mit der Gegenwart zu einer vertrauten Einheit verschmolz.

„Diesmal scheint es ja zu funktionieren", flüsterte sie.

„Wir brauchten nur Übung." Sein Selbstbewusstsein freute sich über die vollständige Heilung.

Plötzlich schaute sie auf die Uhr. „Meine Hausmacht ist nicht so groß wie deine. Um 22.00 Uhr kommt das Putzkommando. Bis dahin sollten wir hier verschwinden!"

Die Uhrzeit hörte er ganz und gar nicht gern in Zusammenhang mit ‚Verschwinden', das konnte schließlich auch ‚Trennen' bedeuten, was seinen Plänen ziemlich zuwiderlief. Er mochte nicht offen aussprechen, dass er gerne mit ihr eine gemütliche Ecke aufsuchen würde, um ihr näher zu kommen. Aber unter den gegebenen Umständen schien es sich nicht vermeiden zu lassen. Außerdem war sein Selbstbewusstsein durch die gelungenen Berührungen erstarkt, so dass er nur wenig haspelte.

„Was hältst du davon, ich meine, wir könnten noch zu mir fahren, also, ich denke, wenn du von Museen für heute nicht schon genug hast. Oder..."

Sie nahm ihm die Nervosität. Die Aussicht, den Abend ganz und gar mit ihm zu verbringen, passte in ihre Sehnsucht nach ihm. Auch ihre Unsicherheit war verschwunden. Sie meinte, dass man die elementaren Dinge des Lebens vielleicht doch nicht so schnell verlernte, wie sie bei ihrer ersten Begegnung mit ihm befürchtet hatte.

„Schön, dann lass uns ein Taxi rufen."

Sie verließen das Gebäude und brachen zum nächsten Museum auf.

VERACHTUNG UND VERSÖHNUNG

Jakob öffnete die Tür zu seinem Wohnbereich. Lubowitz preschte den beiden wider Erwartung nicht entgegen. Er schaltete das Licht an.

„Lubo...", weiter kam er nicht. Der Alptraum stand direkt vor ihm. Er rang nach Luft. Johanna spürte die seltsame Stimmung. Jeder ihrer Muskeln spannte sich an.

„Wunderschönen Abend, Frau Bogen." Dräcker grinste in ihr erstauntes Gesicht.

Ihre Augen verengten sich zu kleinen Schlitzen, sie nickte kalt.

„Sie sind sehr pünktlich - halb Zehn. Wir hatten erst gegen zehn Uhr mit Ihnen gerechnet." Er schaute betont lässig auf seine Patek Philippe.

Jakob brachte keinen Ton heraus. In ihm liefen hunderte von Worten zusammen, die ungeordnet einen ständig wachsenden Haufen bildeten. Die Worte waren verschiedenster Herkunft, entsprangen teils Wut, Verachtung und enttäuschter Erwartung.

Aus dem hinteren Teil des Zimmers traten Nagelmann und Viktor aus einer Ecke hervor.

Nagelmann lief auf Johanna zu und streckte ihr, sich verbeugend, die Hand entgegen.

„Frau Bogen, sehr angenehm, Nagelmann - Friedrich Gottlob." An seinem eigenen Namen sparte er nicht mit Worten.

Sie blieb ganz ruhig, lächelte ihn kühl an, beachtete seine ausgestreckte Hand nicht weiter. Sie spürte, dass Jakob diesen Menschen feindselig gegenüberstand und blieb wachsam. Die Feindseligkeit galt damit auch ihr.

Dräcker – Nagelmann, sie überlegte: Wieso gab es noch mehr Menschen, die sich als Phantome ausgaben? Die Männer schienen es ernst zu meinen – was auch immer dieses ‚es‘ bedeutete. Was wollten sie von Jakob? Was hatte Viktor mit der Sache zu tun? Ihre Gedanken wurden unterbrochen.

„Frau Bogen, dieser Überfall gilt nicht Ihnen. Ich bitte uns dafür zu entschuldigen." Nagelmann war hingerissen von ihrer Erscheinung. Er hielt ihr mit bittendem Blick seine Hand hin. Die Hand zuckte Sekunden später aufgrund von Jakobs Geschrei, das durch den Raum schallte, zurück.

„Was soll das? Raus! Aber augenblicklich! Raus! Hier hat niemand etwas verloren, solange ich es nicht will!" Seine Stimme überschlug sich. Sein Kopf leuchtete vor Wut. Jakobs Haltung ähnelte der eines römischen Imperators. Trotz seiner Aufgeregtheit flößte er Respekt und Größe ein. Die Engel zuckten zusammen, gemeinsam mit allen anderen Anwesenden.

Der Soldat gab Viktor den unvernünftigen Ratschlag als Vermittler aufzutreten. Er hatte als Kämpfer nicht viel Ahnung vom Verhandlungswesen, was Viktor in seiner momentanen Verwirrung vergaß.

„Jakob, bitte", setzte er mit sanfter Stimme an, „wir..."

„Es interessiert mich einen Scheißdreck, Viktor! Du bist mein Freund! Das dachte ich jedenfalls. Und jetzt hetzt du mir die beiden in meine Privaträume, obwohl du wusstest, dass ich für den heutigen Tag mit Johanna verabredet war und was mir das bedeutet! Raus jetzt! Schluss mit dem Theater!" Seine Stimme hatte ein beachtliches Volumen, das dem Eichelhäher die Federn in die Höhe trieb. Er zwinkerte, obwohl niemand in seiner Nähe stand, nervös mit den Augen - auch mit dem Rechten, was aber außer den verwirrten Tauben niemandem auffiel.

Der sowjetische Soldat im Innern Viktors zog sich hinter die Frontlinie zurück, woraufhin Viktors Schultern augenblicklich einsackten.

Nagelmann sah, dass Dräcker etwas zu sagen drohte und wagte einen für seine Verhältnisse beinahe revolutionären Vorstoß.

„Seien Sie still, Dräcker!"; und zu Jakob gewandt meinte er ganz ruhig, „Herr Mierscheid, der Zeitpunkt ist ungünstig, aber nicht zu ändern. Die Zeit läuft!"

„Ich weiß, dass die Zeit läuft!" Jakob schrie immer noch. Seinem Unterbewusstsein war klar, dass es bald 22.00 Uhr sein würde, und es sank in einen enttäuschten komaähnlichen Zustand. „Ich kann nicht glauben, dass Sie es wagen, mein zu Hause in eine Falle zu verwandeln. Wie können Sie es sich anmaßen, dieser Dame so wenig Respekt entgegenzubringen!" Er war außer sich vor Zorn.

Viktor hatte ihn nie zuvor so erlebt. Aber auch Jakob selbst war eine Reaktion dieser Größenordnung vollkommen neu. Sie gefiel ihm nicht, und er hasste die Anwesenden umso mehr, da sie ihn zu dieser Verhaltensweise provozierten und diese ungeliebte Seite in ihm hervorriefen. Seine Stimme vereiste.

„Sie glauben doch nicht allen Ernstes, dass auf diese Art und Weise unser Vorhaben erfolgreich sein könnte. Ich habe bereits zu Herrn Wasserträger gesagt, dass ich mir Zeit für Sie nehmen werde. Aber nicht heute. Es sollte mein letzter freier Tag werden. Ich meine, Sie hätten diesen Tag mir alleine überlassen können. Sie verfügen nicht über den Hauch einer Ahnung, was die Endgültigkeit bedeutet, wenn man vor ihr steht!"

Drei betroffene männliche und ein fragendes weibliches Augenpaar starrten ihn an.

„Verdammt, heißt das, Sie haben doch vor, die Sache durchzuziehen?" Dräcker kratzte sich an der krausen Stirn.

„Ich hatte es vor. Bis eben. Aber da nicht einmal auf Viktor mehr Verlass zu sein scheint, bin ich nicht sicher, ob die Sache überhaupt gelingen würde, solange hier niemand bereit ist, meinen Zeitplan zu akzeptieren, und wir bereits zu Gegenspielern geworden sind." Er bedachte Viktor mit einem vernichtenden Blick, der dessen Schultern noch eine Etage tiefer fallen ließ.

Nagelmann kam seinem Bedürfnis nach, sich zu entschuldigen.

„Wir dachten, die Liebe habe Sie von unserem Vorhaben abgebracht." Er blickte zu Johanna. „Es wäre durchaus verständlich."

„Pah!" Dräcker waren Gefühlsduseligkeiten zuwider. „So ein Blödsinn! Wir haben nicht mehr viel Zeit. Da ist nichts mit Sinn für große Gefühle!" Die Herablassung, mit der er die Worte sprach, trieb Viktor Angstschweiß auf die Stirn.

Johanna stellte fest, dass zwischen den Männern eine tiefe Verbindung bestehen musste, und hielt es für das Beste, sich zurückzuziehen. Es bestand keine ernsthafte Gefahr für Jakob; dessen war sie sich jetzt sicher. Vielmehr schienen diese Männer etwas besprechen zu müssen, bei dem ihre Anwesenheit hinderlich war. Sie warf einen Blick an die Zimmerdecke, sah dort die friedlich speisenden Jünger und die bettelnden Engel und spürte, dass irgendeine Art der Verschwörung, an der auch Jakob entscheidend beteiligt sein musste, zwischen den Anwesenden bestand.

„Meine Herren, ich werde Sie alleine lassen, dann können Sie alles Weitere in Ruhe besprechen." Sie nickte in die Runde und landete schließlich mit ihrem Blick bei Jakob, dessen Gesichtszüge sich augenblicklich ins Unglück stürzten.

Sie flüsterte ihm zu, „Ich denke, es ist besser ich gehe, Jakob. Es war wundervoll heute." Sie schenkte ihm ein liebevolles Lächeln. „Wir werden einen anderen Abend für uns nehmen. Dann gehen wir zu mir, da lauert uns bestimmt keiner auf." Sie gab ihm einen Kuss. Sein unterstes

Bewusstsein zuckte kurz aus dem Komazustand, fiel aber augenblicklich wieder in die Starre zurück.

„Ich werde dich hinaus begleiten." Er legte seinen Arm um sie und sie verließen das Zimmer.

Vor dem Museum standen sie sich gegenüber. Sie scharrte nervös mit einem Fuß auf dem Boden vor und zurück.

„Johanna, es tut mir unendlich leid. Ich werde dir das erklären." Er nahm sie in den Arm. Sie drückten sich und hielten sich fest.

„Aber ich kann dich mit diesen Männern alleine lassen, oder? Ich meine, sie werden dir nichts tun?"

Er strich sanft durch ihr Haar und gab ihr einen Kuss.

„Sie werden mir nichts tun."

Ein Taxi hielt an der Straße.

„Viktor hat wenigstens diesmal mitgedacht." Er stieß einen Seufzer aus.

„Wenn du Hilfe brauchst, melde dich."

„Danke." Er schaute ihr nach, bis das Taxi um die Ecke gebogen war. Dann ging er zurück.

Zwei peinlich berührte Gesichter blickten ihm entgegen, während Dräcker das Folterinstrument an der Wand eingehend untersuchte, das ihm ein Lächeln ins Gesicht trieb, was nichts Gutes verhieß.

„Jakob, es tut mir unendlich leid. Ich hab's vermasselt. Entschuldige bitte." Viktor war den Tränen nahe. Hätte der Soldat ihn jetzt gesehen, hätte er sich vermutlich vor Scham in ein tiefes Loch verkrochen. Aber er hatte sich bereits bei Viktors letzten Worten auf hoffnungsvollere Schlachtfelder verabschiedet.

„Ich möchte, dass Ihr mich jetzt alleine lasst. Alle! Ich werde heute nicht mehr mit Euch reden. Geht jetzt." Die Entschlossenheit, mit der er die Worte aussprach, ließ keinen Zweifel.

Nagelmann nickte ernst und ging Richtung Wandvorhang. Dräcker war ebenfalls bereit zu gehen. Die Gründe waren jedoch nicht anständiger Natur. In ihm war eine Idee gereift, die er für absolut grandios hielt.

Sie ließen Jakob und dessen ungewöhnliche Mitbewohner zurück.

Jakob vernahm aus einem dunklen Winkel des Raumes einen schmatzenden Laut und stellte fest, dass Lubowitz mit einem riesigen Knochen kämpfte, der ihm Ablenkung vor den unliebsamen Besuchern verschafft hatte. Er setzte sich neben ihn auf den Boden und starrte zum Abendmahl.

Viktor entließ Nagelmann und Dräcker aus dem Museum und machte kehrt. Er konnte jetzt unmöglich nach Hause gehen, schwerste Vorwürfe nagten an seinem Herz.

„Jakob?", nicht mehr als ein Hauch des Namens drang zu Jakob.

Er schaute auf und sah in Viktors verzweifeltes Gesicht.

„Bitte, Viktor. Ich will alleine sein. Das war ernst gemeint."

Das Herrische seines Tonfalls war verschwunden.

„Ich kann so nicht gehen. Es tut mir so leid. Ich würde es so gerne rückgängig machen. Bitte, lass uns nur kurz darüber reden." Viktors Anstand suchte nach Vergebung, seine Vernunft nach einer Flasche Schwarzwälder Kirsch.

Eigentlich sprach Jakob mit sich selbst.

„Ich liebe sie. Ja wirklich! Was soll jetzt werden?" Er schaute Lubowitz an, als könne dieser ihm die Antwort geben.

Lubowitz schaute betroffen und hilflos zurück, wandte sich dann aber wieder dem Knochen zu. Er hatte keine Erfahrungen auf dem Gebiet von Herzensangelegenheiten.

„Ich werde sie zurücklassen müssen. - Muss ich das wirklich?", sein Herz zog sich zusammen und ließ seinen Puls kurzzeitig gefrieren. „Warum eigentlich ich? Warum muss ich das Opfer sein? Ist es nicht doch ein Bauernopfer, dessen Preis viel zu hoch ist und dessen Verwirkung nichts bringt? Werden wir langfristig Erfolg haben? Ist es das alles wert?"

Viktor stellte den Kirsch und zwei Gläser vor ihn hin und setzte sich im Schneidersitz neben ihn.

„Hier", er reichte ihm ein Glas. „Weißt du, wenn eure Liebe so einzigartig ist, wie ich glaube, und ich habe euch ja heute erlebt, dann ist unser Plan wohl tatsächlich nicht mehr so wichtig." Er hob das Glas mit zittrigen Fingern.

Jakob schaute Viktor misstrauisch an, erkannte aber, dass dieser es tatsächlich ernst meinte. Sie tranken.

„In der Nacht, als bei mir ins Museum eingebrochen wurde, wurden meine letzten Zweifel beseitigt. Ich habe gemerkt, dass es nicht mehr geht. Dass ich dieses Leben so nicht mehr hinnehmen will. Das Fass war übergelaufen. Welcher angebliche Robin Hood auch immer die Schamlosigkeit besaß, zu versuchen, diese Stätte zu entweihen: er hat mich bestärkt, dass ich den Sittenverfall nicht länger tatenlos hinnehmen kann. Der Einbruch hier hat meine Vernunft bestärkt, dass es nicht mehr so weiter geht in diesem Land, in dem selbst antike Heiligtümer die Aura der Unverletzlichkeit verloren haben. So hoch der Preis auch ist: deshalb hatte ich mich entschieden, trotz Johanna die Sache mit euch durchzustehen." Er legte eine kurze Pause ein, die sein Hals verfluchte, da er wieder von den Fingern gequält wurde. Nach einem Dutzend Kratzspuren fuhr Jakob fort, „Aber du machst es mir wirklich nicht leicht. Musstest du meinen ersten und letzten Tag mit Johanna zerstören? Und mir darüber hinaus Dräcker auf den Hals jagen? Was hast du dir dabei gedacht?" Er ahnte, was Viktor sich dabei gedacht hatte. Schließlich hatte er ihm selbst immer wieder Hartnäckigkeit gepredigt.

Viktor wollte vermeiden, den Soldaten ins Spiel zu bringen, der sein Denken zeitweilig übernommen hatte.

„Wahrscheinlich nicht viel", gab er zu. „Es war gut gemeint, ich dachte, ich müsste dich vor dir beschützen oder so was ähnliches." Er schaute unsicher in das Schnapsglas, das der erneuten Auffüllung bedurfte.

„Schon gut." Jakob war traurig.

„Ich meine es ernst, Jakob. Johanna ist einmalig. Du solltest sie nicht aufs Spiel setzen! Und die Sache können wir immer noch mal irgendwann durchziehen. Sie läuft uns nicht weg! Vielleicht sollte es auch so sein: Vielleicht hast du diese Frau aus irgendeinem Grund genau zu diesem Zeitpunkt kennengelernt! Ohne Zufall. Vielleicht war es so was wie Bestimmung!" Im Gegensatz zu Jakob hätte Johanna das gerne gehört.

„Ach, hör doch auf!" Er starrte an die Decke und bemerkte, dass Jesus kurz zu ihm herunter blinzelte.

„Ich brauch' noch einen!", er streckte Viktor das leere Glas entgegen. Es nahm ihm die Einsamkeit, dass sein engster Vertrauter endlich einsah, was für einer Frau er begegnet war.

Sein Freund ließ nicht locker.

„Überleg' es dir noch mal. Ich meine mit Johanna. Fahrt ein paar Wochen irgendwohin! Einfach weg. Dann können wir immer noch sehen."

Er hatte tatsächlich verstanden, dass Johanna einzigartig war! Diese Erkenntnis nicht mehr alleine tragen zu müssen, in Kombination mit dem Schwarzwälder Trunk bescherten Jakob tiefen Trost: Wenigstens einer auf der Welt wusste nun, wie hoch der Preis ihres Plans geworden war. Das brachte ihm die Durchführung ihres Vorhabens wieder näher.

„Habt Ihr denn schon angefangen, alles vorzubereiten?"

Viktor schaute ihn verwundert an.

„Die Vorbereitungen laufen nach Plan. Aber vergiss das doch jetzt! Noch können wir alles rückgängig machen."

„Oh je, Viktor! Johanna hat es dir auch ganz schön angetan, was?" Er lachte.

Viktor wurde rot, lächelte gequält und wandte seinen Blick weg in Richtung der Tauben. Als spreche er zu ihnen, fragte er, „Nimmst du es mir noch übel? Ich meine, den versauten Abend?"

Jakob holte tief Luft. „Er ist nicht zu wiederholen. Es war unser letzter Abend." Er kostete das schlechte Gewissen des Freundes noch ein bisschen aus.

Viktor nickte betroffen.

Jakobs Harmoniewille siegte. „Ich werde Johanna noch einmal sehen. Es wird zwar wahrscheinlich kein Abend sein, aber... Komm, genehmigen wir uns noch ein letztes Glas und dann gehen wir schlafen. Wir haben in den nächsten Tagen schließlich einiges vor!" Er fuhr sich mit den Händen durch die Haare.

„Mist!"

„Was ist?"

„Meine Haare brauchen schon wieder einen Schneider!" Jakob hasste Friseurbesuche mehr als den Zahnarzt. Er fühlte sich nirgends so unverstanden und ausgeliefert wie beim Friseur. Friseure schienen nicht seine Sprache zu sprechen und durch das Missverstehen wurde er seiner Meinung nach oft verunstaltet. Er war nie auf die Idee gekommen, dass seine zahlreichen Wirbel und seine kräftigen, zu Locken neigenden Haare schuld an dem Wirrwarr sein könnten, das ihm am Morgen im Spiegel entgegenkräuselte, wenn er sich zu lange vor einem Besuch gedrückt hatte.

Widerwillig ließ er verlauten: „Mach mir für morgen einen Termin, ja? Muss doch wenigstens gut aussehen bei

meinem Abgang." Er grinste und erntete erwartungsge-
mäß ein mitfühlendes Lächeln.

„Auf dich!" Viktor hob den Kirschschnaps als wiege er
zentnerschwer. Jakob hatte ihm verziehen. Die Anspannung fiel von ihm ab und verwandelte sich in entspannte
Langsamkeit.

Rühmliches und Weniger

Eine Tasse mit hellbrauner, dampfender Flüssigkeit, die in Mitteleuropa kaum als ernstzunehmendes Getränk gegolten hätte, stand vor Jakob auf dem Schreibtisch. Er nahm einen Schluck, konnte nichts Falsches am Geschmack entdecken - für ihn war es nun mal Kaffee – und wandte sich seinem allmorgendlichen Zeitungsleseritual zu.

Er war systematischer Querleser und besaß die Gabe, dass ein flüchtig schweifender Blick über die Zeilen genügte, um die Inhalte ins Gedächtnis aufzunehmen. Dank dieser Begabung brachte er es täglich auf sieben in- und zwei ausländische Zeitungen.

Er genoss die frühen Stunden des Tages, wenn er Ordnung in die neuesten Nachrichten brachte und abwog, welche Ereignisse von Bedeutung für seinen Tagesablauf waren.

Ein Artikel – gänzlich unpolitisch - verschaffte ihm heute ein seltsames Gefühl im Magen. Der Fund eines längst verschollen geglaubten Schwertes im Pergamonmuseum erregte die Gemüter der Presse. Er las langsamer als üblich. Schon bei den ersten Zeilen verspürte er ein Ziehen in der Herzgegend und bekam eine fröstelnde Gänsehaut, ohne den Grund dafür zu erkennen.

Ein lautes Poltern an seiner Tür schreckte ihn auf. Lubowitz lief zum Vorhang. Viktor konnte es also nicht sein, wunderte er sich.

An der geöffneten Tür konnte er nicht schnell genug realisieren, was geschah. Ein Körper beugte sich zu Lubowitz hinab. Sekunden später spürte er selbst wie ihm ein feuchtes Tuch vor Mund und Nase gedrückt wurde. Er sank augenblicklich auf die Knie und fiel in traumlosen Schlaf.

Johanna lief zum Bahnhof Zoo und erwarb im Zeitschriftenladen die Welttagespresse. Auf dem Rückweg nahm sie ein Taxi, das die riesigen Stapel Papier bewältigen konnte und sie nach Hause brachte. Sie ordnete die Artikel in einer großen Mappe und stellte zufrieden den Erfolg ihres Handelns fest. Selbst die Times gedachte mit einer halben Seite ihres Werks. Und obwohl der erwünschte Erfolg eingetreten war und sie für ausgiebigen Wirbel gesorgt hatte, klopften in ihrem Hinterkopf Erinnerungen an den gestrigen Abend an und trichterten ihr ein mulmiges Gefühl ein. Alles war so verworren, die Zusammenhänge undurchsichtig. Jakob schien in ernsten Schwierigkeiten zu stecken. Was diese Männer wohl vorhatten? Warum waren sie so versessen auf Jakobs Unterstützung? Fragen dieser Art drängten sich im Laufe des Tages immer wieder in den Vordergrund.

Dennoch verbrachte sie den überwiegenden Teil der Stunden erfolgreich damit, den frühzeitlichen Funden eine Herkunft und Funktion zuzuordnen.

Seine Gehirnmasse drückte sich von innen gegen die Außenwände. Im Kopf schien eine Straßenwalze die Hirnrinde entlangzufahren und einen Gedankengang zu asphaltieren. Außerdem schnürte ihm etwas Kaltes die Kehle zu. Jakob schlug die Augen auf. Er war an das mittelalterliche Foltergerät in seinem Zimmer gefesselt. Sein Hals steckte in dem in die Wand gedübelten Eisenring. Die Handgelenke waren ebenfalls in zwei kleinere Ringe in Höhe seines Halses an die Wand gekettet. Der Zustand war mehr als unkomfortabel. Jakobs Hals fand Gefallen an diesem Gerät. Zwar schnürte es die Luftzufuhr ab, aber es war nicht damit zu rechnen, dass Jakob in der nächsten Zeit Gelegenheit haben würde, ihn mit seinen Fingerspitzen zu malträtieren.

Er drehte seinen Kopf, so weit es ihm schmerzfrei möglich war, nach rechts, um den Eindringling, der ihm das angetan hatte, zu orten.

„Na? Das Chloroform genossen?" Dräcker grinste ihm breit entgegen, lief auf ihn zu und machte erst kurz vor Jakobs Gesicht Halt.

„Ihr Kaffee schmeckt scheußlich, lieber Mierscheid!"

„Sie sind ja wahnsinnig, Dräcker! Was soll das? Öffnen Sie sofort die Ringe!"

„Na, na! Nicht so ungeduldig! Das passt ja gar nicht zu Ihnen! Sie sind doch sonst die Geduld in Person, oder nicht?" Er hielt eine Peitsche in der Hand, die er knallen ließ.

„Wir sind hier nicht auf Haiti, Dräcker! Sie können mich hier nicht nach Herzenslust foltern und auspeitschen!"

„Keine Angst, das mit dem Peitschen werde ich lassen. Es sei denn..." Er grinste frech und ließ seine buschigen Augenbrauen von unten nach oben tanzen.

„Es sei denn - was?" Bevor Dräcker antworten konnte, fuhr Jakob fort, „Es sei denn, ich mache nicht mit?"

„Sehr klug!", lobte Dräcker. „Ich habe die Nase voll von Ihren Rechthabereien! Sie haben uns alle verrückt gemacht in den letzten Monaten. Jetzt gibt es kein Zurück mehr! Und sollten Sie das nicht einsehen – na ja, dann werden Sie es zu spüren bekommen." Er kicherte abstoßend.

Jakob stöhnte. „Ich glaube nicht, dass das der geeignete Weg ist, einen Menschen von einer Idee zu überzeugen. Sie sind fernab jeglichen Feingefühls und sozialen Verständnisses!"

„Sehen Sie, Mierscheid, ich reite ja nicht gerne auf alten Geschichten herum." Das war glatt gelogen. „Aber ich werde nicht vergessen, wie Sie mich 1984 im Bundestag angeschwärzt haben. Die Angelegenheit ging Sie überhaupt nichts an! Meine Abberufung zu fordern! Unverschämt! Damals hätte ich merken müssen, was für ein verbohrter, unzuverlässiger Mensch Sie sind!" Dräcker schnaufte vor Wut. „Aber diesmal kommen Sie nicht so einfach davon!"

„Das war selbstverschuldet! Ich konnte nicht zulassen, dass Sie die Außenhandelsbeziehungen der Bundesrepublik Deutschland derart stören!" Jakob wurde lauter. „Wie konnten Sie es wagen, anstatt den Gesandten des Finanzministeriums bei der damals geplanten Verkabelung von Santa d'Or zu unterstützen, den paarhufigen Schwanzwipper in der Wildbahn zu beobachten? Das war eine glatte Fehlinterpretation von Prioritäten!" Jakob konnte ungeordnete Zuständigkeiten nicht leiden.

„Pah! Der Forschungsauftrag über die paarhufigen Schwanzwipper kam von der Ostindischen Compagnie höchstselbst! Außerdem, wozu schickt die Republik noch einen Gesandten, wenn ich ihn dann in seine Arbeit weisen soll? Santa d'Or wurde anständig verkabelt, und zwar mit Hilfe deutscher Mittelstandsunternehmen! Aber was soll das, Sie haben sich überhaupt nicht in meine Angelegenheiten zu mischen! Was würden Sie sagen, wenn ich Ihnen einen Untersuchungsausschuss auf den Hals hetze?" Dräcker schrie. Die damaligen Anschuldigungen Mierscheids waren für Dräcker trotz der dazwischen liegenden Zeit gegenwärtig. Sein Stolz trug seinem Kollegen aus dem Bundestag die Kränkung noch nach.

„Dann würde ich annehmen, ich hätte möglicherweise einen schwerwiegenden Fehler begangen, den zu untersuchen dieser Ausschuss zu Recht verpflichtet ist!" Jakob rang nach Luft, fuhr aber fort. „Aber erklären Sie mir doch bitte, ob ich richtig in der Annahme gehe, dass es sich bei Ihrer Hauruckaktion hier nicht um die Durchsetzung unseres Vorhabens dreht, sondern vielmehr um die persönliche Befriedigung alter Rachegelüste? Ich meine, wir hätten bereits ausgiebig über diese Angelegenheit gesprochen. Auch dachte ich, dass bereits im Mai 1984 eine Aussöhnung zwischen uns stattgefunden hätte. Und unsere unzähligen Skatrunden! Spätestens seit unserer intensiven Zusammenarbeit in der Bewältigung des innerdeutschen Nord- Süd- Konflikts 1986 habe ich das Gefühl gehabt, uns verbinde nicht nur die Hingabe an höhere Aufgaben, sondern darüber hinaus auch so etwas wie Freundschaft! Beides muss ich allerdings ab dem heutigen Tage sehr in Zweifel ziehen!" Seine Stimme wurde kratzig. Der Eisenring schnürte zu sehr in der Gegend seiner Luftröhre.

„Unsinn! Natürlich geht es mir um unser Vorhaben. Nichts sonst! Aber Sie haben ja nichts Besseres zu tun, als sich zu verlieben! Mein Gott!" Dräcker schien auf einmal die Vorstellung, dass Mierscheid erkannte, wie sehr ihn die Angelegenheit damals gekränkt hatte, und dass diese Kränkung durchaus noch anhielt, sehr unsympathisch. Auf eine Art fühlte er sich bloßgestellt.

„Wie Sie wissen, konnte mir der Ausschuss damals nichts anhängen! Sie und die anderen haben ja auch keine Ahnung! Was wissen Sie schon vom paarhufigen Schwanzwipper? – Nichts!" Er stampfte mit dem Fuß kräftig auf.

„Also, Schwanzwipper oder Bundestag, worum geht es jetzt hier?" Jakob hechelte.

„Sie können nicht einfach unsere Abmachung vergessen! Sie sind an Ihr Wort gebunden! Aber wahrscheinlich bedeutet das Wort eines Jakob Mierscheid nicht besonders viel." Er sagte den letzten Satz betont beiläufig, als wolle er seine Enttäuschung über den wahren Charakter eines alten Freundes verbergen.

Jakob ließ sich nicht beeindrucken. „Dann gehen Sie und sehen Sie nach, was in der linken mittleren Schublade meines Schreibtischs liegt! Und dann nehmen Sie mir endlich die Fesseln ab! Oder wollen Sie mich jetzt die zwei Tage hier festhalten?"

Dräcker ging zum Schreibtisch. Seine Neugier kämpfte gegen die Vorsicht. Er selbst hätte niemals zugelassen, dass jemand an seinen Schreibtisch ging. Zu viel Anstößiges drohte entdeckt zu werden.

„Die Mittlere links?" Misstrauen schallte Jakob entgegen.

„Hm." Vorsichtig zog er die Schublade auf. „Papiere. Was sind das für Papiere?"

„Ich kann Ihnen gerade schlecht vorlesen. Ich bin unpässlich", aus Jakobs Worten klang Verachtung.

Dräcker zog die Papiere vorsichtig aus der Lade, als könne eine versteckte Mausefalle seine Fingerkuppen verletzen und setzte sich auf den Schreibtischstuhl. Er studierte schweigend die ersten Seiten.

Nach einer Weile entfuhr ihm ungewollt, „Großartig! Mierscheid, das ist großartig! Sie haben sie schon geschrieben!"

„Sicher habe ich das. Hätte ich sie geschrieben, wenn ich einen Rückzieher machen wollte? Und jetzt binden Sie mich los! Zum Teufel noch mal!" Ein Fluch, den Jakob niemals ausgesprochen hatte, und der die Feierlichkeiten der Gesellschaft an der Zimmerdecke kurzzeitig unterbrach. Sie hatten bis dato geglaubt, sich in guter Gesellschaft zu befinden.

Jakob schielte zur Decke und presste die Lippen zusammen. Eine unauffällige Entschuldigung.

„Ach, Mierscheid, Mierscheid! Wo ist der Schnaps? Wir müssen das begießen!" Dräckers Blick suchte nach Flaschen.

Jakob schrie. „Nehmen Sie mir sofort die Fesseln ab!" Er musste husten, da für die Lautstärke des Satzes infolge des Eisenrings am Hals zu wenig Luft vorhanden war.

Dräcker schien sich erst jetzt zu erinnern, dass er ihn an der Wand befestigt hatte. „Ah ja, komme!", flötete er und schraubte die Ringe los. Jakob fasste sich an den Hals und rieb seine Handgelenke.

„Sie sind vollkommen übergeschnappt, Dräcker!" Sein Hals bekam es mit der Angst zu tun. Würde jetzt ein die Nerven überfordernder Vortrag kommen?

„Kommen Sie, war doch gar nicht so schlimm! Schließlich ging es um höhere Aufgaben, wie Sie richtig festgestellt haben! Los, begraben wir unsere Kriegsbeile mit einem vernünftigen Schnaps! Legen wir unseren alten Streit bei!"

Jakob wusste, dass er einem Unbelehrbaren gegenüberstand und sparte sich den zum Scheitern verurteilten Versuch, diesem Mann das Unflätige seines Verhaltens zu erklären.

Die Wut Dräckers war verflogen. Nach dem fünften Schnaps wurde er rührselig und Jakob, die Tauben und der Eichelhäher erfuhren die Wahrheit über die paarhufigen Schwanzwipper von Santa d'Or.

Selbst Lubowitz, dem das Chloroform wesentlich schlechter bekommen war als Jakob, nahm Dräcker nichts übel. Im Traum war er einer sehr attraktiven und gebildeten Schäferhunddame begegnet.

Vereinigung

Johanna hatte die Nachricht bekommen, sie solle sich am Nachmittag im Ermeler-Haus am Märkischen Ufer einfinden. Jakob würde sie erwarten.

In der Eingangshalle des Hotels kam eine junge Frau vom Empfang auf sie zu und bat sie, sich in die Suite im obersten Stockwerk zu begeben.

Sie lief die großzügig geschwungene Treppe hinauf, und bewunderte das im Rokoko-Stil verzierte goldene Treppengeländer.

Jakob stand bereits erwartungsvoll in der Tür. Sein Hals zeigte eine striemenhafte Rötung.

Sie lächelte. „Ist das hier eine Art nachgeholtes Rendezvous mit garantierter Störungsfreiheit?"

Er gab ihr einen Kuss und bat sie einzutreten.

„Niemand weiß, wo ich mich derzeit befinde – geheime Mission!", lachte er und führte sie auf direktem Weg zur Terrasse, auf der eine Kaffeetafel eingedeckt war.

Johanna ging zur Brüstung und schaute das Ufer entlang. Die Aussicht erinnerte sie an einen alten französischen Straßenzug, mit seinen klassizistischen pastellfarbenen Fassaden, den vierarmigen Laternen, dem Kanal, der irgendwo in die Ferne führte und an dem ein Schiff bereit lag abzulegen und sie mitzunehmen.

Sie liebte den Blick über die Dächer und seufzte.

„Wie viel Zeit bleibt uns noch?"

Er lächelte traurig, nahm sie in den Arm und hielt sie fest.

„Ich", sein Blick war ernst, „ich muss dir etwas sagen."

Die Pause schien ihr zu lang zu sein, um etwas Gutes erwarten zu lassen.

„Ich habe niemals zuvor eine Frau wie dich getroffen."

Sie schaukelte mit einem Bein nervös hin und her. Wie mit Geschenken, konnte sie auch mit Komplimenten schwer umgehen.

„Dich umgibt ein Geheimnis", fuhr er fort, „das um dein Dasein Fäden einer alten Seele gesponnen hat. Es gibt solche Menschen mit alten Seelen - zu denen gehörst du wohl." Er lächelte in ihre braunen Augen. „Du strahlst Wissen und Besonnenheit aus, und hast dir die Lebensfreude bewahrt, die dich manches Mal aus der Haut fahren lässt, wenn dein Weltbild gestört wird. Du stehst dem Leben aus deiner Gewissheit und Erkenntnis heraus gelassen gegenüber und hast dadurch ein Lachen gewonnen, das einzigartig ist. Nie zuvor bin ich jemandem wie dir begegnet, und ich bin unendlich dankbar, dass wir uns kennengelernt haben." Er seufzte. „Nichts stünde mir näher, als mein Leben mit dir zu verbringen. Ich möchte, dass du das weißt." Er machte eine schmerzvolle Pause.

Johannas Neugier und ihr Vertrauen, das genug hatte von endlosen Fragen, veranstalteten ein Tauziehen um den Vorrang zwischen der Erwartung auf das ‚Aber', das würde kommen müssen, und der Faszination über den tiefen Einblick, den er in ihr Wesen hatte.

„Aber weißt du, Johanna, es gibt immer zwei Wahrheiten." Er hielt wieder inne. Es tat weh. Und dennoch kamen seine Hände nicht in die Versuchung, sie loszulassen.

„Hm." Sie brauchte eine kurze Unterbrechung. „Und was ist die zweite Wahrheit?" Sie ahnte, dass etwas Schmerzliches nahte, dennoch klang ihre Stimme fest.

„Ich muss den Weg gehen, der mir bestimmt ist." Er sprach außergewöhnlich langsam, als wolle er die Entscheidung, die längst gefallen war, noch einmal hinauszögern.

„Wie tötet man ein Phantom, Johanna? Weißt du eine Antwort auf diese Frage?"

„Man kann es nicht töten." Sie verstand nicht, warum sie so schnell gekontert hatte, irgendetwas in ihr hielt die Antwort für richtig. Das Gespräch zog ihr allmählich die Kraft aus den Gliedern. Kurzzeitig schaltete sich ihre Nikotinsucht ein und verlangte nach Rauchwaren, wurde aber nicht erhört.

„Ein Phantom lässt sich durch die Realisation seiner Selbst zerstören." Die Worte Jakobs schienen ihr tonlos zu sein, fremd. Er war weit weg. „Ich möchte nur, dass du mich verstehst, Johanna. Irgendwann, wenn Fragen kommen. Sie werden kommen."

Sie stellte keine Fragen. Ihr war klar, er würde ihr soviel sagen, wie er es für richtig hielt.

Er fuhr fort. „Du hast einmal gesagt, es gäbe keine Wahl zwischen einem großen Vorhaben und der Liebe, dem Leben. Ich glaube, du hattest Recht. So schmerzhaft und ungemütlich diese Wahrheit ist. Und ich weiß nicht, was der da oben", er deutete mit einem erheiterten Blick ins Blau, „mit unserer Begegnung bezweckt. Viktor jedenfalls meint, dass es irgendeinen höheren Sinn machen würde. Und wie ich dich kenne, glaubst du das auch." Er hielt kurz inne und lächelte wieder. „Und da ihr auch richtig liegen müsst, was meine Kaffeekünste angeht – selbst Dräcker fand meinen Kaffee scheußlich – habt ihr vielleicht auch in diesem Punkt recht. Ich weiß es nicht." Er zog die rechte Schulter kurz in die Höhe und blickte sie unsicher an. Sein Glaube hatte sich bisher nicht bis in die Schicksalsdeutungen hineindrängen lassen. Dennoch stellte ihm eine Ahnung die Frage, ob nicht doch Dinge hinter den Dingen verborgen lagen, die er bisher nicht imstande gewesen war zu sehen, weil er sich ihnen verweigerte. Andererseits drängte seine Vernunft ihn, diese gedanklichen Abwege auch als solche zu erkennen, da sie wohl nur aus der Sehnsucht nach einer sinnvollen

Erklärung entstanden waren, die den Schmerz lindern sollte.

Seine Hände zogen ihre Taille fester zu sich. Er schaute wieder über die Dächer in die Ferne.

Sie starrte auf einen Punkt in der Luft, den es nicht gab. „Wolkenschieber", flüsterte sie dem von ihr fixierten Nichts entgegen.

„Du meinst ich schiebe die Wolken vor mir her, um zu jeder Zeit im Schatten zu stehen? Pessimistisch? Nein, du irrst dich."

„Wir schieben die Wolken beide weg, um im Licht zu stehen." Sie trug ein Lächeln in den Augen, ohne ihren Blick von der Ferne abzuwenden. Sie war so ruhig; zu ruhig. Irgendetwas in ihr legte ihr das Gefühl nahe, traurig zu sein, irgendetwas Endgültiges lag in der Luft. Sie war sich dessen nicht bewusst, es war nur ein seltsames Gefühl.

Nachdem der Himmel infolge ihrer Blicke einige Löcher aufwies, drehte Jakob sie sanft zu sich. Sie schauten sich an, traurig, und küssten sich.

Jakobs Knie hielten stand, bis zu dem Zeitpunkt, als sie auf dem viktorianischen Bett nicht mehr der Hauptsache dienen mussten.

DER 23. MAI

Es war noch dunkel, als Jakob aus dem Ermeler-Haus schlich. Er hatte sich kaum von dem Anblick ihres schlafenden Gesichts lösen können, bis seine innere Uhr ihm letztmalig befahl, Johanna zu verlassen. Die wundervolle Nacht, die sie gemeinsam verbracht hatten, machte es ihm beinahe unmöglich zu begreifen, dass es die letzte gewesen war. Sie merkte nicht, dass er Bett und Raum verlassen hatte und dass alles, was ihr verblieb, eine Rose auf seinem Kopfkissen war.

Jakob bestieg das knallrote Ruderboot, nachdem er sich von einem Taxi zur Lutherbrücke am Schloss Bellevue hatte fahren lassen.

Für ihn kam es einer Mutprobe gleich, einsam ein Boot zu besteigen. Schwimmen gehörte nicht zu seinen herausragenden Begabungen, er bevorzugte daher festen Boden unter den Füßen. Zwar liebte er Wasser, wenn es kräuselnd sich selbst in der Sonne in Millionen kleinen Spiegeln reflektierte. Aber den Anblick genoss er lieber vom sicheren Ufer aus, zumal alles, was in diesem Moment reflektierte, unheimliche Lichter vereinzelter Laternen auf der schwarzen Oberfläche der Spree waren. Dennoch: er hatte diesen Weg selbst gewählt, es schien ihm stilgerecht zu sein, vor dem Haus des Bundespräsidenten loszufahren.

Sein Weg führte ihn an der Schwangeren Auster vorbei. Das gleichmäßige Geräusch der Ruderschläge auf das Wasser erinnerte ihn an das Pendel einer schweren Standuhr. Mit jedem Schlag verkürzte er sein Dasein.

Jakob hielt es für ratsam, eine Mauer um die Wunschgestalt Johanna zu ziehen und kämpfte gegen jegliche sehnsüchtige oder reuevolle Gefühle. Es gelang nicht die gesamte Fahrt. Erst zwei Tage waren vergangen, seit er mit ihr diese Strecke entlang gefahren war und es schien ihm, als sei das ein halbes Leben weit weg und zugleich seine Gegenwart.

Er würde das Wasser vermissen, das Licht, Johanna, ob als Robbe auf einem Barhocker – der Gedanke trieb ihm aller Wehmut zum Trotz ein Lächeln ins Gesicht - oder als die Frau, der zu begegnen er sich niemals zu erträumen gewagt hatte; sein Haus in Morbach - es würde bei ihr gut aufgehoben sein; die Skatrunden mit Nagelmann, Dräcker und Viktor; das Briefeschreiben und Einmischen in politische Fragwürdigkeiten.

Ein mahnender Zeigefinger, das war er gewesen! Das war der Sinn seiner Existenz. Niemand anders würde diese Aufgabe erfüllen können. Niemals!

So traurig das war, so gab es ihm gleichzeitig das gute Gefühl, unersetzbar zu sein. Sein Stolz führte ihn über diese Gedanken geschickt zu der Überzeugung zurück, dass gerade aus der Position heraus, einzigartig zu sein, nur er das heutige Werk würde vollbringen können, und trug ihn mit Schwung um die letzte Biegung der Spree vor dem Reichstaggebäude.

Viktor, Dräcker und Nagelmann rollten riesige Schläuche durch die Gänge, an den Wänden entlang bis hin zu den Ausgängen des Saales, dass sie nicht sofort auffielen.

Ein heimliches Manöver, eine Übung für den Ernstfall – das hatten sie dem Wachpersonal mitgeteilt, belegt durch allerlei Dokumente und Papiere, unterzeichnet von höchster Stelle.

Dräcker war aus einer gewissen Euphorie heraus zuvorkommend und hilfsbereit wie nie. Lubowitz hechelte von einem zum anderen, fand alles wahnsinnig aufregend, er spürte das Adrenalin, das in der Luft lag, und versuchte es mit seinem Maul aufzuschnappen.

In der Nacht hatten sie gemeinsam die Dokumente an die entsprechenden Stellen gehängt und mit Tüchern verdeckt. Eingeweihte Mitstreiter wachten, dass niemand vor der Zeit auch nur eine Zeile zu Gesicht bekäme.

Die Sonne kitzelte Johannas Nase. Ein Niesen weckte sie aus einem seltsamen Traum: Sie war mit Jakob am Strand einer Insel entlang gelaufen, weit weg, ohne Aufgaben, ohne jeglichen Druck. Robben sonnten sich auf Felsblöcken und ließen sich hier und da elegant über die nassen Steine ins Meer gleiten. Johanna und Jakob begannen ein Spiel, das zu gewinnen unmöglich schien: Sie warfen flache Steine ins Wasser und versuchten, sie trotz der Uferwellen zum mehrmaligen Springen auf der Wasseroberfläche zu bringen. Die Wellen schlugen zu hoch, um die Steine tanzen zu lassen. Dennoch blieben sie unermüdlich, lachten und versuchten es erneut.

Sie entdeckte die Rose neben ihrem Kopf. Sie war rot. Ihr Schalk fragte sich, ob die Farbe der Rose etwas mit Jakobs Gefühlen zu ihr oder eher mit seiner politischen Gesinnung zu tun hatte.

Die Nacht war wundervoll gewesen, sie fühlte sich erfüllt. Ihre Sehnsucht nach einem anderen Leben war durch die Begegnung mit Jakob erstmalig geschrumpft.

Trotzdem zwackte in ihr eine leise Unsicherheit, um sich Geltung zu verschaffen. Sie hatte Jakob am gestrigen Abend ihre Gefühle nicht so offenbart, wie er es ihr gegenüber getan hatte. Sicher wusste er, dass sie ihm mehr als bloße Sympathie entgegenbrachte, wesentlich mehr. Aber irgendetwas in ihr piekte so lange weiter, bis sie zu der Überzeugung gelangte, dass das, was sie momentan empfand, Reue sein müsse. Johanna hatte niemals zuvor etwas bereut.

Jetzt bereute sie, ihm nicht offen gesagt zu haben, was sie für ihn empfand. Reue war für sie ein so neuartiges Gefühl, dass sie sich fragte, was es für eine Ursache hatte. Bilder vermischten sich mit Worten des gestrigen Abends. Ihr Herz drückte unsanft an ihre Brust und erschwerte ihr das Atmen.

Das Gespräch mit Jakob hatte etwas Endgültiges gehabt. Eine Art Abschied ins Ungewisse. Sein letzter Blick, den er ihr zugeworfen hatte; ihr schien, als sei es ein Blick gewesen, durch den er sich ihres Anblicks noch einmal habe vergewissern wollen, um sie in seiner Erinnerung nicht zu vergessen. Ein Blick für immer. Sie kannte diesen Blick. Ein Freund hatte ihr einen solchen vor langer Zeit zugeworfen und war nie mehr zurückgekehrt. Es gab Menschen, das hatte sie erfahren, die wussten, wann der Vorhang für sie fiel, das Spiel zu Ende war. So ein Blick Jakobs hatte sie getroffen, war ihr durch die Haut den Nacken hochgefahren. Ob die Entscheidung zu gehen freiwillig oder unter Zwang erfolgte, war gleichgültig. Diesen letzten Blick würde sie niemals verwechseln. Sie hatte gestern dem Zusammensein den Vorrang gegeben und daher keine Bewertung dieses Blickes zugelassen.

Und sie hatte ihm nicht gesagt, dass sie ihn liebte.

Jakob erreichte die hintere Seite des Reichstags. Seine Muskeln begannen zu ziehen, sie waren derartige Ertüchtigungen nicht gewohnt. Er hielt inne und schaute auf die Uhr: dreißig Minuten nach Sieben. Er lag gut in der Zeit, dachte er, die anderen würden ihre Positionen bereits bezogen haben.

Er machte das Ruderboot unter der Brücke fest, die von einem Abgeordnetengebäude über die Spree zu dem neben dem Reichstag liegenden Paul-Löbe-Haus führte.

'Mierscheid-Brücke' hatte Johanna als Benennung vor-
geschlagen!, lächelte er, und ging mit feierlichen Schritten,
erhobenen Hauptes über die Brücke. Er trat durch den
Hintereingang in das Paul-Löbe-Haus, begab sich in den
Keller und erreichte durch einen unterirdischen Gang den
Reichstag.

Johanna gelangte mit dem unguten Gefühl, das der Abschied von Jakob bei ihr hinterlassen hatte, zu ihrem Haus.
Aus dem Briefkasten ragte ein auffälliger Umschlag. Der
Postbote konnte unmöglich um diese Uhrzeit schon dage-
wesen sein, dachte sie.

Als Absender firmierte ein Notariat. Sie spürte, dass dieser Brief Bedeutendes in sich verbarg. Sie rannte die Stufen zu ihrer Wohnung hoch, ihre zittrigen Finger brauchten eine Ewigkeit, um die Tür aufzuschließen.

In der Wohnung ließ sie augenblicklich Tasche, Schlüssel
und Mantel fallen und riss den Umschlag auf.

Auf dem Briefbogen einer renommierten Kanzlei auf
dem Ku'damm stand geschrieben, dass sie das Haus von
Jakob Maria Mierscheid, Auf den Höhen 11, in 54497
Morbach im Hunsrück geschenkt bekam unter der Bedin-
gung, dass sie dort innerhalb der nächsten vier Wochen
einen Baum pflanzen und diesen Ort wenigstens einmal im
Jahr aufsuchen werde.

Sie starrte auf die Zeilen und die beiliegende Fotografie
des Hauses, das sie aus dem Buch über Mierscheid kannte.
Wie kam Jakob an dieses Haus? Der Brief schien echt zu
sein. Hatte er tatsächlich die ganze Zeit die Wahrheit gesagt über sich? Konnte es sein? Sie spürte einen plötzli-
chen Druck hinter den Augen. Er hatte sich tatsächlich für
immer von ihr verabschiedet. War das möglich? Was hatte
er vor? Warum jetzt? Warum überhaupt? Was hatte diese
Frage auf sich gehabt, wie man ein Phantom tötet? Woran

sollte sie denken, wenn die Fragen kämen? Was hatte er gemeint?

Sie lief in ihrer Wohnung nervös hin und her, zupfte hier und da an einem Kissen oder wischte unbewusst mit ihrer Hand Staub von einem Möbelstück. Ihr Hals fand das wesentlich angenehmer als die Angewohnheit, die er bei Jakob beobachtet hatte.

Jakob vermachte ihr seinen Rückzugsort, schenkte ihr sein Zuhause! Da sollte sie anknüpfen, um auch ein Zuhause zu bekommen! Hatte er denn nicht begriffen, dass sie in den letzten Tagen ihr Zuhause gefunden hatte? Sie wusste, er hatte. Irgendetwas war stärker gewesen. Aber was? Sie versuchte, Andeutungen in ihren Gesprächen aus ihrem Gedächtnis hervorzukramen. Es gelang ihr nicht, sie in eine Ordnung zu bringen.

Plötzlich schlug das Fenster auf, die Vorhänge stoben senkrecht in die Höhe und stießen dabei das Radio auf der Anrichte um, das laut auf den Boden knallte und plötzlich Töne von sich gab.

Nach einer Schrecksekunde erwartete Johanna von der Moderatorenstimme die Erklärung für die Unordnung in ihrem Leben. Warum sonst hätte sich das Radio selbständig gemacht? Eine Weile wurden einige Wetterprognosen, Verkehrsnachrichten und Radarfallen erörtert.

Sie blieb erwartungsvoll neben dem Radio stehen.

Was sie dann hörte, mochte sie nicht glauben. Es warf alle Erfahrung ihres langen Daseins in Zweifel. Sie faltete ihre Hände und hielt inne. Ihre Gedanken rasten von einem Gespräch mit Jakob zum nächsten, suchten eine Verbindung. Eine höhere Macht vermochte ihr in diesem Augenblick nicht zu helfen.

Als fahre sie in der Mitte eines Sees im Kreis Schlittschuh, immer schneller und schneller werdend, in dem Wissen, dass nur in diesem kleinen Kreis das Eis sie halten werde.

Die Kraft der Geschwindigkeit trieb sie weiter und weiter nach außen an die rissigen Stellen.

Ihr wurde schwindelig. Ein kurzer Schrei verließ ihre Lippen und riss sie aus ihrem Gedankenkreis heraus.

HÖHERE AUFGABEN

Jakob ging über den Lichthof Nord in Richtung der
Wandelhalle und stieg die Stufen zum ersten Obergeschoss
hinauf.
Er hörte das Geräusch seiner Absätze auf dem Steinbo-
den. Jeder Schritt, ein Schritt hin zu dem Werk seines Lebens.
Er war überzeugt, ihr Vorhaben würde gelingen. In seinem Innersten mengten sich allerhand Gefühlsregungen;
von Anspannung bis hin zu völliger Gelassenheit war alles
in Bewegung. Feuchte Perlen bedeckten die Innenflächen
seiner Hände.
Er empfand die Atmosphäre heute feierlicher als sonst.
Dieses Gebäude hatte im Laufe seiner Geschichte schon
viel gesehen, und er fragte sich, was die Wände von dem
heutigen Tag erzählen würden. Er lächelte, nahm ein Stück
Kreide aus seiner Innentasche und schrieb seinen Namen
in Sütterlinschrift auf eine Betonsäule an der Treppe, im
Gedenken an die russischen Soldaten, die sich nach ihrem
Sieg vor gut sechzig Jahren an den Wänden des Reichstags
verewigt hatten. Und zum ersten Mal an diesem Tag rührte
sich ein Gefühl der Vorfreude in ihm; in Erwartung dessen, was geschehen würde.

Vor dem Eingang des Plenarsaals atmete er tief ein, schaute dem Bundesadler, der seine Flügel weit aufgeschwungen
hatte, in die Augen; ließ einen Blick durch den noch leeren
Raum streifen, bis er an dem Rednerpult haften blieb.
Viktor holte Jakob aus den Gedanken, lief auf ihn zu
und umarmte ihn.
„Jakob!", Viktor seufzte schwer. Er nahm das eine Ende
von Jakobs rotem Schal und ließ ihn durch seine Finger
gleiten. Jakob empfand diese liebevolle und hilflose Geste

seines Freundes als unangenehm. Es bedeutete Abschied nehmen. Er hüstelte.

Sie sahen sich in die Augen. Es gab kaum Worte, die hätten ausdrücken können, was sie empfanden.

„Werd' dich verdammt vermissen!" Eine Träne kämpfte sich aus Viktors Auge in die Freiheit.

Jakob drückte seinen treuen Weggefährten noch einmal kräftig und forderte dann mit energischer Stimme:

„Los! Wird Zeit jetzt! Habt ihr die Vitrine aufbekommen?"

Dräcker hielt ihm ein schwarz eingebundenes Buch hin.

„Viel Freude damit!", grinste er. „Das heilige Stück! Ich freu' mich so!" Er rieb sich die Hände. „Das gibt einen Spaß!"

Jakob lächelte ihn an, irgendwie mochte er diesen alten Kauz doch sehr.

Nagelmann trat auf Jakob zu und verbeugte sich.

„Sie haben meinen größten Respekt. Egal was jetzt passiert. Ich danke Ihnen! Ich werde Ihr Andenken in Ehren halten!"

Jakob nickte.

Lubowitz kam angelaufen, winselte Jakob zu und erhielt von ihm einen liebevollen Klaps.

„Du passt auf ihn auf und behandelst ihn gut, ja?"

Viktor nickte betreten.

„Die von der Presse sind schon da! Und unsere Mitstreiter auch!", triumphierte Dräcker mit einem Blick zu den stützenfreien Tribünen an der Westseite des Saales. Dutzende Journalisten waren damit beschäftigt, sich und ihr technisches Gerät zu versammeln.

Auch einige der Herren, die bei dem heimlichen Treffen in dem Haus mit der Uhr teilgenommen hatten, die die Staatsverschuldung Deutschlands zählte, waren anwesend.

„Sie schweben so schön symbolisch dicht über den Köpfen der Abgeordneten, die Herren und Damen Vertreter der Presse! Ihre Damoklesschwerter sind ihre Kameras und Mikrophone, die sie mitlaufen lassen werden. Ist das nicht herrlich?" Dräcker war begeistert.

„Heute sind sie uns mal von Nutzen, aber ich hätte auch mit denen eigentlich ernste Worte zu wechseln gehabt!"

„Pah! Liebster Mierscheid, es geht eben nicht alles!", entgegnete Dräcker fröhlich.

Der Raum füllte sich langsam. Die Vier verabschiedeten sich voneinander mit langen, bedeutungsvollen Blicken und gingen auseinander.

Auch die Vertreter des Präsidiums hatten bereits ihre Plätze eingenommen.

Dräcker und Nagelmann liefen zum Bundestagspräsidenten, wechselten einige ernsthafte Worte mit ihm und brachten ihn schließlich mit Lubowitz Hilfe zu einer durchaus nicht freiwilligen Mitarbeit. Seine Füße banden sie an den Stuhlbeinen fest.

Danach bezogen sie ihre Plätze an den Ausgängen des Plenarsaals. Viktor bewachte den Haupteingang der Abgeordneten im Ostteil des Saals, Nagelmann und Dräcker die Nebeneingänge an den Schmalseiten. Als sich die Türen schlossen und die Abgeordneten und Regierungsvertreter zum größten Teil ihre Plätze aufgesucht hatten, packten die drei Gehilfen Jakobs die Enden der Feuerwehrschläuche.

Jakob ging zum Rednerpult und legte seine Notizen vor sich hin. Er würde sie nicht benötigen, es war alles in seinem Kopf und dennoch: er wollte sichergehen.

Seine Hände stützten sich auf das Rednerpult.

Jakobs Blut pulsierte schneller als gewöhnlich durch die Adern, und trotz der vielen Augenpaare, die sich auf ihn richteten, war er hoch konzentriert in sich versunken und gab dem Präsidenten ein Zeichen, dieser möge für Ruhe sorgen.

Jakob atmete tief ein und begann seine erste Rede im Deutschen Bundestag.

„La révolution c'est moi! – Die Umwälzung bin ich!

Ich darf mich kurz vorstellen, Sie kennen mich alle, haben viel von mir gehört und gelesen, gesehen aber haben Sie mich bisher nicht. - Ich bin Jakob Mierscheid!"

Ein Gelächter zog durch alle Fraktionen des Saales.

„Meine Damen und Herren Abgeordnete, das Lachen wird Ihnen noch vergehen!" Jakob lächelte eisig. „Das ist ein Unglück der Könige, dass sie die Wahrheit nicht hören wollen! Nun werden Sie aber heute zuhören müssen - die Ausgänge sind bewacht!"

Einige Abgeordnete entdeckten die mit Feuerwehrschläuchen bestückten Freunde Mierscheids, nahmen die Situation aber nicht besonders ernst.

„Darüber hinaus denke ich aber auch, ein jeder hier im Saal sollte ein Interesse an dem haben, was ich zu sagen habe! Jemand hat mal von mir behauptet, ich sei der Ausdruck der nicht resignierenden Hoffnung, die Grenzen der gesellschaftlichen Veränderungsmöglichkeiten immer wieder um ein Geringes erweitern zu können! - Meine Person werde also mit der Hoffnung verknüpft, gesellschaftlichen und politischen Veränderungen den Weg zu ebnen."

Jakob ließ sich von dem amüsierten Getuschel einiger Anwesenden nicht aus der Ruhe bringen.

„In einer Erklärung zu meiner Person, die ich noch zu Bonner Zeiten abgab, da es mir zum damaligen Zeitpunkt notwendig erschien, habe ich offen bedauert, dass ausge-

rechnet ich, als - zumindest bei einigen hier im Saal - ange-
zweifelte Existenz, der Träger dieser Hoffnung auf Veränderung sein muss und dass das nicht an mir liegt, sondern
an den Verhältnissen, deren Produkt ich bin! Ich hoffte
bereits damals auf einen gesellschaftspolitischen Wandel,
der meine Existenz etwas weniger notwendig machen würde. Der Wandel kam nicht, vielmehr die Resignation und
mit der Resignation die Stagnation in diesem Land. Ich habe
auch einmal gesagt, wir – und damit meinte ich meine verehrten Kollegen Dräcker und Nagelmann aus den anderen
beiden Gewalten – wir werden gehört, weil wir nicht gesehen werden. Nun sehen Sie mich, und es wird das erste
und zugleich letzte Mal sein! Ich musste mich zu erkennen
geben, da wir in diesem Land an einem Punkt angelangt
sind, an dem es Jakob Mierscheid nicht mehr genügt, blo-
ßer Hoffnungsträger zu sein! - Fortan, meine Damen und
Herren, werde ich die Umwälzung sein!"

Wieder durchlief ein Raunen den Saal, einige der Anwesenden warfen sich amüsierte Blicke zu, bis wieder erwar-
tungsvolle Stille eintrat.

Jakob schlug das in schwarzes Leder eingebundene Do-
kument auf:

„Im Bewusstsein seiner Verantwortung vor Gott und den
Menschen haben wir Deutsche uns am heutigen Tage vor
mehr als einem halben Jahrhundert eine Verfassung gegeben, in deren Präambel das gesamte Deutsche Volk aufge-
fordert bleibt, in freier Selbstbestimmung die Einheit und
Freiheit Deutschlands zu vollenden! In dieser Verfassung!"
Er hielt das Originaldokument in die Höhe, das Viktor aus
seiner gläsernen Vitrine im westlichen Besucherbereich des
Reichstags befreit hatte, was ein erstauntes und teilweise
empörtes Gemurmel im Saal provozierte.

Ein Abgeordneter erhob sich und rief: „Was soll das?
Herr Präsident, was ist hier los?"

Der Bundestagspräsident saß nur stumm auf seinem Stuhl und winkte mit einer Hand ab, was unmissverständlich bedeuten sollte, der Herr möge schweigen und sich wieder setzen, was dieser auch tat.

Es war nicht allein Lubowitz, der den Präsidenten in Schach hielt. Vielmehr wirkten Dräckers drohende Worte fort, und er war gewillt, die Rede dieses Mannes, wer auch immer er war, bis zum Ende ungestört zuzulassen, um größeres, angedrohtes Unglück zu verhindern.

Der Präsident ahnte nicht, dass Lubowitz viel zu gut erzogen war; dass er in Gesellschaft Jesu und seiner Jünger lebte und ihm sein Anstand daher verboten hätte, gegenüber Menschen Gewalt anzuwenden.

Jakob fuhr fort.

„In Artikel 20 dieser Verfassung also stellten wir damals fest, dass die Bundesrepublik Deutschland ein demokratischer und sozialer Bundesstaat ist und weiter, dass der Begriff ‚demokratisch‘ so zu verstehen ist, dass alle Staatsgewalt vom Volke ausgeht."

Jakobs Blick machte die Runde. Er sah in gespannte und teilweise amüsierte Gesichter, bemerkte aber beruhigt die Aufmerksamkeit, mit denen man seinen Worten folgte.

„Meine Damen und Herren, hierüber liegt der Mantel des Vergessens. Kann sich noch jemand erinnern, was für einen Eid wir als Abgeordnete geleistet haben? Welcher Verpflichtung wir uns unterworfen haben? Nun, ich will es Ihnen in Erinnerung rufen! Unser Bundestag hier setzt sich nach Willen dieser Verfassung aus Vertretern des ganzen Volkes zusammen, die - und hier liegt die Krux - an Aufträge und Weisungen nicht gebunden und nur ihrem Gewissen unterworfen sind!" Jakob machte eine bedeutungsvolle Pause, die durch kein Geräusch im Plenarsaal unterbrochen wurde.

„Wenn aber das Gewissen nun aus Phrasen besteht, also bloße Hülle ist, wenn nicht mehr Moral und Anstand, treue Fürsorge und Pflichtbewusstsein gegenüber unserer Berufung dieses Gewissen ausmachen und das Denken und Handeln der Mitglieder dieses Hauses bestimmen, dann, meine Damen und Herren, ist unsere Demokratie stark gefährdet!" Jakobs Tonfall machte Eindruck auf die Anwesenden. Seine Worte ließen Leidenschaft und Energie spüren. Für den Augenblick wagte daher niemand, ihm zu widersprechen.

„Heute verweigert ein Abgeordneter nicht mehr seine Stimme, weil er ein Gewissen hat! Darum, weil er als Abgeordneter seine Rechte gut kennt und weiß, dass er nur seinem Gewissen unterworfen ist! Heute, meine Damen und Herren Abgeordnete, heute wirft der Abgeordnete sich den Mantel der Unterwerfung über, er unterwirft sich dem Zweck - zum eigenen Fortkommen und Vorteil!

„Frechheit!", schrie einer dazwischen, dessen Restgewissen sich angesprochen fühlte.

„Es ist die Wahrheit, und ich bin so frech, wenn Sie das so formulieren möchten, diese Wahrheit auszusprechen!" Jakob lächelte eisig und brachte einige begriffsstutzige Abgeordnete zum Lachen.

„Über Deutschland leuchten dieser Tage Häupter, die nicht mit einem Tropfen demokratischen oder moralischen Öls gesalbt sind. Das würde Uhland mit Sicherheit nicht gefallen! Und mir missfällt es so sehr, dass ich mich gezwungen sah, diesen Weg heute zu gehen, auch wenn er für Sie und mich das Ende bedeutet!" Sein scharfer Ton ließ ein Raunen durch den Saal gehen.

„Thema!", rief einer dazwischen. Es folgte Gelächter aus verschiedenen Reihen.

Jakob ließ sich nicht beirren.

„Das also zur Umsetzung der Demokratie in diesem Land! Nun komme ich zur sozialen Frage! Unterteilt man die vom Grundgesetz entworfene Sozialordnung für unser Land in Einzelordnungen, so stehen dort einerseits die Wirtschaftsordnung und andererseits die Kulturordnung. Die Wirtschaftsordnung hat seit Entstehung dieser Verfassung im Vordergrund gestanden. Im Interesse der Erhaltung einer Demokratie ist aber gerade die Kulturordnung die wichtigere der beiden Prinzipien! Das wurde in diesem Land übersehen und heute bekommen wir dafür die Quittung! Eine gesunde Wirtschaft festigt allenfalls die äußere Ruhe. Nun, auch die ist in diesen Tagen dahin, was nicht zuletzt auch ein Verdienst der Arbeit dieses Hauses sein dürfte. Die eigentliche Katastrophe ist aber, was auch die wirtschaftliche Misere dieser Tage mittelbar betrifft, dass noch weniger Augenmerk auf eine gefestigte Kultur gelegt wurde! Die Kultur ist der Hüter und Beschützer der rechtsstaatlichen Verfassung an sich! Nur sie kann schwerwiegende Erschütterungen innerer oder äußerer Art auffangen! Da wir unsere Kultur vergessen haben, kann die Kultur in diesen Tagen in unserem Land auch nicht als tragende Säule dienen. Familie, Schule, Erziehung, Religion, Bildung, Kunst, Geschichte, Tradition, das alles sind uns heute fremdartige, abstrakte Begriffe geworden und das haben wir allein in diesem Hause verschuldet!

Eine sehr weise Person hat einmal sinngemäß gesagt: Zwischen mich und mein Volk soll sich kein Blatt Papier drängen! Und das, obwohl er Monarch war! Sie alle, meine Damen und Herren, haben vergessen, wie die Welt außerhalb dieser Mauern aussieht. Viele kennen zwar die Vorstandsräume von Wirtschaftsimperien und Aufsichtsratssäle von Konzernen, aber die Situation im täglichen Leben unserer Wähler: die kennen Sie nicht mehr. Es ist die alte Falle der Macht, des Geldes und der Bequemlichkeit!"

Er machte eine Pause und ließ seinen Blick schweifen.

„Warum also stehe ich hier? Warum sage ich das alles, obwohl es den wenigsten hier Anwesenden neu sein dürfte? Nun, Sie haben mir keine Wahl gelassen! Durch Deutschland muss ein Sturm ziehen! Ein Sturm, der alles zerstört, damit ein Neubeginn möglich wird! Raum ist nötig, um eine neue Ordnung zu schaffen, die auf der ursprünglichen Idee aufbaut: der Idee eines freiheitlichen, demokratischen, sozialen und umsichtigen Staates! Sie alle hier haben versagt! Sicher mag es die eine oder andere Ausnahme geben; das wird sich zeigen, es wird sich beweisen lassen. Zu den Beweisen werde ich später kommen."

Ein Abgeordneter in der ersten Reihe sprang auf.

„Es reicht jetzt! Herr Präsident, genug Geschwätz! Beenden Sie das sofort!"

Der Präsident, dessen Gesichtsfarbe sich mittlerweile vollkommen zurückgezogen hatte, nickte Mierscheid abermals zu.

„Fahren Sie fort."

Jakob nickte zurück und lächelte dem aufgebrachten Abgeordneten in der ersten Reihe zu.

„Ich bin bald am Ende meiner Ausführungen angelangt, Sie werden dann viel Zeit haben, mein Herr, also gedulden Sie sich noch einige Augenblicke!"

Jakob strahlte wieder die Wirkung eines römischen Imperators aus. Niemand war in der Lage, sich seiner Kraft zu entziehen.

„Die Regierung muss der Entwicklung eigentlich stets einen Schritt voraus sein. Die Regierung hinkt aber leider der Entwicklung hinterher! Wir brauchen wieder ein kulturelles Wertefundament! Und das kann nur von Menschen entwickelt werden, die wissen, was Aufrichtigkeit und Ehrlichkeit bedeuten! Menschen, die ein Gewissen besitzen, dem sie sich unterwerfen können! Da wird sich in diesem Hause allerdings kaum jemand finden lassen."

Zwischenrufe der Empörung.

Der Präsident versuchte sich zu erheben, um Ruhe einkehren zu lassen. Er vergaß seine Fesseln, verlor das Gleichgewicht und sackte zurück in seinen Stuhl.

Zu seinem eigenen Schrecken brüllte er: „Ruhe!"

Augenblicklich kehrte die Stille zurück.

Jakob nickte dem Präsidenten dankbar zu und fuhr fort:

„Man kann sagen: wenn jeder an sich denkt, ist auch an alle gedacht. Ein alter Spruch, aber genau zum gegenteiligen Zweck wurden wir alle auf diese Stühle hier gewählt!

Wir alle wissen, wie das Prinzip des Regierens funktioniert. Wir alle wissen um die alltägliche Gefahr der Verführung der Macht. Aber ich meine, auch diese Verführung wäre geringer, würde das Gewissen, auf das wir verpflichtet sind, auf einem Fundament der Kultur aufsetzen! Mit Aufrichtigkeit, Anstand und Moral! Die Art und Weise wie in diesem Hause seit langer Zeit schon regiert wird, spottet jeder Beschreibung. Und hätten sich die Damen und Herren auf diese Weise in der freien Wirtschaft bewegt, säßen sie allesamt pünktlich alle drei Monate zur Meldung beim Arbeitsamt!"

„Ich höre mir das nicht länger an!", schrie ein Abgeordneter. „Herr Präsident, stoppen Sie das! Warum lassen wir uns das gefallen? Sind das die Feierlichkeiten, mit denen wir den Jahrestag des Grundgesetzes feiern wollen? Lächerlich!"

Der Präsident nickte Mierscheid zu. Er war ruhiger geworden. Irgendetwas in ihm erwartete mit Spannung, worauf dieser Mann hinaus wollte.

„Fahren Sie fort."

Der Abgeordnete erhob sich von seinem Platz und ging in Viktors Richtung, um zum Ausgang zu gelangen.

„Mir reicht's!", schrie er Jakob entgegen.

Dräcker war einigermaßen ärgerlich, dass dieser Herr nicht seine Richtung wählte, er wollte zu gerne seine frisch erworbenen Feuerwehrkünste unter Beweis stellen.

„Von Feiern kann hier keine Rede sein!" Jakobs Worte trugen einen harten Ton. „Ich würde mich an Ihrer Stelle dem Ausgang nicht weiter nähern, da Ihnen ansonsten der Herr dort", er zeigte auf Viktor, „Unannehmlichkeiten bereiten könnte. Also setzen Sie sich wieder hin!"

„Das ist Freiheitsberaubung! Sie sind total übergeschnappt!" Der Abgeordnete blieb dennoch stehen. Er war verunsichert von Viktors entschlossenem Ausdruck im Gesicht, dem Schlauch, den dieser auf ihn gerichtet hielt, und dem Umstand, dass der Präsident dieser Situation kein Ende bereitete. Er ging zurück und setzte sich wieder hin.

„Heute hört man mir zu! Heute, an dem Tag, an dem wir uns einmal ernsthaft mit unserer Verfassung auseinandersetzen sollten! Ich bange um die Zukunft dieses Landes, um seine Identität, um seine kommenden Generationen! Es ist der letzte Zeitpunkt, etwas zu verändern, denn bis die Veränderungen Wirkung zeigen werden, werden wieder Jahre ins Land ziehen. Und dieses Haus hat nicht nur eine Verantwortung für dieses Land, sondern auch eine Verantwortung in der Welt! Es wird Zeit, sich dieser Verantwortung wieder zu stellen! Der Sturm ist da und mit ihm die Erneuerung! Das ist es, was mich an dieses Pult getrieben hat! Und da das niemanden bekümmert, musste ich zu harten Maßnahmen greifen.

Auch meine Kollegen und ich brechen an dem heutigen Tag Prinzipien und Grundfeste, an denen wir dennoch festhalten; an die wir glauben, um die soziale und demokratische Ordnung dieses Landes wiederherzustellen. Glauben Sie mir, ich hätte diese Maßnahmen gerne vermieden, aber da kaum einer die unangenehme Wahrheit gerne hört, sah ich mich dazu gezwungen." Jakob deutete auf die bewachten Ausgänge „Ich tue dies aus Achtung vor der Verfassung unseres Landes!

Und ich erlaube mir, als eingefleischter Katholik dennoch Luther zu zitieren: Man lasse die Geister aufeinander platzen und treffen!"

Das Lachen, das sich vereinzelt vernehmen ließ, trug deutliche Zeichen von Verunsicherung.

„Das Lachen wird Ihnen jetzt vergehen, meine lieben Abgeordneten! Mit Hilfe zahlreicher ausgewählter zuverlässiger Spitzenkräfte aus der deutschen Wirtschaft und Verwaltung, denen meine größte Dankbarkeit und Bewunderung gilt", Jakob nickte kurz zur Tribüne, wo Journalisten sich die Plätze mit jenen Herren teilten, „habe ich einen Aufruf gestartet, alle deutschen Steuerzahler anzuhalten, für den kommenden Monat keine Steuern zu zahlen! Im Juni wird es für diesen Staat keine Steuern mehr geben!"

Ein gereiztes Lachen zog quer durch den Saal.

„Ruhe!", schrie der Präsident.

Jakob fuhr fort.

„Es wäre für die Steuerbehörden nicht zu schaffen, Verfahren gegen jeden Bürger oder jede Firma einzuleiten. Aber selbst die Steuerbehörden sind eingebunden und werden diesen Aufruf des Steuerstreiks mittragen!"

Jakob nickte einigen Herren in der Journalistenloge zu, sich zu erheben und zu Erkennen zu geben. Als dies geschah, zog ein Raunen durch den Plenarsaal.

„Das Internet ist eine feine Erfindung, und die Dachorganisationen, der Bund der Steuerzahler, die Gewerkschaften und Wirtschaftsverbände, ja selbst die Verwaltungsbehörden sind in ihren Spitzen eingeweiht, wie Sie sehen, und unterstützen diese Maßnahme voll und ganz! Sie können die Damen und Herren selbst befragen, sie werden Ihnen in den nächsten Tagen gerne zur Verfügung stehen!"

Einige Journalisten schwenkten ihre Kameras erneut in die eigenen Reihen, um die Gesichter jener bekannten Persönlichkeiten ins Land zu übertragen.

„Ein kühner Griff, mag manch einer hier denken, aber in Wahrheit ist es bloß ein unabwendbarer! Im nächsten Monat wird in Deutschland kein Cent den Staat erreichen, und im übernächsten Monat auch nicht, sollten keine sofortigen Veränderungen und Maßnahmen ergriffen werden! Das mag zunächst verheerende Folgen haben, aber um den Aus- und Überblick vom Berg aus zu bekommen, muss zunächst immer ein Tal durchschritten werden - das ist nun mal der Preis! Nun sind Sie, meine Damen und Herren, einmal diejenigen, die als letzte in diesem Land erfahren, was in diesem Land passiert! Lassen sie sich das eine Lehre sein!"

Einige Abgeordnete sprangen auf und liefen in die Richtung Jakobs, um ihn zum Schweigen zu bringen. Lubowitz sprang sofort auf und stellte seine 90 Kilogramm mit gefletschten Zähnen vor seinen Herren und Gebieter, woraufhin der schwindende Mut die Herrschaften augenblicklich zum Rückzug zwang.

„Setzen Sie sich, sonst geschieht ein Unheil!" Jakobs Tonfall und der Anblick des scheinbar kampfbereiten Neufundländers überzeugte die Aufgebrachten; sie zogen sich wieder zurück. Lubowitz gefiel sich in seiner neuen Rolle.

„Wache! Polizei! Staatsschutz!", schrie eine Abgeordnete.

„Sie brauchen keinen Schutz vor mir, Werteste, ich bin gleich am Ende und werde Sie dann sich selbst überlassen, und das dürfte wesentlich schlimmer für Sie sein, denn da kann Ihnen kein anderer helfen!" In den Raum kehrte eine lähmende Starre ein.

„Mit den Steuern ist es nicht getan!", rief Jakob in sein Mikrofon. „Was würde Sie das schon großartig betreffen, werte Abgeordnete! Daher habe ich mir erlaubt, Konto-auszüge und sämtliche private Bankunterlagen jedes einzelnen Abgeordneten, sowie seine Verbindungen zu ausländischen Kreditinstitutionen und Wirtschaftsgrößen im In- und Ausland der letzten Jahre zu durchleuchten. Die Unterlagen hängen allesamt hier, am Haupteingang des Plenarsaals und am Brandenburger Tor, wo sie der Öffentlichkeit zugänglich sind." Jakob zeigte auf die außen an den Glaswänden des Saales angebrachten Kopien, die jetzt nicht mehr von Stoffbahnen verhangen waren, und lächelte triumphierend.

„Den Wenigen von Ihnen, die nichts zu befürchten haben, wird das nichts ausmachen!"

In diesem Moment sprang der Großteil der Anwesenden von seinen Abgeordnetenstühlen und Regierungssesseln. Großes Geschrei prallte am Glas und Beton der Wände ab und echote zurück in den Raum. Einige stürmten in Richtung der Ausgänge, andere sprangen über ihre Tische, wieder andere starrten auf die weißen Zettel, die von außen an den Glasscheiben prangten. An einige Glasscheiben pressten sich von außen Gesichter, Menschen, die durch die Übertragung im Radio und Fernsehen den Bundestag gestürmt hatten, aber nicht in den Saal gelangen konnten; Journalisten, die sich mit heißem Eifer auf die Dokumente stürzten.

Panik brach aus, einige brachen zusammen und blieben hier und da liegen, ohne dass sich jemand um sie gekümmert hätte, was Jakob abermals bestätigte, den richtigen Weg gegangen zu sein.

Dräcker war der erste, der die Sicherung der Wasserzufuhr entriegelte. Er hielt ohne Probleme dem Druck des

Wasserschlauchs stand und zielte den harten Strahl auf die ihm entgegenlaufende Menge.

„Da! Nehmen Sie das, Sie haben es sich verdient!", schrie er begeistert.

Viktor und Nagelmann taten es ihm nach.

Einige Abgeordnete flogen vom Druck des Strahls getroffen um Meter zurück. Ein jubelndes Johlen von der Zuschauertribüne und aus der Journalistenempore legte sich wie ein Chorgesang über das allgemeine Geschrei.

Selbst der Bundesadler schien fliehen zu wollen. Er konnte aber nicht fliegen, da er an dicken Stahltrossen befestigt war. Seine zweieinhalb Tonnen Aluminium brachten aber wenigstens ein Seil zum Reißen, so dass er seitlich nach links abkippte, an der dortigen Betonsäule aneckte und ein jämmerliches Bild des ungewollten Sturzfluges abgab. Dennoch ein Bild, das die Fernsehjournaille in ungeheure Freude versetzte.

Das Podium der Vorsitzenden hatte der Adler absichtlich knapp verfehlt.

Diese waren aufgesprungen – bis auf den Präsidenten, der verharrte in seiner Stellung - und die Protokollanten – sie waren sehr pflichtbewusst, obwohl sie nicht wirklich wussten, was sie jetzt zu Protokoll geben sollten - und rannten irgendwohin um ihr Leben, kamen aber nicht weit.

Jakob wurde nicht mehr beachtet.

Jeder im Saal, bis auf die beschriebenen Ausnahmen und die Journalisten und eingeweihten Herren, dachte nur an sein eigenes Fortkommen. Jakob warf einen scharfen Blick zum Bundestagspräsidenten, dessen Gesicht farblich einer Leinwand glich, auf der kein Film lief.

Der Präsident nahm sein Mikrofon und stellte den Lautstärkeregler auf die höchste Stufe.

„Ruhe! Ruhe jetzt! Meine Damen und Herren, beruhigen Sie sich! Es wird Ihnen nichts passieren! Gehen Sie von den Ausgängen weg! Ruhe! Ruhe! Sofort!"

Viele blieben stehen, sie erkannten die vertraute Stimme des Hausherren, des Mannes, der in diesem Saal stets für Ordnung und geregelten Ablauf sorgte. Es gab ihnen ein Gefühl der Sicherheit. Einige verharrten auf den Tischen, andere kamen unter ihnen wieder hervor. Alle richteten ihre Augen zum Präsidenten, im Vertrauen, dieser werde jetzt alles in die Hand nehmen.

Viktor und Nagelmann stoppten die Wasserzufuhr. Dräcker benötigte – nicht ganz unabsichtlich - etwas länger.

Der Präsident mahnte mit besonnener Stimme nochmals eindringlich zur Ruhe. Er hatte Erfolg.

Jakob ließ einen bewussten Blick zu Viktor gleiten und hob dann seine Stimme zum letzten Mal:

„Die Tage, die wir in diesem Land verloren haben, sollten wir jetzt zu suchen beginnen! Ganz von vorn und überall!

Ich bewerte Ihr Verhalten der letzten Minuten als Rücktritt aus Ihren Ämtern! Ich bin zuversichtlich, dass dieses Land noch Persönlichkeiten birgt, mit Schneid und Format, Mut und vor allem Gewissen! Man wird sie in diesem Raume offensichtlich kaum finden, aber ich bin wirklich voller Zuversicht, dass sie sich selbst in den nächsten Wochen aus allen Teilen Deutschlands zusammenfinden! Sie haben mich gezwungen, meinen Geist zu töten, dadurch, dass ich Ihnen heute Wirklichkeit geworden bin. Der Geist Jakob Mierscheids wird von nun an in diesem Hause fehlen! Ich kann nur hoffen, er lebt wieder auf, wenn die nächste Generation von Abgeordneten sich hier gewissenhaft versammeln und nicht nur ansammeln wird!

Ich danke für Ihr aller - wenn auch erzwungenes - Gehör und darf mich für immer von Ihnen verabschieden! - Zum Schluss bleibt mir, Jakob Maria Mierscheid, nur zu sagen: Tut um Gottes Willen etwas Tapferes!" Jakob hatte einen seiner Schuhe ausgezogen und schlug nun mit dem Absatz chruschtschowartig so hart auf das Rednerpult, dass ein Donnern durch das Mikrofon über die Lautsprecher in den Saal hallte, und schleuderte im selben Augenblick seinen roten Schal von sich. Der Schal flog in Richtung des gestürzten Bundesadlers, blieb an einer seiner stählernen Seitenfedern hängen und brachte durch sein ganzes ideelles Gewicht den Adler erneut ins Schwanken.

In diesem Moment verschwand Jakob Mierscheid dem Anblick der Menschen im Saal und nur der Schuh, der rote Schal und das Grundgesetz blieben zurück.

Für Sekunden herrschte eine schockierte Stille, bis diese abgelöst wurde von panischem Gerangel, Rennerei und Geschrei, zahlreichem Rücktrittserklärungsgebrüll aus Abgeordneten- und Regierungsmündern – aber diesmal waren die Ausgänge unbewacht.

FAHRT INS UNGEWISSE

Johanna lauschte der Stimme, die ihr so vertraut geworden war in den letzten Tagen, bis sie verstummte und die Schallwellen des Radios nur noch Schreie und Chaos übertrugen.

Der komplette Bundestag und die gesamte Regierung waren zurückgetreten.

Die Erkenntnis, dass sie tatsächlich für kurze Zeit nicht alleine gewesen war, stach ihr in die Brust.

Sie ergriff ihre Tasche und stürzte aus der Wohnung hinunter auf die Straße, bis sie einen Taxifahrer entdeckte, der mit zwei weiteren Menschen an einem Mercedes stand. Auch hier dröhnte das Radio laut und riss die Menschen in den Bann.

„Ich muss zum Pergamonmuseum! Sofort!"

Der Taxifahrer war völlig aufgelöst.

„Haben Sie nichts mitgekriegt? Ich werde hier bleiben! Suchen Sie sich wen anders!"

„Sie werden mich fahren und zwar genau jetzt!" Sie klang eisig. „Ich werde Ihnen soviel bezahlen, dass Sie die nächsten vier Wochen zu Hause Radio hören können!"

Der Fahrer stieg ein und verabschiedete sich von den Passanten. Das Argument des Geldes leuchtete ihm ein, nun, da die Zukunft plötzlich so ungewiss schien.

Dennoch grinste er: „Na ja, Steuern müssen wir ja jetzt erst mal nicht zahlen."

Sie lächelte.

Auf den Straßen sah man Menschen in Trauben versammelt wild gestikulieren, vor Schaufenstern stehen und Bildschirme betrachten, während die Fahrbahnen geisterhaft still wirkten. Viele Fahrer hatten einfach angehalten und ihre Fahrzeuge verlassen, um sich mit dem Nächstbesten auszutauschen. Ereignisse dieser Tragweite mochte niemand alleine verkraften.

Als sie am Pergamonmuseum angekommen waren, sprang Johanna aus dem Wagen.

„Warten Sie hier! Ich lasse Ihnen meine Tasche da, als Pfand!"

Sie rannte zum Eingang. Es verstrich ihrer Meinung nach eine halbe Ewigkeit, bis jemand sich um sie bemühte. „Haben sie nicht mitbekommen was passiert ist? Ich weiß nicht, ob wir jetzt für heute nicht schließen, außer Ihnen wird wahrscheinlich niemand..."

„Ja! Ich weiß, ich will jetzt aber ins Museum! Nur ganz kurz! Bitte!"

Sie wurde durchgelassen, ohne Eintrittskarte. Die Frau hatte ihre Augen gesehen und konnte sich der Bitte nicht erwehren.

Sie rannte zum Pergamonaltar, hechtete die Stufen zum Vorhang hoch. Sie war alleine. Die Wächter standen allesamt am Eingang vor dem Fernseher. Sie griff an den Stoff, um ihn wegzuschieben. Der Nagel ihres Zeigefingers riss am Beton ein. Sie tastete die Nische ab. Eine durchgängige Betonwand. Kein Eintritt möglich, als sei dort niemals etwas anderes gewesen als rauher Stein.

Für einige Sekunden schloss sie die Augen, als könne sie danach klarer sehen. Sie hörte ihr eigenes erregtes Schnauben und holte tief Luft.

Plötzlich begannen die Giganten auf den Relieftafeln zu lachen. Erst leise glucksend, bis ihr Lachen schließlich laut und unbarmherzig durch den Raum hallte. Das Lachen der Götter.

Wurde sie jetzt verrückt? Eine Träne verließ ihr Auge und lief die Wange hinunter. Sie rannte zurück zum Taxi und wies den Fahrer an, zum Deutschen Theater zu fahren.

„Hören Sie, ich hab heute wirklich keine Lust eine Sightseeing-Tour durch die Stadt zu machen. Dafür haben Sie sich den falschen Tag ausgesucht!"

„Jetzt hören Sie mir zu! Das Leben eines Menschen, nein, genau genommen von zwei Menschen steht auf dem Spiel! Verstehen Sie? Und jetzt fahren Sie zum Deutschen Theater! Los!"

Der Fahrer verstand nicht. Aber doch so viel, dass die Frau es ernst meinte, sehr ernst. Im Laufe seiner Tätigkeit hatte er ein Gespür für das Dringende bekommen. Auf dem schnellsten Weg fuhr er zum Theater. Der Platz vor dem Theater war leer. Sie stieg nicht aus.

„Café Mierscheid! Hier um die Ecke. Fahren Sie weiter! Ich spring nur eben rein. Warten Sie, und denken Sie an ihr Geld!"

Der Zusatz wäre nicht nötig gewesen. Der Taxifahrer hatte längst erkannt, dass diese Frau etwas Einzigartiges ausstrahlte, dem er sich nicht hätte entziehen können. Als sei er in ihren Bann geraten und werde ihr folgen müssen – mit Geld oder ohne. Sie wusste um ihre Wirkung.

An der Ampel Luisenstraße sprang sie aus dem Wagen und lief ins Mierscheid. Einige Menschen hatten sich vor einem Bildschirm versammelt, es wurde laut durcheinander geredet, es gab Freibier. Sie drängelte sich von einem zum nächsten.

Er war nicht da.

„Zum Friedhof! Alter Sophienkirchhof, Sophienstraße!", befehligte sie den Taxifahrer Sekunden später.

Es schien ihr unmöglich, klare Gedanken zu fassen. Die letzte Möglichkeit, wo Jakob sein könnte. Ein angstvoller Schauder durchlief ihre Adern. Was wenn er nicht dort wäre? Was dann? Sie ahnte, dass sie einmal dieses Gefühl gespürt hatte, das sie gerade durchzog. Es war, als habe sie dieses Gefühl nie selbst erlebt, sondern nur eine Ahnung dessen erfahren. Sie wusste aber noch genau den Tag. Damals hatte sie einem Schwur abgeschworen, einem Meineid. Dem Schlimmsten, den ein Mensch hatte leisten können, wegen der Nichtigkeit dessen, was die Menschheit als Lebenszeit bezeichnete.

VISIONEN

Jakob stand vor dem Grab Zelters. Seine Schultern hingen gekrümmt, die Last der letzten Stunden und der zu erwartenden Einsamkeit hatten ihm die letzte Kraft geraubt. Johanna versetzte der Anblick Jakobs einen Stich ins Herz. Er hörte sie nicht kommen. Sie schaute ihn eine Weile an, bis sich ihr Atem beruhigte. Dann gab sie sich einen Ruck.

„Du wirst hier deine letzte Ruhe nicht finden", sagte sie sanft. Sie war darüber unendlich glücklich.

Er drehte sich um und sah sie mit müden Augen an, die zwischen den geschwollenen Lidern wie schmale Schlitze wirkten. Die Überraschung über ihre Anwesenheit vermochte seine Müdigkeit kaum zu vertreiben. Er war gelähmt durch Resignation, als stünde ein mahnender Schatten der Vergangenheit vor ihm, der ihm durch seine Anwesenheit nur seine Einsamkeit verdeutlichen wollte.

„Werde ich nicht?" Die Antwort kam mechanisch. Wieso konnte Johanna ihn sehen? Die Anstrengung der letzten Stunden hatte ihn langsam werden lassen, auch im Denken.

Sie ließ ihm Zeit.

„Wieso kannst du mich sehen? Ich bin nicht mehr. Ich habe mich zerstört. Jakob Mierscheid hat sein eigenes Phantom getötet. Bist du eine Vision?", flüsterte er und stellte leise für sich selbst fest, „was Schmerz alles anzurichten vermag." Er strich mit seinen Fingern langsam den Hals entlang.

Johanna spürte, wie sehr sie diese Geste vermisst hatte. „Genauso eine wie du, Jakob, eine echte Vision!" Sie trat an ihn heran, lächelte und kniff ihn in den Oberarm, was er schmerzlich spürte und ihm wieder Leben einhauchte.

216

„Meinst du, das ginge so einfach? Mir nichts dir nichts zu verschwinden? Du bist auch vorher nicht gewesen, wie solltest du dich also zerstören können?" Sie sprach langsam, in einem Tonfall, als wolle sie ein Tier anlocken, beruhigend, gleichmäßig und überzeugend. Dabei hatte sie diese Gewissheit selbst nicht gehabt, bis sie Jakob am Grab stehen sah. Die einzige Gewissheit, die sie auf der Suche nach ihm verspürt hatte, war die, dass er tatsächlich derjenige auf dem Schimmel gewesen war und das Duell mit dem Reiter auf dem Rappen um das Burgfräulein gewonnen hatte.

„Ich habe mich aufgelöst, bin verschwunden, niemand kann mich mehr wahrnehmen." Klarheit erweckte sanft sein Bewusstsein.

„Richtig. Und doch wieder nicht. Sagtest du nicht, dass es immer eine zweite Wahrheit gibt, Jakob?"

Sie war so selbstsicher, so ungetrübt Johanna! Er seufzte.

„Was ist die zweite Wahrheit, Johanna?" Wieso sollte er nicht auch mit einer Vision reden? Sie war so wunderschön! Reue fand Platz in seinen Gedanken. Er hätte für sie seinen Plan aufgeben müssen!

„Die zweite Wahrheit ist, dass du mir einen ganz schönen Schrecken eingejagt hast und ich dachte, du würdest dich jetzt klammheimlich auf und davon machen!", sie lächelte ihn sanft an. „Nein, Jakob, die zweite Wahrheit ist... also, ich habe dir auch etwas verschwiegen."

Er spürte ein unheimliches Gefühl in sich aufsteigen. Sie nahm behutsam seine Hände zwischen ihre und hielt sie beschützend fest.

Visionen hatten nicht solche zarten, warmen Hände, er verspürte einen ängstlichen Druck auf der Brust.

„Erinnerst du dich an unsere erste Begegnung, an unser Gespräch hier auf dem Friedhof?", ihre Finger drückten seine Hände.

Er nickte schweigend. Eine unheimliche Ahnung versteinerte seinen Gesichtsausdruck.

Sie fuhr fort, „Wir unterhielten uns darüber, dass es möglicherweise Menschen geben kann, die nach ihrem Tod noch für ihren Ruhm und ihre frühere Aufgabe kämpfen. So, wie du aus dem Nichts aufgetaucht bist und für dich und deine Existenz mit all ihrem Sinn gekämpft hast."

Ein kalter Strahl fuhr Jakob den Rücken hinunter und ließ ihn erschauern.

„Erinnerst du dich an den Schinderhannes, den Räuberhauptmann?"

Er schaute sie verwirrt an. Waren personifizierte Visionen auch noch verrückt? Er stammelte.

„Mein von den Franzosen zu Unrecht gehenkter Vorfahr? Johannes Bückler?"

„Etymologisch gesehen..." Sie grinste.

Jakob schauerte. War er irre geworden? Er flüsterte ihm fremde Gedanken. „Johannes Bückler", ein wenig später „Johannes Bückler - Johanna Bogen. Etymologisch gesehen..."

Schweiß bedeckte seine Stirn.

Seine hintersten Gedanken führten ihn weiter. Blitze durchzuckten sein Inneres, der Zeitungsartikel schoss ihm durch den Kopf: der Tumult in seinem Haus von dem Viktor erzählt hatte, die Journalisten, das Schwert im Archiv des Pergamonmuseums. Er starrte sie an und stöhnte. „Das Schwert...es ist jetzt erst zugeordnet worden. Das Schwert der Jungfrau von Orleans!"

Sein Herz stolperte, verpumpte und überschlug sich. Er krächzte.

„Johannes Bückler - Johanna Bogen - Jeanne d'Arc." Seine Augen rissen sich weit auf und starrten voller Entsetzen auf ihr Gegenüber. „Jeanne d'Arc!"

„Ich musste im Himmel nicht konvertieren." Sie lachte leise.

Er kippte zusammen, die Augen schlossen sich und sein Körper landete auf Gras.

Johanna machte sich dieses Mal keine Sorgen um sein Herz.

Sie fühlte Erleichterung in sich aufsteigen. Die Geheimnisse hatten ein Ende - zum ersten Mal während ihres Daseins.

Dass Frauen Geheimnisse besser für sich behalten konnten, schien damit bewiesen.

Sie beugte sich zu ihm hinunter und streichelte seine Wange. Kurze Zeit später kam er wieder zu sich. Er hechelte noch nach Luft, sein Puls pumpte weiter literweise Blut.

Er schaute sie an.

„Mein Gott", war alles, was seine Lippen verließ.

Sie beschloss daraufhin, die Wortführung zu übernehmen.

„Du warst grandios, Jakob! Ich habe dich unterschätzt!", sie lächelte, „ich hatte gedacht, du würdest noch zu Demonstrationen fahren, ich dachte nicht, dass du so weit gehen würdest, einen ganzen Staat zu stürzen! Noch dazu so einen schwerfälligen wie Deutschland!"

Sie dachte an ihr eigenes Werk und lächelte stolz in die Ferne schauend. Dann drückte sie seine Hände, zog ihn in die Höhe und gab ihm einen sanften Kuss.

Jakob zeigte Standvermögen, obwohl ihm selbst sein Stolz verziehen hätte, wenn seine Knie diesmal nachgegeben hätten.

Wie die beiden dort standen, vor dem Grab des einsamen Freundes Goethes, zwei kleine Gestalten, Hand in

Hand, voller Sehnsucht inmitten zarter Triebe des neuen jungen Sommers, wirkten sie wie zwei ganz normale Menschen, die ihren Platz im Leben nach langer Suche gefunden hatten, deren ungewisse Reise zu Ende war.

Johanna flüsterte: „Komm Jakob, wir gehen."
Wieder verließen sie die Großen und Toten. Arm in Arm.
Diesmal für immer.

Viti Levu, in einer
Rundhütte am Abend

Mein lieber Viktor,

Johanna und ich sind auf Reisen. Wir sind
einer Einladung Dräckers gefolgt.
Wir fühlen uns pudelwohl, obwohl Johanna
zunächst etwas gegen pazifische Inseln vor-
brachte und meinte, eine europäische Groß-
stadt hätte mehr Charme und weniger Mücken!
Sie hat aber schließlich auch Gefallen an
dem Leben hier gefunden. Ich vermag Dir die
Bedeutung in wenigen Worten nicht zu erklä-
ren, nur soviel: Johanna hat eine Palme ge-
pflanzt!
Denk nur, auf dieser friedlichen Insel hat
man Nachlassgegenstände von einer berühmten
französischen Kriegerin gefunden! Eingebore-
ne behaupten, des Nachts spuke sie
neuerdings am Strand in wehendem weißem Ge-
wand mit einer blauen Maske!
Du siehst, es geht uns vorzüglich!
Du wirst es nicht glauben, aber ich ertüch-
tige mich jetzt körperlich! Eine völlig neue
Erfahrung! Ich übe mich am Strand im Reiten
und Johanna lehrt mich, das Schwert ordent-
lich zu führen. Das ist von anderem Kaliber
als Tontaubenschießen! Sie meint, es sei
gut, den Nahkampf zu Pferd und Fuß zu be-
herrschen. Vielleicht trabe ich nächstens
mit Säbel in den Bundestag...
Aber was ich hier so mitbekomme, scheint
unser Plan ja funktioniert zu haben. Der
Schreck wird ein wenig in ihren Gliedern
stecken bleiben und andauern, das lässt hof-
fen...

Liebster Viktor, irgendwann wird es uns zu-
rückziehen zu den höheren Aufgaben, und wir

werden zurückkehren an die runden Tische der
Zukunft. Das wird aber noch dauern!

Bis dahin, mein teurer Freund, hüte mir den
Hund gut!

Ich wünsche Dir, eine ebenso wundersame Begegnung zu erleben wie die zwischen Johanna
und mir.

Friedrich Schiller hat sich übrigens geirrt, ich werde es ihm bei Gelegenheit ausrichten: Johanna geht zwar, sie kommt aber
immer wieder! So wie ich!

Sei gegrüßt aus dem Sonnenschein des Lebens, in inniger Dankbarkeit und Verbundenheit

Dein Ferdinand Jakob

PS: Ich meine, wir sollten in Erwägung ziehen, uns dafür einzusetzen, den Deutschen
Regierungssitz nach Viti Levu zu verlegen.
Selbst Dräcker hält das für eine ausgesprochen elegante Idee! Die Sonne lässt die Menschen hier lächeln und die Sorgen mit Sanftmut und Besonnenheit aufrichtig angehen. Das
wäre eine gute und neue Sache für die deutsche Politik!

Runde Tische lassen sich aus Tropenhölzern
billig zimmern, Hütten sind genügend vorhanden und gewisse Stammessitten durchaus an-
nehmbar (es gibt hier Palmwein, ich werde
den Winzern im Hunsrück eine Empfehlung zum
Anbau geben, der Reblaus könnten auf diese
Weise die Beine gestellt werden!).

Ich bitte Dich, über die Regierungsverle-
gung nachzudenken und mir gegebenenfalls
Vorschläge zur Umsetzung zu unterbreiten.
Aber nicht zu schnell!

REAKTIONEN

An den
Tagesspiegel

ParlamentsBuchhandlung

Ben. Maderspacher

Wilhelmstraße 68a
10117 Berlin

Tel. 0 30/22 48 95 44
Fax 0 30/22 48 95 45

eMail: parl.buch@snafu.de
www.parlamentsbuchhandlung.de

23.05.2003

Betr.: Seite 11 Tagesspiegel vom 23.05.2003
(hema)

Sehr geehrte Damen und Herren,

welcher Hochstaplerin sind Sie denn da auf den Leim gegangen?
Ich bin kein "Phantom des Bundestages". Ich bin ein ordentliches
Mitglied der SPD-Bundestagsfraktion. Dies können Ihnen meine
Kollegen bestätigen. Auch meine Gattin Helene ist empört! Sie
können sofort Kontakt mit ihr aufnehmen unter:

www.helene-mierscheid.de

Ausserdem liegt mein Originalbuch stapelweise in der
ParlamentsBuchhandlung in der Wilhelmstr.68 A im Gebäude des
Deutschen Bundestages.

Sollte diese Hella Dubrowsky tatsächlich etwas Brauchbares
über mich geschrieben haben, dann soll sie sich mal persönlich
bei mir melden. Einen Verleger hätte ich für sie.

Und nochmal: Ich bin zwar ab und zu in der Oper, aber deshalb
kein Phantom!

ps.: Wer ist eigentlich Udo Walz?

Mit freundlichen Grüssen

Jakob Mierscheid

Hella Dubrowsky

10 Berlin

Herrn Jakob Mierscheid
z.Zt. Wilhelmstr. 68a
10117 Berlin

Betr.: Hochstapler

Berlin, 29. Mai 2003

Mein lieber Mierscheid,

ich war mehr als entsetzt, Ihre Zeilen in die Finger zu bekommen! Sie wissen, dass ich Sie schätze und sehr wohl einzuschätzen weiß – vielleicht besser als manch anderer – wer und was Sie sind. Auch lag mir fern, Ihre Gattin Helene zu kränken. Ich bedauere dieses üble Mißverständnis zutiefst. Ich meine aber auch, dass nach dem gesamten letzten Jahr, in dem wir so viel Zeit miteinander verbracht haben, uns so oft begegnet sind (selbst in meinen Träumen, wenn Sie sich erinnern), Sie die Presse hätten aus dem Spiel lassen können! Dass Sie verleugnen, mich zu kennen, hat mich tief verletzt. Ich meine, wir hätten diese Angelegenheit unter uns klären können. Ich scheue die Öffentlichkeit zwar ebenso wenig wie Sie, aber dennoch gibt es m.E. Dinge, die besser im Privaten geregelt werden. Ich hatte gedacht, Sie würden mich nach unserer vertrauten Zeit doch ein wenig besser kennen.

Ich meinte den Ausspruch an jenem Abend, Sie seien gewissermaßen „ein Phantom des Bundestages" in einem völlig anderen Sinn! Per Definition ist ein Phantom ein Trugbild. Ich habe es sehr bedauert, dass Sie mit dem Ministerialdirigenten Edmund F. Dräcker am Tag meiner Lesung so überstürzt nach Viti Levu abreisen mussten. (Wobei ich es großartig finde, dass Sie und Herr Dräcker sich für den EU-Beitritt der Fidschis einsetzen! Die von Ihnen dort entdeckten großartigen Maniokvorkommen werden unsere Backentaschen wieder füllen!)

Ich habe meinem Publikum lediglich nahe bringen wollen, dass Ihr Geist trotz Ihrer Abreise bei uns weilen würde. Mein Publikum sollte nicht der Täuschung unterliegen, Sie seien an diesem historischen Tag, der ganz unter Ihrem Stern stand, nicht unter uns. Daher habe ich mir erlaubt, Ihre großartige Eigenschaft hervorzuheben, an mehreren Plätzen der Welt gleichzeitig sein zu können. Und da fiel mir zugegebenermaßen die Parallele zu Phantomen ein. Ich bitte um Nachsicht, ich war ein bißchen aufgeregt an dem Abend.

Ich wäre zutiefst traurig, wäre durch dieses sprachliche Ungeschick meinerseits ein Keil des Mißtrauens zwischen uns getrieben.

Grüßen Sie bitte Helene von mir, ich werde ihr persönlich auch noch schreiben, um dieses unsägliche Mißverständnis aus dem Weg zu räumen.
Ich werde Sie morgen anrufen und hoffe, dass sich die Wogen des Ärgers bis dahin ein wenig geglättet haben.

PS.: Walz kommt von „walzen" und ist eine neuartige Form des Haareglättens. Wer Udo ist, weiß ich auch nicht.

Mit besten Grüßen

Johannes Bollen

Fahndung nach Nuss-Nougat

182 Seiten, Softcover, s/w. Illustrationen

ISBN 3-935192-14-2

Müller ist weg!

230 Seiten, Softcover, s/w. Illustrationen

ISBN 3-935192-61-4

Diese Bücher bitte niemals verleihen!

Die anderen sollen es gefälligst selbst kaufen.

Gryphon
Die Lektüre mit dem Greif